黑狼后

LOBA NEGRA

胡安・高美
Juan Gómez-Jurado

致

我珍愛的芭芭

致　阿圖羅，哈維與羅德里戈
所做的一切

深淵

安東妮娜．史考特（Antonia Scott）正在面臨此生最難的時刻，她實在無法下手。

擺在眼前的兩難，或許其他人可以輕易做出反應，但安東妮娜就是做不到。基本上，她的心智雖然能預測各種即將可能發生的事件，但她的腦袋瓜並不是一顆水晶球，有辦法同時把上百份資料在眼前視覺化，她腦子運作方式不是電影常見的表現手法：主角在思考時，會有一堆文字飄浮在面前。基本上，安東妮娜的腦袋，較貼切的形容應該是一座叢林，裡頭有無數隻齜牙咧嘴的猴群，一手抓著樹藤，一手帶著無數件芝麻蒜皮的事物，在空中高速盪來晃去，不斷向她展示一切。

今日，猴群抓住的內容異常駭人，安東妮娜十分驚愕。

她至今對這種感覺仍無法習以為常，但她根本無處可逃，被迫再次目睹：

◆狹窄道路上，一群摩托車隊快速遁逃。

◆隧道內，放滿炸藥，綁匪把槍抵在一個身價不菲的人質頭上。

◆一起發生在瓦倫西亞的案件。

他十分陰險狡猾，選在摩托車日犯案（讓在前方的車隊全都炸毀身亡），以及對隧道的瞭解。關於瓦倫西亞的案子，她全然不知自己是如何成為大屠殺現場（唯一）的生還者。她一直拒談此事。然而，事件不曾沒有消失，不時浮現在她的腦海裡。只是，她並不怕。

不對，安東妮娜幾乎不怕任何事，她唯一怕的，只有她自己，或許是怕活生生的自己。所以，她打發時間的方式，就是每天花三分鐘想像如何自殺，僅此而已。

屬於她的三分鐘。

聖潔，繫住生命的繩索。

然而，現在安東妮娜並不是在日常和平的生活步調之中，而坐在紅白相間，英式風格的西洋棋盤前方，思考自己的主教的下一步，她是可以將軍，讓對手慘敗。

然後，紅棋獲勝。

毫不困難，但安東妮娜遲遲不動手。因為坐在棋盤對面，兩眼深情、直勾勾盯著她不放的人，是荷耶（Jorge）。她那雙綠眼眸早就看透，眼前這個一百一十公分的小朋友即將會因為自己造成的不幸，而大發脾氣。

「媽咪，快點移動。」荷耶要求，腳在大理石桌下蹬了一下。「我快無聊死了。」

他說謊。或許，安東妮娜不曉得該如何走下一步棋，但她認得出謊言。

荷耶焦躁不安地等著，他想知道媽媽是否會移動主教那步棋，然後他就輸了，接著他就要為此鬧一頓脾氣。或者可能完全相反，安東妮娜走了另一步棋，然後他又要為她刻意讓步，而發一頓脾氣。

場面十分膠著。忽然，桌上的手機螢幕閃現一張滿頭紅髮、神采風揚的巴斯克人，硬生生打斷僵持不下的態勢。手機不斷顫動，連帶著棋盤上的棋子跟著激動了起來。

喬・古鐵雷斯（Jon Gutiérrez）知道此刻是她與荷耶相處的時間。這是他們母子第三次會面，法官駁回爺爺的意見，允予第二次的機會。因此，當下的會面，是法院的檢核過程。如此一來，喬的來電必定是非常重要的事情，否則他絕不會打擾這次的會面。

安東妮娜微微聳聳肩，起身接電話，遠離兒子的失望眼神，並且背對那位從頭到尾都在角落，不停做筆記的社服人員。

安東妮娜其實並不喜歡隨便找個理由脫身，其實她早就下定決心，要輸了這局比賽。

只是，這事讓她十分不悅。

第一部分　安東妮娜

你能和狼交朋友，
或和狼絕交，
但不能馴服一匹狼。

喬治・R・R・馬丁

1 屍體

喬．古鐵雷斯不喜歡曼薩納雷斯河上的屍體。

與美感無關。誰也無法對死屍的美觀有嚴苛的要求，但屍體的死相實在太過悽慘（似乎在水中泡了好長一段時間），皮膚瘀青，手掌腫脹得幾乎都快要與手腕脫節。

今夜特別的黑，頂頭上方六呎高的路燈讓身影顯得更加深邃。風吹起蘆葦的細語，掀起八十公分深的河面，襲來陣陣涼爽。無論如何，此刻是二月晚上十一點鐘，曼薩納雷斯河水淺到連拱門灰黑的柱腳都已裸露。喬對於走到水中並不排斥，畢竟他很習慣冰冷刺骨的水流（他是來自西班牙北方的畢爾包），也常聽見暗地裡的私語（他是同性戀），更經常要目睹無生命體的狀態（他是警官）。

喬對河面那具屍體不自在的理由，是他得徒手撈出。

我可能就是笨。喬想著。**這明明是菜鳥的工作，但這三個馬德里人看著就太弱不禁風，可能連個活人都抬不起來。**

並非喬看起來胖，只是他大半的人生中，常常是空間裡最有分量的一個。因此，不管他願不願意，這都讓他養成熱心助人的壞習慣。所以當他看見這三個剛從警校畢業的年輕人，在蘆葦草間，像旱鴨子一樣動作慢吞吞，看起來不知道是在努力撈屍，還是快要溺斃，迫使喬不得不下水救援。

喬穿上全套的白色塑膠衣，腳上套上防水膠鞋，一副**我他媽很勇**的樣子，進到水裡，直接洗臉三個菜鳥，讓他們全都羞愧得紅了臉頰。

古鐵雷斯警官就算在水裡，仍可跨著大步走近，毫不費力地移動，還能當三個菜鳥的支柱，攙扶著他們移動腳步。然後，他才走到一塊水生植被地上，有一具屍體卡在那裡。軀體被樹根纏住，一直浸泡在水裡。一張慘白浮腫的頭顱與一條手臂裸露在水面上，而且因為水流湍急，受害者看起來像在努力划水逃離這終將無法避免的結局。

喬在身上畫了十字，接著把手臂往下伸到屍體的下方。觸感十分柔軟，皮膚的皮脂呈現游移狀態，摸起來如同一顆擠滿牙膏的水球。警官動作敏捷，使出「抬石頭」的力量。他可是能在最佳狀況下抬舉三百公斤的石頭壯士。他的下盤可是相當有力。

毛頭小子好好看我表現。

正當他結實粗壯的手臂用力的同時，兩件事發生了：

第二件事，屍體一動也不動。

第一件事，警官右腳深陷在河底的流沙之中，在反作用力之下，一屁股跌坐在水流之中。

喬雖然常常抱怨自己過得很悲慘，但那只是隨口說說的壞習慣。實際上，他並不輕易流露出可憐兮兮的模樣，他不喜歡被人輕視。但是，菜鳥的訕笑聲大到掩蓋了水流聲，就連他出口咒罵也無法消解那些飛散在空中的嘲諷。如此一來，只在水面上露出頭的喬，自尊同樣也拉低了不少，而這便讓他下意識地可憐起自己的慘況，顯現人性的卑劣，試圖把錯誤推給別人。

媽的，安東妮娜，妳在幹麼？

2 電線

「警官，您這樣無法脫身的。」女性的聲音在他耳邊說。

喬抓住厄瓜朵（Aguado）法醫的手臂，試著讓自己起身。事實上，喬一想到法醫那雙手就不禁寒毛直豎，但沒辦法，人只要一屁股深陷在泥坑裡，任何能脫離泥濘的東西，都會緊抓不放。

「我以為屍體會浮起來，不過這一具好像極盡所能地想沉下去。」

厄瓜朵微笑。她年近四十，長睫毛，淡妝，鼻環，神色慵懶。此刻，神情中帶有喜悅的火花。謠傳她最近交了女朋友。

「人體百分之七十以上都是水分。水是有重量的，所以一開始會沉下。要在適當的溫度條件下，細菌才有辦法在很短的時間內分解身體。現在氣溫是四度，水溫在約一度，所以……應該要花上好幾天。身體要浮起來，需要胃和腸子都灌滿氣體才行。」

厄瓜朵跪下，一隻手抓著屍體，一隻手伸向下方探查。

「醫生，要我幫忙嗎？」

「不用了。我在找纏住她的東西。」

喬瞧一眼那一團無法辨識的腫脹肉球。面朝下，頭髮極短，完全看不出髮色，身體一絲不掛，半沉半浮地漂在水裡。喬不解法醫如何辨識屍體的性別。

「您哪隻眼睛看出來是個女的？」

「警官，很明顯，」厄瓜朵回答。「鎖骨的角度，還有枕骨圓滑。另外，雖然您看不到我在水面下的手，但我敢保證，我現在手抓住的是被害人的左胸。」

法醫起身，把一支小手電筒遞給他。光線很強，喬照向她，讓她可以從掛在自己脖子上的防水包中取出剪刀。她再次蹲下，跟屍體下方的某個東西搏鬥。忽然間，屍體得到釋放，一陣猛烈顫動，整個身體都露在水面上了。

「凶嫌用一條電線綁住她的大腿。」厄瓜朵邊說邊抽出一條細線，線頭的另一端沉沒在腿的後面。「另一端一定綁上重物。幫我把她翻過身來。」

此時，屍體非常輕盈，翻身就跟翻頁一樣毫不費力。她的眼窩凹陷，眼珠已經被魚吃掉了，面容就像一副哭喪臉的嘉年華會面具。

到馬德里工作之前，喬認為自己很強悍，時常在畢爾包三區陰暗危險的街道上巡邏。但現在看來，那都只是小兒科，稍稍腐敗的蘋果堆。事實上，他以前看到死人，是一點都不會傷心的，更不會氣憤得咬牙切齒，從不會不自覺地探問屍體的人生，或想知道是誰痛下毒手。

在畢爾包，他就是一個公務員。

在馬德里，他富有責任感。

可惡的安東妮娜。

喬抓著屍體的胳肢窩，在蘆葦草間邁開腳步，把屍體拖到乾燥的地面上。

「還不清楚死因。」厄瓜朵像在自言自語一樣。停了一會，似乎在側耳傾聽些什麼。「屍蠟情況明顯。這種情形至少有一週以上的時間，甚至更久也有可能。」

「醫生，請講人話。」

法醫的手指指向屍體瘀青皮膚下方的腫脹。她的胃不規則突起，掛在光溜溜的恥骨上。

「屍蠟一般會發生在軀體長時間泡水的情況下。微生物會讓皮下脂肪皂化，好保存臟器。我明日大概能說得更詳細些，現在我得趕緊驗屍，屍體在碰到空氣後，會腐敗得更嚴重。」厄瓜朵邊說，邊指向河岸邊。

喬明白是時候該叫大家過來幫忙。他做了一個手勢，菜鳥抬著擔架，拿著透明塑膠袋，一同走到河間的泥堆中。不過，由於屍體實在損毀得太嚴重，無法裝進標準規格的屍袋。警官把屍體留給他們處理（現在沒問題，他們辦得到）噁心的作業。他大步繞過死者，涉水離開。在這一區的河邊，雖然沒有設置階梯，也沒有爬坡步道，不過警察做了繩結當梯子，而且足以承受喬一百一十公斤的重量攀爬而上，回到路上。

四周空無一人，只有一個男人靠在巡邏車旁。黝黑，髮際線明顯，鬍子修剪得乾淨整齊，兩顆大眼睛極不真實，像是畫上去的一樣。短版駱色大衣。毫無疑問。

「看起來挺涼爽的。」曼多（Mentor）表示，並從口中吐出白煙。

喬膚淺的傲氣剛才受了傷，而療癒創傷最好的方法，就是看到別人比自己更慘。曼多此時正在抽電子菸。

「怎麼回事？」喬指著菸管，詢問。

曼多把菸嘴（細緻，幾乎不可見）含在兩脣之間，吸了一口，又再吐了一口白煙。一陣風吹過來，喬聞到一股甜橘的味道。

「我之前每天抽要三包。上週洗澡時覺得試試無妨，就點了一根試試。」

「有用嗎？」

「廢話。我現在吸的尼古丁比之前多出兩倍，想抽菸的欲望高出三倍以上。厄瓜朵有說什麼嗎？」

「被害人是女性。他殺。在水中的時間至少一週或一週以上。還有別煩她。」

「比較往常，她好像話多了許多。不覺得她這幾天心情很好嗎？」

「我想她交了女朋友了。」喬回答（他就是愛嚼舌根的人）。

警官脫掉塑膠衣，並拒絕曼多把毛巾披在他身上。

「警官，希望您身體能趕快擦乾。這區的河水不乾淨，會危害健康。」

「有這種事？」

曼多一直等到警官穿上大衣和鞋子，並走到河畔邊的車子，他才開口。

「一九七〇年，這附近不遠處一個祕密試驗中心的導管外洩。那裡是弗朗哥竭力想研發核彈的場所，有數名科學家在裡面做鈽彈測驗。資料到一九九四年才公開，但是早就有上百公升的輻射物排放進曼薩納雷斯河，就從那裡的那條排水管出來的。」曼多指向黑暗中的一點。「附近有上百件癌症案例，但都不是重症。假若我能選擇的話，是絕不會泡在那條河水裡。」

喬沒有半點反應，他正在集中心力感覺到自己是否全身發癢，或紅髮脫落。他並不想說話，因為他很害怕自己一講話就掉牙。

曼多一臉嚴肅地看向手錶。

「史考特在哪裡？」

「三小時曾打給她。」喬一一檢查過輻射毒物還沒有對他身體造成任何危害後，他才開口回答。

「她並不是非來不可。我們都是因為她才在大半夜工作。紅皇后專案要與警政相關單位的行動有所區隔。」

「真不公平。」喬大聲嚷嚷抗議。「很可能是……」

喬對外會展現出熱情有幹勁，但內心，他自己也充滿了不確定。

安東妮娜與喬救出被綁的卡拉·歐提茲（Carla Ortiz），是七個月前的事了。當時，這個案子在全世界放送，從富二代繼承人離奇消失到她與父親相處情形等，全是人人關注的八卦話題。至於安東妮娜·史考特與紅皇后專案，一字都不曾出現在媒體上，甚至就連提到喬的部分也是少之又少。他與卡拉一起離開下水道的畫面，臉在攝影師的閃光燈下變得一片模糊，完全失真。

沒有獎項頒給紅皇后專案，大家只是無名英雄。帶著一堆幻影，隱姓埋名過日子，而這就是最大的獎項了。

那位討人厭的記者布魯諾·莉哈瑞塔（Bruno Lejarreta），嘗試想在馬德里發展，在電視上當名嘴，但過程並不順利，因為沒人想聽古鐵雷斯警官的事蹟。所以，當他連13TV（註1）都上不了的時候，他就只能夾著尾巴滾回家去。**唉！太可惜了**。喬暗自慶幸。他知道記者的下場時，不得不再開一瓶啤酒慶祝。

在歐提茲的案子裡，垃圾車持續好幾天在清晨搬運垃圾之後，只尋獲綁匪其中一人的屍體，另一人是否仍在哥雅比斯車上的碎石瓦礫之中，無法確認。大家都不清楚她的真實身分。這件事，以及其他的，還有未來的那屍體，都會在釐清事態之前，被自以為萬能的網民開口胡亂評論。他們的生活關注著一件又一件沒有太大意義的事物，追隨著一起走下去。

全世界翻頁了。

安東妮娜卻停在同一頁。

安東妮娜·史考特**從不**翻頁。

「很可能是她……」喬指著在泥灘中一具覆蓋著塑膠袋的屍體臆測。菜鳥已經在河畔的植被處架好六盞鹵素燈，強光照向屍體，死者私密處都變成解剖課的區塊。

曼多驚愕地扭過頭去。

「一定只是另一具無名屍。如果我沒記錯的話，這是第六具了。一個一生過得不順遂，悲慘的屍體。不是我們要的人。我們只是在浪費時間。」

安東妮娜不放棄搜尋。每一條線都不放過，分析資訊的方方面面，堅持要求調查馬德里與其周圍城鎮找到的每一具無名屍。然而，投注那麼多心力之後，那位先

註1 西班牙主教會營運的免費頻道。

前被當成珊德拉·法哈多（Sandra Fajardo）的女人依舊下落不明。

安東妮娜拒絕處理任何案子，除非她找到那個女人。當然，這便是個大問題。不管他們先前因歐提茲案子顯現出多強大的辦案能力，並且因而得到多少的特權，但那都已經是七個月前的事了。

不管有多強的辦案能力，全都像政治人物的記憶一樣，快速揮發掉了。況且，那些超強能力全都靠曼多在其中一一牽線才成形的。

「反正也沒有別的案子。」喬反駁。

「警官是知道個屁。」曼多口氣不悅。他在缺乏重要線索、天寒、對香菸的渴望之下，他過得十分鬱卒，一臉**爛芭樂**的樣子，臉上的笑容一點也不輕鬆與自在。「我可是擋下很多上面下達的指令，我聽了不少冷嘲熱諷，全都因為她不出手幫忙。」

喬搔頭（就是那捲曲的紅毛），深吸一口氣。基本上要花幾秒鐘的時間才能吸盡好幾公升的氧氣，充滿他那巨大的身軀。他現在需要那些氧氣量鎮靜自己，以防一時衝動一腳踹下自己的上司，讓他滾進河裡。

「我再跟她說說看。不過……」

喬話講到一半，便住嘴了，曼多一臉奇怪地轉身看向他，然後隨著喬的眼神看向河道中央。

河水中有一道光漂浮，如同是鬼魂發出粉紅色磷光的幻景。

一道光沿著河岸逐漸漂走遠離，接著另外一道光跟著漂浮到中央，然後另一個在河道上游。第四道光離他們五十公尺遠，似乎從河流稍高的矮牆上跳下去的，撲通一聲落到水面上。

「史考特。」曼多碎語了一聲，聲音帶有前所未有的震怒。他轉向喬，用眼神對他說：「快去找她來，讓她明白事情的嚴重性。」

喬握緊的拳頭好似在說：「我真想揍你一拳。」但他的拳頭一直深藏在大衣口袋裡沒有拿出來，所以這道訊息並無法傳遞出去。最終，古鐵雷斯警官就只能服從命令，盡快到安東妮娜的身旁。

3 天橋

因此，喬一臉苦瓜臉地走向阿爾甘蘇埃拉人行天橋（位於馬德里市西南方的卡拉班切區）。他的心情相當苦澀，肇因於滑倒的難堪，並且大半夜的肚子飢腸轆轆，以及他認為只有鬼才能搞懂安東妮娜到底在變什麼花樣。

橋墩橫跨河道，他正走在上頭，緊盯著遠方的安東妮娜。她身形微小，每走幾步就把光束投向水中，靜止一會後，再繼續往下投擲。

喬逐漸靠近，腦中繞過無數念頭，思考著該如何打破當下的狀況。安東妮娜並不是個能講道理的人，所有苦口婆心都進不了她的耳朵裡，千言萬語就像一桶水倒在鴨毛上，全都能輕輕滑落。再加上，事情若是扯上尋找把她丈夫造成昏迷不醒的罪魁禍首，那她更是什麼話都聽不進去。安東妮娜懷疑珊德拉・法哈多（暫且這麼稱呼）幹的事情，背後的指使者就是那個男人。那位神祕兮兮、捉摸不定與奧祕難解的懷特（White）先生。

曼多一點都不想知道安東妮娜對懷特的調查。喬則認為曼多一開始就不相信有這個人的存在，只把那位大名鼎鼎的懷特當成一則傳奇故事聽聽，甚至以為是安東妮娜執念下的幻影；然而，曼多給她的七個月的空檔裡，喬與她一起的調查，反而讓他覺得曼多是對的。

另外，幾天前，她與厄瓜朵竊竊私語，眼神充滿恐懼。幾天前，在走廊中，厄瓜朵對著喬用極低的音量，倉促說了一句令人猜不透的謎語：「最好看看事情的發展再說。」

喬在開口追問她前，她就走掉了，讓他獨自一人品嘗話中的個中滋味，只是他一點也參不透其中的意思。

無論如何，喬保留大家的意見，放手讓安東妮娜行動。

只是現在，假期結束了。

喬走上天橋，那座橋亮得似大白天一樣。

一座超級巨大的建築物，用了大量的金屬建材，十分現代性，超級無敵昂貴，外觀就像是文件的裝訂環。整座橋的光線來源取自內置的金屬亮片反射粼粼波光所產生的強光，非常明亮。

喬對現代建築並沒有多大的好感，他欣賞任何一座能撐住他（無關乎他是否是胖子）踩踏的任何一座橋。不過，這座橋光線明亮到足以施行心臟手術，讓他產生不少好感度。他踏在一塊塊木板，每一步都發出聲響，宣示著自己的到來。

妹子，看看妳能不能溜走。

安東妮娜蹲在橋的中央。三十幾分鐘。穿著一件大衣和黑褲子。白色運動鞋。她身旁的地上有一只綠色塑膠袋。那只袋子就是中國商店購物時贈送的。

喬靠向她，踏在木板上的腳步明顯比平常沉得多。

安東妮娜舉起手指，示意「行行好，勿打擾」。硬生生把她的同事擋在幾呎外。

「到了，至少講一聲。」喬說。「不然也該先傳……」

此時，喬感覺到手機的顫動。他這才收到安東妮娜傳的訊息。自從她發現有貼圖可以使用後，她半數以上的溝通內容都用貼圖表達。喬完全無法理解戴帽子的哈巴狗，到底想表達什麼意思。

「這是說妳到了的意思嗎？」

「我懂了。」安東妮娜回答。

「最好懂了，我是一點都不懂。」

安東妮娜沒有回應。她翻找塑膠袋，取出一盒螢光棒與一小瓶水。倒半瓶水到木板上，水從夾縫往下流進河中。然後，她拿出一條螢光棒，對半折一下，發出喀一聲，裡頭的膠囊破掉，過氧化氫流出，與草酸苯酯混合，塑膠棒發出強烈的橘光。

這女人是來查命案，還是來參加狂野派對？喬向自己發問。

「被害人大概幾歲？」

「厄瓜朵尚未提及。她剛一直在……」

安東妮娜再次舉起手指，不悅地制止他。

喬是那種一旦被不友善對待，就會反擊回去的人。這是運動員的自然防禦動作，也是雄性特質的反應。不過，安東妮娜今晚行動表現十分詭異。雖然喬本來就覺得安東妮娜很怪（若以她本來與眾不同做為標準），那現在真的十分不尋常。

安東妮娜把發亮的螢光棒塞入半瓶水中，擰緊瓶蓋，立在地上。緊接著，很快把水瓶高舉到鼻子上，觀測風勢。風停下來時，她把水瓶丟向河裡，觀察河底下的橘色螢光棒流經的地方。她的眼睛眨了好幾下，就像相機鏡頭不停的喀嚓，喀嚓。

喬先前就見過類似的畫面，他知道這是安東妮娜在腦中做圖像記憶的方式，此刻他才瞭解她為什麼要從不同的方位投下水瓶。

「沒有比較環保的做法嗎？」

安東妮娜不理他，眼睛只盯著某個地方。

水流在流向沙洲的中途，突然急轉彎，彷彿要把水瓶沖上北方的岸邊，只是微小的瓶身被蘆葦堵住，停滯堆積在一起。

「醫生，確認完畢。從橋上投擲下去，水流在中途變換方向。綁在她腿上的物品重量並不足以讓她一直沉在水底。應該是被灌氣了，才會一直浮在水上。她一直拖著水底的重物到沙洲上，擱淺在那裡。」

靜默了一會後，她又開說：「我建議您該帶著魯米諾（註2）上來這裡。如果可以，請曼多叫人支付橋上的燈費。」

安東妮娜把頭髮（黑直披肩的長髮）勾向耳後，露出AirPods的無線藍牙耳機。她的食指在其中一個耳機上按了兩下，結束通話。這才看向喬。

「原來如此，所以你們兩人才都不理我。」喬受傷地抗議。「至少該先知會我，說你們在通話吧。我可是冒著害死自己的風險為妳撈屍體。」

安東妮娜吃驚地皺起眉頭。

「曼多告訴我，河道遭到輻射汙染。」喬指著前方的曼多，向她解釋。

註2 發光化學試劑。

「完全是在造謠。」

「那就好。」喬鬆了一口氣。

「遭到輻射汙染的排水口是在另一條河道。」安東妮娜邊說邊指向另一條渠道，更接近喬剛才冒出水中的地方。

喬這次是嘆了一口氣。「後代，拜拜。」

「沒那麼誇張。你接觸的量大概就像照七至八次X光片。你的精子還堪用。況且我還以為你不想要小孩。」

「這點我保持開放心態。」

「小孩只會製造麻煩。」

此時，天橋上的燈滅了，瞬間他們成了黑暗中的兩道剪影，一個是龐大身影慌張地四處張望，另一個微小的人影從口袋裡拿出手機，開啟手電筒功能。

「看來你與小孩的會面很順利。」喬邊說邊從口袋拿出一支真正的手電筒。「我們在找什麼？」

「血跡，任何含有鐵質的物品。」

十分矛盾，偶爾要在伸手不見五指的黑暗中才能看見血漬。魯米諾能發揮很大的作用，只要把這個神奇的化學物灑在犯罪現場，在紫外線照射下，就能讓血液或有機物發光。不過一旦血液暴露在空氣中太久，在氧化作用下，顏色會從紅棕色轉成黑色，那麼魯米諾就起不了作用。這種情況下，最好是在黑暗中工作，所以喬與安東妮娜僅看著眼前小小光圈，緩步仔細查看每一處。

看得見最小的地方，才能看得到最多。

「為什麼妳沒有下去？我們在下面等妳。」喬就算抱怨，也沒有停下手邊的工作，仍用手電筒照著自己周遭的地板，試著理解安東妮娜做這些事背後的理由。要真的瞭解她，絕不是簡單的事。

「我不會游泳。」

「水深才八十公分，虧妳腿那麼長。」

「那也足以淹死人，虧你還跌倒了。」

喬閉緊嘴巴。他其實並不介意在別人面前出糗，那種場景在畢爾包城對付醜陋流氓時發生，或是用同志交友軟體 Grindr 跟二十幾歲的小夥子調情，好不容易鼓起勇氣要約對方見面時自己卻滑了一跤，在這人面前出醜都沒關係。但他最最最不希望自己滑稽模樣被紅皇后看見，看到自己的御用侍衛這般表現，就像證明了保衛她人身安全的人一點都不可靠。

就像阿娘說的，被戳到痛點，就刺回去。

他笨拙的模樣已如實展現在安東妮娜面前，自己也要刺激一下她，就算她根本覺得無所謂。

「離犯罪現場那麼遠，好不像妳。」

「有時候，遠處看得更清楚。」安東妮娜回答。

古鐵雷斯警官從眼角餘光看到幾個徵兆，他一下就瞭解自己夥伴當下的狀況。他們已經相處了好幾個月的時間，他懂只要她的肩頸特別僵直，氣喘吁吁，聲調高八度，手指不自覺地反覆屈張，那就代表來她那顆特殊腦袋正高速運轉中。

喬的一隻手插在外套的口袋裡，裡頭放著裝著藥丸的方型盒子。但他並沒有取出盒子，而是蹲下身子，繼續慢步察看欄杆，一吋一吋的仔細觀看。

不行。

她不要，就不給。

他和她僵持不下的時間並不長，因為很快地他就在欄杆的邊緣發現異狀。有一道咖啡色的血漬。

「看這裡。」

安東妮娜轉身走向他。此時，兩人蹲在一起，看著欄杆的下方，然後再看到上方。

「這是妳在找的嗎？」喬詢問。

安東妮娜眨了好幾次眼睛。另一個喬能明白的意思。她這麼做時，就像是筆電的光碟在找資料時嗡嗡作響一樣。

「很有可能。血跡可能是凶手把受害者從這裡丟下去時，留下的。」

厄瓜朵帶著作業上所需的工具，從橋的另一端走過來，他們倆站了起來，讓出空間給醫生，並且關掉手電筒的光。

「妳不想做出保證，對吧？就是這麼一回事吧。」

在一片烏漆抹黑之中，安東妮娜點頭。

「我不想見到屍體。若不是她，我不想看到。」

喬瞭解她的意思，因為他有過相同的經驗，有時死者哀怨眼神會讓人應諾自己無法達成的事。在七個月前，安東妮娜曾在一棟空無一物的別墅裡，對一個血被抽乾的少年做出承諾。那個承諾違背了她對馬可士的諾言，她說過絕對不會再讓他們生命置於險境之中。她兩個承諾都打破了。

「小妞，我懂看到屍體眼神的感覺。不過，這個案件妳真的瞎操心了，那具屍體的眼睛早就被魚吃掉了。」

「我不覺得沒了眼睛，就不必擔心。」安東妮娜回答，輕蔑的態度就像超人看不起子彈的樣子。「眼珠消失就更難判定身分。」

喬遲遲沒有回話，因為他接下來要對安東妮娜說的事情，是曼多交代的轉答的，而那將會使她非常不悅。

蘿拉　位於馬拉貝城的天堂購物中心

蘿拉・莫雷諾（Lola Moreno）逃過一劫，完全是僥倖。首先，她當時正在看嬰兒用品店櫥窗展示的一輛寶藍色玩具車。假若那輛小車是天藍色的話，她就不可能從玻璃窗的反射看見在自己背後肩上的一把搶，而且假若不是某位太太的反應（看出來凶手即將要射殺她），她更不可能做出正確的反射動作。

她沒有嚇得在原地固定不動，也沒有轉身面對嫌犯，蘿拉在一秒內馬上趴到地上，讓馬克洛夫半自動手槍的前三發子彈擊中玻璃，碎片全都覆蓋在玩具車頂上。千鈞一髮……逃過一劫。**窮人家快樂不久**。她媽總是這麼對她說。蘿拉穿的牛仔褲是高檔的寶曼牌，上衣是喀什米爾羊毛絨針織衫，手裡拿著的是普拉達包包。窮人家跟她一點都扯不上邊。

絕不會是金錢上的匱乏。

時間上的匱乏則相當值得討論。

三十公斤重的櫥窗塌倒在蘿拉身上，她雙手抱頭，堅信多雷（Tole）會處理好整件事情。她可是為了預防這種事情，才付大筆金錢請人保護自己。

（蘿拉放聲尖叫，口中似乎在說什麼，但沒人得聽懂。）

多雷的待遇很好，好到他可以狂喝星巴克的咖啡，因為他需要隨時提高警覺。不過問題是特大杯的星冰樂都有十八匙糖的甜度，這會造成他動作變得遲頓、緩慢。**反射很重**。瑜利・沃羅寧（Yuri Voronin）說過的話，他偶爾會用錯誤的西班牙語講出真相。

那一隻拿著特大杯飲料、同時得成為一隻要掏出手槍的手，飲料瞬間成了保鏢工作上的阻礙。尤其是，他另一隻手正拿著手機看昨晚莫斯科斯巴達克隊的足球比賽，所以就算他再快丟掉手上的那兩樣物品，凶手朝他開槍時，他還在取下槍套。

多雷身中四槍。

凶嫌第一槍幾乎沒有瞄準就直接射擊，打到他的腿上。這一槍是最痛的。第二槍和第二槍在他的黑色背心上打出兩個洞，一顆嵌進到左胸膛，另一顆直接打爆脾臟。多雷幾乎無法呼吸，在他人生僅剩的六秒裡，他只能用來與大規模的感染奮鬥。最後的兩顆子彈幾乎沒有帶來更大的痛苦。腎上腺素的分泌與第一顆子彈就足以讓他痛不欲生了。

多雷在槍擊犯朝他射第三槍與第四槍的空檔，他才找到機會掏出手機。他開了一槍，但只擦過對方的手臂，他的身體已經不足以讓他瞄準這個世界。不過這也導致對方的第四顆子彈打到牆上的招牌，讓整塊牌子硬生生掉落，穿過玻璃柵欄的縫隙，整個掉落到樓下。樓下的尖叫聲，呼應著在樓梯口早就聽見槍聲的人群，一同發出歇斯底里的嘶吼。

第五發（致死的）子彈，在多雷左眉上轟出一個漂亮的洞窟，削進腦袋之中，但無法衝破腦袋上的頂骨，緊緊卡在腦漿之中。

倒下。

蘿拉看到多雷倒在地上奄奄一息的模樣，立刻摀住嘴巴不再放聲尖叫。她離翻倒在地上的星冰樂咖啡十分接近，也就是與多雷雙脣噴出猩紅色血液相當接近。多雷是她的司機與保鏢，共處六年，她每天早上都可以從鏡子中看到他那雙既忠貞又和藹的眼睛，但現在那兩隻眼睛只有驚恐與不解。多雷離世時，他才四十七歲，生平沒有任何豐功偉業，沒有完成任何夢想。

當然，那些都只是蘿拉腦子瞬間的想法，隨即消逝。她得努力逃亡。她赤腳穿過購物中心的公園，雙足全是血。今夜，她大概會躲在浴室裡大哭一場（用一件偷來的外套蓋住自己全身因恐懼而不停發抖的身體）。只是就連這件事她也做不到。

多雷在嚥下最後一口氣之前，最後一個動作即是從嘴裡噴出血來。鮮血中有幾滴血濺到蘿拉的臉頰，而這件事（比槍聲，以及比起要保護肚中嬰兒的需求）是最讓她崩潰的事。以往，當蘿拉走出昂貴高級的餐廳或服飾店時，善妒的女人從蘿拉擦身而過，會肘擊她一下。假若是西班牙女人肘擊另一個女人，意指這女人是個「花瓶」，若是英國女性或俄羅斯女人做此動作，代表那女人是「勝利女神」。蘿拉的確比起其他三十多歲的女人（根據蘿拉的說法，她現在才二十多多多多多歲）有更多的空閒時間，可以花在上健身房。而且，這件事也救了她一命：

◆傾身做波比跳的動作，手摸地板，雙腳迅速在玻璃上從一端到另一端，利用臀肌和大腿那根骨頭的推力，往上蹬（每週三 11:00-11:45 的 Zumba）。

◆她徑直跳過多雷的軀體，安穩落地（每週二12:15-13:00的Body Balance）
◆兩個直勾拳直接朝著嫌犯的顴骨位置重擊（她的最愛——每週一和週五早上十點的心肺拳擊）。

其實並不算真的重擊，而且打出兩拳也是全然的巧合（因為蘿拉稍稍重心不穩）。蘿拉個頭算高的，有一百六十五公分。她此生沒真的用拳頭揍過誰，做心肺拳擊的目的，最多只是讓身為家庭主婦的自己擁有翹臀的效果，絕對沒有擊碎顴骨的可能。不過，她的反擊，還是讓壞人一臉莫名其妙地往後退了幾步。

而且，這同時也讓罩住對方口鼻的絲巾滑落下來。

蘿拉一秒即認出對方的長相。

那短短的一秒也讓她意識到自己慘了。

好個爛貨針織品。她暗自評估。

一旦我們的大腦面對危險訊號，腎上腺髓質就會在血管中大量快速分泌兒茶酚胺，提供反擊或脫逃當下所需要的力量。蘿拉那弱弱的拳頭算是反擊了，所以此刻她只剩驚慌失措地趕快逃命。

她站起來，腳上義大利牌子的Miu Miu涼鞋一隻已經不見。她慌忙地轉身，卻滑倒在玻璃地板上，狠狠摔向地面。這種事在馬貝拉城市裡發生，會被說是大屁股。她試圖側身站起時，發現另一隻涼鞋也鬆脫了。她赤裸的雙腳就站在玻璃碎片上，不過她一點也不覺得疼，被抓到的恐懼勝過所有的疼痛。她再次起身，往走道底部的逃生出口跑去，不過這在歹徒眼中，她再次成為顯眼的目標。

歹徒已經從自己被揍的兩拳中恢復過來，舉起手槍射擊。在近距離中，她穿的粉紅色針織衫使她更容易被瞄準，不過要射中她的基本條件是槍裡要有子彈。馬可洛夫的半自動手槍彈匣一次只能裝八發子彈。三發用在玻璃櫥窗上，四發在打死多雷的身上，一發獻給招牌。因此，原本期望聽到槍聲的「砰！砰！砰！」卻變成「咔！咔！咔！」。歹徒咒罵了一句（他比較習慣另一種一次裝入多發子彈的槍支），伸手取出夾克裡另一個彈匣。他沒有預料到自己要開那麼多槍。他扭開手槍滑套，放入彈匣，但是他失去機會朝著離他越來越遠的粉紅色針織衫開槍了，因為此時他聽見背後有人大喊：

「雙手舉高！」

歹徒抬起眉毛（內心一定想著：**開玩笑嗎？雙手舉高？別鬧了？**），轉過身。珠寶店的保全（拿著左輪手槍，留著八字鬍，皮帶上有一圈啤酒肚）衝出店外，把槍對準他。

歹徒沒有給他射擊的機會，直接朝他的胸口射了兩槍，然後再一槍轟掉他的腦袋。他仍有五發子彈。在保全跪地倒下前，他就已經轉身朝向蘿拉的方向跑去。他對她開槍，四發全射在緊急出口的門上，當時蘿拉已搶先一步把門關上。歹徒抓狂地怒吼一聲。

然而，蘿拉仍未安全，危險還在。

一直都在。

4 視訊

史考特奶奶知道安東妮娜心情很差。

「小妞，妳心情不好，連我都感覺到了。」她說。

她在廚房，人對著 iPad 的鏡頭，奶奶手裡忙著在吐司上抹奶油與果醬。那罐手工製的紅莓果醬甜度爆表，似乎甜到連鏡頭那一端都能一起甜得發麻。安東妮娜壓抑住自己不要提及糖分、油脂攝取量的話題。史考特奶奶的年紀僅是數字，現年九十三歲，下週九十四歲，但氣色紅潤得像朵玫瑰。

沒有，安東妮娜對吐司上的果醬默不作聲。她早就表明不會對奶奶飲食中的糖分與膽固醇表示意見。所以，她就只是暗自計算奶奶吃下的卡路里。她當然懂甜食的誘惑，就算她的嗅覺功能喪失，但只要食物非常非常甜，她還是能嘗出味道。不過，她不想再這麼吃東西了。

Kummerpeck。

德語，悲傷的培根。意思是人在不幸福的時候，體重會增加。

她回到工作崗位上的這七個月，努力不再放縱自己。她之前那三年，吃進了太多糟糕的垃圾食物。她懂像這樣一片吐司的熱量，最終會直接累積到屁股上，讓自己的臀部看起來就像那片吐司一樣平坦。

因此，她現在人在自己拉瓦皮耶區的閣樓公寓中的廚房裡，內心充滿嫉妒，喝著膠囊咖啡當早餐。

「晚上過得很不順。」她僅僅如此回答。

奶奶皺起眉頭，身體靠向螢幕。她這才注意到某個異狀。

「妳是在家裡打給我的？」

安東妮娜把 iPad 放在桌上，兩手摀住自己臉。

「我回來這裡睡覺。現在去醫院太晚了。」

她還有些話沒有說出口：她已經連續四個晚上都在家睡。她陪在馬可士身邊的時間越來越少。

以及，她也沒有說：她買了一個充氣床墊。每到晚上才會灌氣，到早上再收拾起來，塞進衣櫃。她不想陽光見證她做這件無恥的事。

另外，她沒說：她越來越無法直視自己的丈夫。握著他的手，待在他身邊，變得難以入眠。他的身形越來越衰敗委靡，皮膚粗糙暗淡，而這只讓她愈感到罪孽深重，難以承受。她以前對馬可士的感覺是愧疚抱歉，但這些現在全都變成一股無法抑制的憤恨。

同情心是有限的。一旦超過負荷，就會把自己遭遇的惡運怪罪到壞人上，自己也成為受害者。

這些她全都沒說。安東妮娜或許可以號稱是地球上最聰明的人，但她卻沒有足夠的智慧瞭解該如何處理情緒，也沒有能力阻止一切的感覺。

安東妮娜什麼都沒有說，但奶奶本來就不是靠話語理解她的狀態。

奶奶全都了然於心。

「昨天天然氣公司的小夥子來做年度安檢，他身材很棒。」只有史考特奶奶有辦法戴著假牙，還能把英文小夥子（註3）講得那麼煽情。

「拜託！奶奶，妳和他相差四十歲。」

「小妞，是差三十八歲。妳真該看看他那如同小豬公般的身材，」她邊說邊咬下一口吐司。「而且他喪偶，鰥夫，可憐人。我應該要在這幾天邀請他一起共進晚餐，吃一頓小羔羊排佐薄荷醬。」

奶奶史考特認為小羔羊排佐薄荷醬是一道能令人意亂情迷的獨特料理。安東妮娜對此不予評論，她很清楚奶奶就算是殯葬人士在下葬棺木，她也能和對方調情。

「我的意思是……」奶奶想繼續說下去。

「我知道妳想說什麼。」安東妮娜打斷她的話。「我的人生不需要男人。」

「傻孩子，我正在讀的這本雜誌，有一個很有趣的測驗。」

奶奶舉起雜誌。安東妮娜看著紫紅色的紙上印著筆畫粗重的字母，她讀第一句話中十二個字中的前九個字。安東妮娜不懂奶奶怎麼可如此好整以暇，她明明都在咬大拇指了。

「『找到自身迷人之處嗎？答案就在這五十道問題裡。』」

「妳要用如此粗糙的指南來剖析我的人格嗎？」

「小妞，我跟妳講真的。妳看，問題三……」

註3 Nice ol'chap：「ol' chap」為英國人口語「傢伙」之意。

安東妮娜停頓了一會兒，不再回話，這時奶奶才注意到她根本沒有在聽。

「好吧。到底發生什麼事？」

她的孫女滔滔不絕說起她與荷耶溝通不良的問題，談到自己受不了兒子用猜疑的眼神注視著她，而且安東妮娜也不太能理解自己正在扮演什麼。其實真正的問題是，這是母子兩人都無法習慣的角色活動。

奶奶表示同意，但沒有任何回應。

安東妮娜顯得十分煩躁。

「我在這裡自言自語十分鐘了。」

「妳在這裡自怨自艾了十分鐘。我可沒有把妳養成一個只會哭哭啼啼的傻子。如果要哭，去求助喬。付錢請他來，不就是為了讓妳能靠一下他那壯碩的胸膛？」

「哼！」安東妮娜從奶奶的鐵錘暴擊中緩了過來後，她才回答。「喬也做得不太好，不是說他和曼多都太依賴我，只是昨夜……」

「哇，妳就是太死腦筋了。」奶奶截斷她的話。「聽好了，安東妮娜．史考特，唯一能解決妳的問題，還有所有問題的辦法就是：放下。」

安東妮娜錯愕得不停眨眼。奶奶繼續發表她的高見。

「多年前妳做錯了一件事，所以馬可士因妳而死。」

「奶奶，他還沒死。」

「我們兩人都很清楚醫生宣告的內容是什麼意思。我們兩人都知道是妳一直抓著他不放，因為妳不想承認錯在自己。以前妳太自負，所以連荷耶都不想見，這才讓妳爸爸有機會把小孩搶走。」

奶奶停了一會兒，拿起桌上的酒杯啜飲一口。看起來是黑醋栗果汁，但懂奶奶的人就會知道，她的果汁一定是待在橡木桶中那一類型的陳年飲料。

「從他出生以來，妳就不曾待在他身邊，妳一點都沒學過該如何當媽。女孩，沒有人百分百知道什麼是母親，不管做什麼，妳都是錯的那一方。當他長大，他的問題、缺點全都會怪罪到妳身上。這是必然的。我們都是這樣走過來的。」

安東妮娜對最後一部分很有感。不管怎麼說，她把很多事都怪罪到父親身上。

「真是殘忍。」

「妳一點錯都不想犯，就只能繼續認為自己是個失格的母親，害了丈夫的人。是自己辦事不力，凶手連個人影都沒找到。妳自己嚇自己，把自己困在裡面。再這樣下去，妳唯一會找到的就只有孤單寂寞。所以，算了吧。」

安東妮娜花了幾秒才記起自己先前也聽過那些話。那是社服人員允許她再次與荷耶相處，當時孩子要求她做的第一件事：一起看一部莫名其妙的電影。整整兩個小時都在推敲自己看了什麼，到底一隻會講話的雪寶與一個走不出城堡的公主，想表達什麼，但最終她仍看不到其中的趣味。

「奶奶，你剛說的是艾莎的臺詞？」

「而且太驕傲了。」奶奶邊說邊舉起空空如也的酒杯，黑醋栗果汁早就一點都不剩。

安東妮娜不耐煩地用力往上吹了一口氣，掀起瀏海。她半長不短的頭髮長度已經超過肩膀，到了非修剪不可的位置，但她甚至連這件事都找不出時間來做。

「我想妳大可不必擔心我愛鑽牛角尖的問題。幾個小時前，我才收到厄瓜朵發送的正式通知，向曼多證實一件眾所周知的事。曼薩納雷斯河上的屍體不是珊德拉。」

「甚至連她的真實名字都還不知道，對吧？」

她自今仍可以聽得見珊德拉在暗黑隧道中所說的話，那幾句她解不開的話仍在她耳邊盤旋。

妳過目不忘，卻連自己害過的人都不記得？妳真要吃盡苦頭才要放棄從中作梗嗎？

「我一點線索都查不出來，奶奶。伊斯基爾案中的所有事情都是假的。過度明顯的宗教目的，犯罪手法矯揉造作，違反天性……一切都是編造的，都是煙霧彈。我還是不瞭解其中的道理。只知道這些詭計都跟懷特有關。」

奶奶又啜飲一口，臉上露出滿意的微笑，那個笑容是會出現在糖果廣告上的笑容。她一丁點也不惋惜安東妮娜放棄尋找那個人。

「安東妮娜，那男人是個瘋子。」

不對，奶奶，他不是瘋子，他很強大。為什麼沒人能看見呢？安東妮娜自忖。

然而，她靜默。

她想掛斷電話了。

她想回到客廳，盤腿獨自坐著，沉浸在自己的三分鐘裡頭。她第一次感受到那三分鐘的急迫性。

「妳知道曼多要派什麼任務給妳執行？」

「不清楚。」她邊搖頭邊回答。「反正都是些雞皮蒜毛的事。」

「小妞，笑一個。最後又是個很好的經歷。」

蘿拉

蘿拉跑下樓，嘴裡重複唸著保命祕訣。

不會只有一個，不會只有一個。找人麻煩不會是單挑，永遠都有同行的夥伴。

她腦中浮現一段過往在家中客廳的片段。當時她在擺放夾鰻魚的布林餅與一壺基塞爾飲品（註4），而他拿著抹布擦拭料理檯。隨著夜越深，講話的音量越來越大，逐漸掩蓋背景電視的聲音，俄羅斯第一頻道一成不變的音調已經完全聽不見，所有聲響全都被別墅裡弧線天花板給吸收了。在她面前，那些殘暴危險、好大喜功、虎假虎威的人都彷彿不存在這個世上，都只是瑜利嘍囉。不過，她似乎不太會說俄語，所以聽到什麼也都無所謂。

她的俄語程度學了六年，但可以肯定的是，還是講得不太好，儘管她幾乎都能聽懂。那些職業殺手在描述自己執行任務的手法，至少她有足夠能力捕捉到那些好友（或合夥人，至少對瑜利來說，兩者指同一件事）的意思。當時她一點都不曾想過有一天自己會成為目標。

註4 布林餅（blinis）與基塞爾（Kissel）都是東歐地區的食物。布林餅類似可麗餅，是猶太家庭的日常食物，而基塞爾是水果甜品。

一輛車或一輛摩托車會在外邊等著。槍手在公共場所「砰！砰！」後隨即會跑向外頭接應的車子上。那輛擔任把風和守在出口的摩托車，在事成後，加速揚長而去，消失無蹤。但願我忘了我見過你。最後一句話他是直接用西語對她說的。俄羅斯人動不動就愛講上一句西班牙語。

蘿拉在購物中心內，她深知對方會做的事。所以她把汽車留在停車場上，從逃生門離開。

也就是說，她逃向一個錯誤的方向。

她聽見樓上，兩層樓上的位置發出了喀啦的聲響。殺手正尾隨其後。蘿拉為了探個究竟，把頭伸向樓梯外中空的位置。子彈差幾公分就打中她了。爆炸聲塞滿她的耳朵，迴繞在水泥牆間。

蘿拉咒罵一聲，繼續跑下樓，一直到最底層沒有任何臺階，無處可走為止。那裡有一扇逃生門，通往購物中心的後方。

以及，通往停車場。

她聽見後方殺手的腳步聲，全速向她跑來。不容猶豫一分一秒。蘿拉開門，在她前方十公尺的位置，一輛未熄火的車子直接衝出路面。

蘿拉沒有停下來看駕車的人（因為她知道是誰了），她就只是死命地跑，然後衝到兩輛車子之間躲起來。早上停車場的車子不多（現在是十二點，來這裡的都是外國觀光客，他們先在此處吃飯，然後再大肆血拚 Gucci 和范倫鐵諾）。因此，蘿拉蹲下來在車子之間移動，努力藏身其中。只不過她忘了自己受傷的腳，早就在柏油路面上留下血跡。

她聽見身後的逃生門被打開。蘿拉蹲在一輛新的豐田 Prius 後面，四周沒有車子可以讓她躲了。她與下一輛車有三個車位的距離。

她哭了出來，淚眼婆娑。

當豐田 Prius 後方的擋風玻璃碎成一片時，蘿拉嚇呆了，全身不停發抖，全然不知該如何反應。她全身趴在地上，恐慌地叫了出聲。此刻的她，既看不到殺手，也不能跑向另一輛車，那實在太遠了。她唯一可以去的地方，就是趴到車子的下方。她靠著手臂的力量往前爬，她的手掌和手肘（在一件一千兩百歐元的針織衫內）隱隱感覺到引擎燃油的黏稠。

車子跟丟了。

蘿拉也丟了魂。

她腳上的割傷流了非常多血，再加上她今天早上沒吃早餐。她原本想要買完嬰兒車後，再喝杯咖啡。聽說前幾個月都會狀況很多，現在是她懷孕的第三個月了。不過，套上一件寬鬆的衣服，根本難以察覺她的狀態。事實上，她十分渴望懷上小孩，所以她才會這麼急地去看嬰兒車。

真的狀況很多。

蘿拉覺得腦袋輕飄飄的，視線逐漸模糊，手臂使不上半點力，整個人像要沉到地上去了。

不行，媽的，我不能昏死過去。

儘管她內心深處是渴望就這麼昏過去的。被槍擊中就再也不會痛了。瞬間黑屏，結束，輕而易舉，半點苦痛也沒有。但她仍努力要自己別再胡思亂想。

不可以。

她再次振作了起來。油漬混著淚水，在她臉頰上形成七彩光滑的汙漬，滑進她張開的嘴巴裡。味道甜甜的。

有害的甜味。

她吐出來。

她繼續匍匐前進，穿梭在車間。正好及時躲進另一邊的車子下方。她面前有幾雙靴子。厚重的黑靴。其中一雙沾滿鮮血。

右腳尖距離她的腳只有一個手掌的距離。

再稍稍往前移一些，就會被抓到了。

再多往前爬一些，就會被抓到了。

有個人默默悲傷地在為蘿拉哭泣。當然，那人就是她自己。她沒有發出半點聲響，幾乎連一動也不敢動，但她哭得十分傷心激動，覺得獨自一人孤單地在車下被抓，然後以這種方式死去，實在太不公平了。

此時，她聽見警笛聲。不是像電影演得那樣從遠方傳來。那聲音就在近處，非常大聲響亮，頂多就只隔著一個街口。

靴子走遠。

車門關上，引擎加速，瞬間就消失在遠方。

蘿拉再次癱倒在地（稍稍喘口氣，她知道自己不能鬆懈，威脅還沒有結束），她仍在哭泣。

當她牛仔褲口袋的手機響起時，她還在哭。

她甚至不記得自己身上有手機。

那是瑜利傳來的簡訊。

他們找上我了。妳知道該怎麼辦。

太愚蠢了。**笨蛋**，**自大狂薯條**。蘿拉暗自咒罵。如果她丈夫在她面前，她會毫不留情扯下他的頭髮，把他在土耳其的植毛拔得一根不剩。

現在才說？現在？

5 緊急處理

畢爾包的優缺點？

畢爾包的缺點在於沒有一間像阿坦克俱樂部這樣的地方，可以讓人跳上幾個小時康康舞，扭動下盤右側屁股，好好釋放壓力與紓解生殖器官的隱隱作痛。

畢爾包的優點在於沒有一間像阿坦克這樣一個地方，會讓喬離場時帶著一顆受傷的心，讓他比入場時覺得更加孤單寂寞。

不過，不能否認身體也變得輕盈一些。

事實上，他真正渴望的是與 Grindr 交友軟體上的年輕小夥子聊聊天，但經常聊了幾次後，全都人間蒸發。古鐵雷斯警官表現得很友善，只是他喜愛制式的一對一交往關係，不想可憐兮兮地與別人分配一週七天見面的時間。他想談的是文明人的愛情，但卻尋覓不得。

喬離開那家店時，外套鈕扣都沒扣上，頭髮像是剛從三溫暖房出來一樣，溼漉漉的，連大衣也沒穿，因為俱樂部離住家只有六分鐘的距離。吸引力法則，誘惑就在住處的隔壁，如此不可抗拒。

一如往常，喬從置物櫃領回手機（俱樂部為了保護大家在裡頭的隱私，規定手機不能入場），仍擁有無可救藥的樂觀。他打開手機時，內心期待今天會走運，會有某個小夥子傳訊息過來。

然而，螢幕上跳出來的是五通曼多的來電。

六通，當下又來電了。

「現在都快凌晨兩點了。」喬一接起電話就抱怨。

「希望史考特已經如我說的一樣，準備好開始工作了。」

「您收到厄瓜朵的報告了。」喬吸了一口氣。

「正如我們所料，那女人不是珊德拉，所以別再管那案子。」

「這事不能等明天再說？」

「可以，但是有件非常重要的案子發生了。我要你們前往馬貝拉市。」

「好啊，明早……」

「警官，即刻。聽我的，這事很緊急，而且非常非常重要。請您去找史考特，一起出發。路上我再告訴您們更詳細的資訊。」

喬張大嘴巴，遲遲無法闔上。可能是他在用力吸氣，基本上沒有方法知道他嘴沒闔起來的原因。

他已經連續兩個晚上直到深夜才上床睡覺——前一晚是在撈屍體，今晚是在釣男人。而且，他算是有年紀的人了，這樣的命令只讓他覺得自己在玩命。

「六小時的車程。」

「車子性能若好，只要四個小時。路上小心。」

「您剛才是請我開快車，但同時注意安全嗎？」

「兩事並不矛盾。」

「說得比唱得好聽。」

「如果需要藥物幫助，車子裡的置物櫃中可以找到藥物。」

想得美。一個團隊為了辦案，養出兩個毒蟲。

「聽好了，我的身體神聖不可侵犯。」

「警官，您身體內的膽固醇指數高達兩百八十三，實在不像您說得那麼聖潔。」

「我以為身體檢查的報告，醫生不可以洩漏。」

「口風很緊，誰都不准洩漏。」曼多下令，接著掛斷電話。

半小時後，安東妮娜就坐在奧迪Ａ８的副駕駛座上。黑色板金的車身，不透明車窗，鋁合金車輪，一輛要價十萬多歐元。喬把此車賜名為**復活車系**，這個暱稱大概只有他知道笑點在哪裡。

「如果你太累，我可以開車。」安東妮娜用一副無辜的聲音提議。

這一輛車是曼多分配給他們的第三輛了。第一輛被安東妮娜以時速兩百五十公里追逐綁匪而報銷。第二輛被喬用來衝撞彼得先生（安東妮娜的父親）的座車，一輛勞斯萊斯的天魄典藏車款。不過，喬認為此事責任也在安東妮娜身上。

所以，喬有充足的理由在不到二十二世紀前，都不讓出駕駛座。

「小妞，妳休息就好，休息就好。」

安東妮娜不悅地把座椅往後調，躺下，閉上眼睛，假裝睡覺。

喬看向手錶，想起老娘，想她現在的模樣。一個七十一歲的女人，獨身一人在亞歷桑納賓果室玩賓果。可憐的孤獨的老女人。

當然，很孤單，但她不在乎。不管未來會發生什麼事，她就是不要離開畢爾包跟兒子住在馬德里。都這把年紀還要搬去哪，要去哪是你的事，反正你也不在乎我獨自孤老死。阿娘，我不會的，但我有任務在身。畢爾包就沒有任務。最終，他四十三歲時才要學會燙自己的襯衫。當然，這只是一種說法，曼多每個月付給他高額薪水。襯衫現在都是交給洗衣店處理。他現在薪水高達五位數，但他很想念阿娘。真悲傷。

我該打通電話給她。

不過，此刻和他真正講電話的人（當他們開上A—4高速道路，差不多在巴爾德莫羅鎮的位置）是曼多。他打到安東妮娜的 **iPad** 上，要求用 **FaceTime** 通話。她把平板靠在儀表板上撐著之後，才接起電話。

「您們大概在問為什麼大半夜要去馬貝拉市？」

畫面上只出現曼多的髮際線和眼袋。他的外貌彷彿一夕之間老了十歲，而且嘴裡還在抽著電子菸。

「事實上沒人問耶，反正開六百公里的車只是舒展一下筋骨而已。」

「警官，請您眼睛看路。」

「也請您不要把電子菸吐向鏡頭，不然什麼都看不見。」

「現在我們不再尋找法哈多。目前，有好幾個案件表示需要紅皇后的協助。」曼多無視喬的發言，直接進入主題。「我得對那些案子先拒絕或擱置，因為現在有個我們等待許久，千載難逢的機會出現了。」

曼多拿出一張照片，放在鏡頭前。看起來像是護照上的大頭照。一個黝黑的男性，年約三十五歲左右。厚唇，寬鼻，頭髮。

我認得出他是誰。喬自忖。

「這是瑜利．沃羅寧兩天前的模樣。」

曼多又拿起另一張照片。

「這是他現在的樣子。」

這張照片是用閃光燈拍的，而且是把解析度調到最大的結果，但能看得出來的部分，只有瑜利的肩膀和瑜利的下巴。甚至，那兩部位還要費很大的心力才能從血跡與骨頭中，分辨出來哪些是瑜利的頭髮。照片上不見的是鼻子、眼睛和瑜利臉的其他部位，因為全都被獵槍轟掉了。

這我就認不出來了。喬看了一眼後，撇開視線，暗自回答。

「我猜子彈是十二鉛徑的霰彈。」安東妮娜更大膽地靠向螢幕。

「讓你上培訓課真是做對了。」曼多肯定，並拿出更多照片。從照片上看起來，他的身體像是被摔在玻璃上。從遠處看過去，彷彿只有半顆頭，因為他的確少了半顆。「瑜利是一個在俄羅斯很有影響力的企業家。」曼多接著說。「他有一家貿易公司，進口化學農藥、植物激素、殺蟎劑。貨物從聖彼得堡出口到西班牙南部的阿爾赫西拉斯或馬拉加。此外，還有鐵、鋁，以及其他生產原料。最近這幾個月大量進口付篤（註5）。」

「付篤是什麼？」

註5 付篤為俄語 фундук 的音譯，意思是榛果。

「俄語榛果的意思。」安東妮娜回答。

當然，當然。喬暗自盤算。**她怎麼可能不會俄語**。

「俄羅斯的巧克力榛果醬。」曼多澄清。「這東西似乎在南部的太陽海岸挺流行的，甚至還出口到法國。」

「巧克力榛果醬使人發胖。」安東妮娜補充說明，因為她的肚子就是證據。

「當然除了榛果外，還添加了別的東西。俄國人才不甩營養專家對棕櫚油的意見，他們照加無誤，據說這樣才能品嘗出個中美味，是成功的祕訣。」

「讓我猜猜。」喬要求。「他會被殺，絕對跟他賣牛奶、可可粉、榛果和糖無關。」

「是的，沒那麼簡單。我們懷疑瑜利是奧爾洛夫組織的財務長。奧爾洛夫算是在西班牙裡俄羅斯黑手黨的頭號人物。」

「為什麼要殺財務長？Excel 報表弄不好嗎？」

「警官，你問到關鍵。我換個方式問，你對太陽海岸的犯罪組織瞭解多少？」

「他們玩很大。」喬回答。

雖然這不在喬之前當警察職務的管轄範圍，但他一直都很關心內部公告的內容。他知道南部每週的收網行動，有數百萬歐元與數萬噸的毒品在流通，也知道發現一個埋有十幾具屍體的屍坑，只是這些訊息都不會曝光。

畢竟吃飯的傢伙一定得保護好，而在西班牙這個國家，賞飯給大家吃的傢伙是太陽與沙灘。

「不開玩笑，真的玩很大，玩到變成一場災難。原本是哥倫比亞、瑞典與科索沃都瓜分南方這塊大餅，但後來俄國人搶走整塊餅，於是掀起一場風暴。警方逐漸無法控制住情況。」

「一如往常？」

「地方警察一點作用都沒有，案件被各個單位分走了。掃毒由中央的 UDYCO（註6）負責，貪汙是被歐洲理事會的 GRECO（註7）調查，然後民防隊想幹麼就幹麼，而且全都相互嫉妒，各幹各的。」

「一如往常。」

「警官，所以要靠您們穿針引線了。」

曼多拿出其他張照片。一個女性，藍眼珠，栗色頭髮，鵝蛋臉。甚至從基因排列序列上，就能看出她會有一個相當完美的鼻梁與鼻翼。**那張臉有誘人犯罪的能力**。

「蘿拉・莫雷諾・費南德茲（Lola Moreno Fernández）。出生在一九八九年西班牙南方的豐希羅拉小鎮。受過祕書課程的培訓。當過模特兒、酒促小姐，也跳過啦啦隊。沒有半點可疑之處。和瑜利結婚六年，現今居住在一棟要價五百萬歐元的別墅內。」

「竟然讓那麼美的人守寡。」喬表示。「她那邊有什麼線索嗎？」

「沒什麼特別的，只知道今天早上她丈夫被做掉的同時，也有人想在購物商場上殺掉她。她的司機已經身亡，而她人現在不見蹤影。」

註6 UDYCO 是隸屬於國家單位的掃毒單位的簡稱。
註7 GRECO 是歐洲理事會反腐敗國家聯盟的簡稱。

「警方在搜尋中。」

「奧爾洛夫組織的殺手也一樣在找她，所以我們的任務就是要比他們更快找到。所以，我才急著要您們到馬貝拉市，就怕晚了一步，我們只能收屍。蘿拉是我們唯一跟瑜利有關的線索，如果可以知道殺她丈夫和她的原由，或許會是一條擊潰奧爾洛夫的路徑。有問題嗎？」

喬嗤之以鼻。安東妮娜沉默。大家都知道她十分不悅，她就只想待在馬德里，繼續搜尋珊德拉（不管她叫什麼名字都好）。

「妳看起來興致缺缺。」曼多對她說話的口氣，聽起來相當冷漠，一點也沒有要示好的意味。

「黑手黨超無聊的。」她無所謂地回答。

「好了，這案子跟瓦倫西亞案差不多。」

「我們對瓦倫西亞案的記憶似乎差很多。」

曼多清一清喉嚨。

「像這類錯綜複雜的情況，最符合紅皇后設立的初衷。能把一切都串在一起的人，非安東妮娜莫屬。我把目前為止所有資訊都放在共用資料夾內。有任何消息請立即回報。」曼多要求。

曼多掛斷後，車內悄然無聲。奧迪A8的車內空間密閉性極高，就連輪胎在路面上跑動的聲音也聽不見。車子只是默默吞噬掉每一哩路。

「我一直穿黑衣。」安東妮娜突然開口說話。

喬一臉困惑地看著她。

「你剛說竟然讓那麼美的人守寡。那我呢？」

妳……你早就不該守寡了。喬內心這麼想，但他答：「讓我這麼跟妳說，」他一臉嚴肅。「妳大概當不了模特兒，但妳一笑，世上所有的蘿拉都會變得一文不值。」

安東妮娜笑了。對，就是那個笑容。

她的一萬瓦特的笑容，專屬於她的商標。

喬這才發覺這是這幾個月來第一次看到她笑，而這也瞬間融化了他的心，他的胸口甜得像一塊熔岩巧克力蛋糕一樣，要爆出巧克力濃漿。

唉！小妞，妳奇葩到讓人難以不愛妳。

6 告示板

事情有輕重緩急之分，所以現在第一優先該做的是吃早餐。

喬輕碰安東妮娜的手肘，輕柔地喚醒她。安東妮娜不耐煩地翻過身去。她討厭別人碰她，但這次沒有出聲抗議。

喬不曉得這是否代表兩人關係更好一些，但他傾向當成如此。

「我們快到了，先停在這裡一下。」

安東妮娜在座位上伸懶腰，揉揉眼睛。他們的車停在一家咖啡館前，當時天還沒亮。

「不是這裡。」

「是這裡沒錯，我肚子餓到看不到路了。現在不讓我吃口三明治和喝杯咖啡的話，妳就自己去犯罪現場。」

她把手伸向置物櫃，有一個紅色信封被壓在一本汽車使用說明手冊下方。安東妮娜打開信封，取出一袋裝著白色藥丸的塑膠袋。她把藥丸拿到夥伴的眼前。

「不知道曼多有沒有跟你說，這……」

「聽著，小妞，別在我面前拿出這種東西，我們該煩惱的事情已經夠多了。這些東西就留著妳自己好好享用。」

「我吃二苯基甲基亞磺醯基乙醯胺？一顆就讓我腦袋運轉過快而爆炸。」

「是說我餵毒給妳？我有病嗎？」喬說完後，甩車門離開。

安東妮娜走到店裡時，喬已經坐在一張高腳椅上，背影看起來就像橄欖球插在竹籤上。這不是在說他胖。

「最後還是妳有理，這地方貴得沒天良。」喬嘴裡塞滿食物，並抱怨。「一小塊三明治和拿鐵就要十歐元。」

「一份綜合畢都佛（註8）和一半的咖啡。」安東妮娜在服務生走近時，向他點餐。

廚房傳出聲響，咖啡機的金屬管子高速運轉，接著把餐點送到。

「五歐元。」服務生表示。

安東妮娜用手肘撞一下喬，要他付帳。

「喂！」喬拿出一張紙鈔，並抗議。「我們點了一樣的食物，我卻付兩倍價。」

服務生的手指指向身後一塊告示板，上頭有一排不明顯的小字。

敬告：無法正確點餐，價錢×2。

此段字的下方，是當地馬拉加語的版本。因此，喬這才看到菜單上寫的都是當地點咖啡的用語：濃縮咖啡要說長咖啡，拿鐵是一半的咖啡，而卡布奇諾是雲咖啡，以及其他六種當地說法。他真心覺得自己臉丟大了，入境隨俗是常識。他只能

註8　畢都佛是pitufo的音譯，潛艇堡的意思。是西班牙南方的馬拉加人的方言。

摸摸鼻子，假裝什麼事都沒發生。內心默默再添一筆關於在服務生前出醜的黑歷史。

「你不可能看過菜單。」

安東妮娜雖然在減肥，仍會進食。

「我看一眼就全都記得了。」

「全部？任何情況都一樣？所到之處的一切都能記得牢牢的？」

她無辜地聳聳肩。

「天生的。」

「才不是天生的。小妞，這技能是妳練出來的。只是妳若不這麼想，可能會無法接受自己。」他向咖啡吹了一口氣。「我意思是，妳可能會瘋掉。」

「都一樣。」

「不一樣。妳想立於不敗之地才會練就這能力。」

「我沒有記不住的能力。」

喬一口氣把咖啡全喝完了。

「跑堂的，請給我一杯水，水費要付三倍價錢也可以。」

服務生狠狠瞪了喬一眼，隨即發現喬身材魁梧，最後還是送上一杯水，不過是一杯相當滾燙的熱水。

「安東妮娜……我懂妳對我和曼多有諸多不滿，可能對所有人都不滿意。不過，別輸不起。我們就是找不到珊德拉，沒有懷特的線索。但這不該是問題，生活還是一樣要過下去。」

安東妮娜沉默不語，四周只有電視上的聲響，與吃角子老虎機的轉動。時間一秒一秒地流逝過去，她再次開口似乎已經過了半世紀。她沒有把視線看向喬，而是盯著空杯和盤子上的屑屑。

「你不瞭解成為我有多難。」

喬忍不住不屑地笑了出來。

「當然不會瞭解，媽的。本來就沒人可以真的懂另一個人。只是妳有特殊才能，而且很有用，所以不能浪費。不像我，我這個人唯一一項超能力，是不管多遠都能辨別出對方穿的鞋子是否是馬諾洛．布拉尼克（Manolo Blahnik）設計的。」

安東妮娜一臉困惑地看著他。

「以前我還因此準確地辨識出嫌犯穿的鞋子……」

「你好白痴。」

他們起身要離開時，南方頻道的晨間電視新聞正在放送頭條新聞。

『警方仍然對昨日發生在天堂購物商場的殺人攻擊案，無任何線索。凶嫌殺害了保全人員，與商場內的一名顧客……』

喬和安東妮娜互看彼此，沒有開口說話。

7 三角錐

外頭，空氣比較溫暖，雖然還不到穿短袖短褲的程度，但已不需要套上大衣了。終於，天亮了，陽光灑在車身上。

喬把車開到購物中心時，離營業時間還有一個半小時。停車場空蕩蕩的，只有一輛警車橫跨七個停車格，停靠在那裡。這是當警察最大的樂趣，能夠大搖大擺彰顯自己不必遵守交通規則。一個脖子掛著警徽，腰間繫著槍套的便衣警察，正在緊急逃生出口旁等候他們大駕光臨。調查區域的封鎖線與入口處的地上汙漬相互交錯，延伸好幾呎長。

喬走近，顯示警徽。

「我是古鐵雷斯警官。」

「是馬德里那邊派來的吧。請進，請進。」他邊說邊拉起封鎖線。

那是個年輕警察，看起來不到三十歲，個頭高大，膚色黝黑，肌肉線條明顯，肩上貼有通訊器。他們兩人越過封鎖線後，他先與喬握手。

「貝爾格拉諾（Belgrano）副警官。您是……」他自我介紹，然後又把手伸向安東妮娜。

瞬間氣氛凝結成五個動作：

安東妮娜看到貝爾格拉諾副警官伸出的手，但她沒有任何要伸手的跡象。

安東妮娜看向喬。

喬作勢要介紹安東妮娜，但他話說得結結巴巴的，因為他忘了她有哪些假身分可用。

副警官把手收回牛仔褲的口袋內。

安東妮娜把手伸向斜肩包，取出一張藏青色的證件。

「史考特，隸屬於組犯室。」

貝爾格拉諾一臉像是對此名字十分耳熟，卻又想不起來的樣子。

「全名是組織犯罪辦公室，是歐洲刑警的一個單位。」

上次是國際刑警，這次換成歐洲，歐洲刑警。小妞，也只有這個單位最合理了。喬暗忖，內心不知翻了多少次白眼了。沒錯，他真心覺得很扯。

「哇賽！您是我第一個認識的歐洲刑警。」貝爾格拉諾驚嘆。

「我們組織人數不多。」安東妮娜聳聳肩。

是超少的。喬暗自回應。**全歐洲不到千人在做這份工作，而且曼多發證的位階又更少了。如果被追問下去，一定會露出馬腳。不過算了，現在看起來氣氛很好，沒有任何暴力血腥之氣。**

「有您們的幫助，真是太棒了。這裡歡迎所有支援，所有援助都是助益。請上樓，不過小心階梯前的那灘血跡，別踩到。」貝爾格拉諾要求，並上前一步推開門。

這裡真溫馨。

緊急照明燈是樓梯間唯一的光線來源。除此之外，地上有黃色三角錐標示出證物的位置，鮮血清晰印著鞋跟與兩根指頭的記號。上方的階梯也有幾處三角錐，樓層的一半處，有更多血跡上有被踩過的痕跡，但沒有一個足跡是完全的。

「有好幾處的血跡都沒被標示出來。」安東妮娜指出。

「是的。全都是莫雷諾的血跡。」

「怎麼知道的？已經證實她失蹤的事？」

貝爾格拉諾有些窘迫。

「沒有，只是我們推測……」

安東妮娜和喬保持沉默，相互瞧了一眼。

「好啦，實情是我們沒有三角錐了。」最後他坦承。「血跡到處都是，我們決定大多放在樓上，主要的犯罪現場裡。」

「沒人碰過吧？」

「馬德里方面要求我們在您們抵達前，不能碰任何東西。但法官來過，把屍體運走了，這是必要的行為，屍體不能一直放在那裡。其餘的部分都維持原狀，那層樓要到明天才會營業。」

「科學鑑識人員呢？」

「他們在她丈夫的別墅裡，處理另一具屍體。我們優先處理這裡，因為這裡是公共場所。我們人員很少，沒有能力同時派出兩組人員到犯罪現場。」

他們三個往上爬，貝爾格拉諾帶頭，安東妮娜置中，喬墊後，而且走得很慢（他不喜歡樓梯）。

「我懂，預算有限。」

「分給馬貝拉市的警員預真的少得可憐。我們只有八十名員警，雖然內政部有派人來協助，但還是不夠用。實習菜鳥全都集中在馬德里或塞維亞。內政部派來的人連艾牙甕都不夠。」

副警官濃濃的南方腔調，把塞牙縫說成艾牙甕，這是因為安達魯西亞地區的人習慣不發唇齒擦音。

「我們至少需要兩倍以上的經費。真的，光是射擊，每個月只能練十發子彈，想要更多，就要自費。」

喬曾經對警方經費問題抗議過無數次，但他現在的薪水是眼前這位副警官的四倍以上，所以早就忘了薪資不公的事了。副警官嚴厲地批評公會的無能，以及內政部的愚蠢，完全不知大家的辛苦，更不曾為人民著想。貝爾格拉諾每句話都講得振振有詞，完全沒有注意到他後方那兩個特權人士的無地自容。之後，他推開門讓他們走進商場內。

「喂！您要上哪去？您不能沒有我的陪同隨便亂走……」

喬用力拉住他的手肘。

「聽著，貝爾格拉諾，如果您想看看真正的辦案，那就讓她去吧。別打擾她。」

喬接著很快又補充說明。「就算您不想，也一樣。」

8 九發

安東妮娜繞過地上的血跡，直接走到商場的頂樓。不過，她不像往常一樣直衝案發現場，今天她要做一點不同的嘗試。大概像是……

她閉起眼睛。

從好幾個月前開始，她就不再做夢了，她的人生已經不再擁有夢的接口。今晚也一樣，她在光線昏暗不明的車上，腦袋隨著車身微微擺動。屍體支離破碎的模樣，完全不影響她的休息，也沒有讓她產生任何惻隱之心。最近這幾個月，她把自己逼到極致，堅持不休息。整天瘋狂看資料，好幾小時掃視監視器畫面，尋找法哈多的身影，尋找夢魘裡的那張面孔，一直到凌晨時分，她的身體因為長時間靜止不動而僵硬，眼球因過多的資料而刺痛，這才讓她屈服……

腦袋就是想逼瘋她。

毀了她，掏空她的身體，嘲笑她是個失敗者。

所以，這促使她咬緊牙根，背離自己的意志，拋下未解的前一局，願意接受其他案子，再次重溫那些老把戲，所以她兩天前的晚上才去看曼薩納雷斯河上的屍體，做這些大概只是她恐怕（不是害怕，安東妮娜幾乎什麼都不怕）又要再一次兩指交叉，祈求別證實自己的懷疑與奶奶早就知道的事，她該負的責任都已經包含在帳單的消費稅裡了，而她大言不慚談的責任義務，其實都只是空話。她內心真的在乎的只有權力。

然後，她看見另一面。問題的源頭。

她張開眼睛。

早晨的陽光透過巨大玻璃牆，好似一面大型螢幕，而她的眼睫毛像快門開開關關，在腦中組成了一部電影。

她閉起眼睛。

影像浮在她的腦海中，畫面清晰得像她正張眼看到的一樣，只是顏色沒那麼飽和，物品可以隨意變換。

她喘著氣，脈搏跳動加速，血液躁動得連耳朵都聽得見。

她可以控制住她，可以控制住自己。

她試著清點場景中的每樣物品。

櫥窗破成碎片。玻璃灑了一地。碎片上標有一具屍體的形狀，屍體已被搬離。更遠處，有另一具屍體被標示出來。

袋子，彈殼過多為什麼射這麼多槍，這不是在執行一般任務，我要膠囊。

「我不需要。」她說謊。

不行。

她沒有伸手。她知道喬在身後幾呎的位置，緊緊盯著她看，準備好在她要求時把東西遞過來，那東西只有他有權力給予，但她的眼睛沒有尋找他的身影。

她沒有開口要求。

她把手伸進褲子的口袋裡，小心翼翼不讓喬看見她用指尖夾出兩顆紅色膠囊。

拜託，兩顆就夠了，兩顆就好了。

她用門牙咬破膠囊，苦澀的粉末傾巢而出。她把粉末含在舌下，讓黏膜浸潤在化學雞尾酒之中，就能快速隨著血液循環流遍全身。不夠，她咬碎第二顆。

數到十，每數一個數字就吸一口氣，就下一個臺階，直到她到了該在的位置。忽然，世界慢了下來，變得更渺小一些。手心、胸口與臉上如針刺般的電流全都消失了。

恢復了，一切又變得清晰可見。還有她，有一點神祕與無解的幸福。

安東妮娜尋找字典裡也無法說明自己感受的文字。

Kegemteraan。

馬來語，絆倒的喜悅。當做了不該做的事後，產生一種既愉悅又愧疚的情緒。

她大概晚點才會有愧疚的感覺。此刻，安東妮娜只沉浸在明朗的喜悅之中。她腦中攀繩盪來盪去的猴群，雖然依舊齜牙咧嘴，但全都悄然無聲，等著聽候她的指令。

此刻，她說話。「凶手先對玻璃開槍。」

「怎麼知道的？」副警官站在逃生口處，低聲詢問。

「噓，安靜，好好學著點。」喬命令。

安東妮娜向前走三步到嬰兒用品店前。她伸長手臂，食指和大拇指做成槍的樣子。她嬌小的身形，看起來就像是個小女孩在假扮警察抓壞人的模樣。

她移動手臂，尋找角度。她的前方是一輛車棚壞了的玩具車，一旁左邊還有一輛粉紅色的嬰兒車。

「幾點開槍的？」

喬用手肘碰貝爾格拉諾，要他回答。

「根據樓下的監視器紀錄，是十一點二十一分。那時大家慌忙奔跑，甚至有人報警。」

安東妮娜看向地面，看著她的身體與手臂在地面上製造出的陰影。然後，她再次把視線看向前方。

「她看到殺手了。身影映在玻璃上，她看到了，所以及時趴下。當時店還沒營業嗎？」

「案發時，店員在洗手間。放了『五分鐘回來』的牌子。好險，不然就會受到波及，有一發子彈嵌在櫃檯上。」

「這層樓的監視器呢？」

「什麼都沒拍到，被人弄壞了。」貝爾格拉諾回答。

「老天爺，還真巧。」喬低聲碎念。

安東妮娜往旁邊站了一步。嬰兒用品店在逃生出口的另一邊。出口前方的左邊，有一道長廊通往廁所，後方只有可以通往二樓的玻璃扶手梯。嬰兒用品店的前面是一家珠寶首飾店，那裡也與手扶梯的入口處一同被封鎖線圍起來。這一層樓還有其他店家，不過案發位置位處角落，視野上並無法看見別的店面。

最佳下手的地點。獵物明顯，人煙稀少，方便逃走。

她又再次抬起手臂，食指輕輕朝上仰起。

「射擊。身亡。」

她轉向右方，跨過指出證物的三角錐。

「第一具屍體是左邊的這個，是莫雷諾女士的司機，對吧？」

副警官查詢他的筆記。

「多雷，一九七一年生於喬治亞，在第比利斯市當過警察。住在西班牙好多年了，但我們不清楚實際的時間，只知道從七年前起，官方文件上開始有他的居住紀錄。是蘿拉丈夫，沃羅寧第一個聘雇的員工。」

「知道他吃了幾顆子彈嗎？」

「據法醫報告，是四顆。兩顆在胸口，一顆在腦袋，一顆在左膝下方。」

從殺手的位置，安東妮娜往前走三、四、五步，轉身，微蹲。從斜肩包上取出一支原子筆，插入某一顆空彈殼內，然後拿到眼睛的前方。她認得那是斯拉夫字母，上頭刻的M—A—K明顯可見。

「凶嫌使用的是口徑九公釐的馬可洛夫手槍。」

「沒錯，是那個型號的手槍。」貝爾格拉諾肯定。「慘的是，他從這裡連開好多槍。」

是好多好多好多槍。自從五〇年代，那位著名的工程師馬可洛夫研發出這支手槍後，蘇聯和東歐國家讓那支槍成為軍隊與警察單位合法使用的武器，還不停地賣到各地去。至今，從中國到古巴、烏克蘭到辛巴威，有好幾百萬軍隊都使用相同型號的槍支，因為它相容於各式彈藥，加上便宜、易拆解、易拋棄，總之能夠徹底滅跡。

安東妮娜再次起身，檢視現場，眼睛眨了好幾下，接著表示：「司機也開槍回擊。」

副警官抖了一下。

「我們不知道司機有槍……」

喬再一次要他安靜。

「我覺得有人刻意要掩蓋這件事。」安東妮娜聲明。

9 失望

安東妮娜往後退了幾步，跪下，手摸著地上，鼻子貼近地磚。

「喬，請過來這裡。」

古鐵雷斯警官走近她。

「請跟我說是否聞得到漂白水的味道。」

喬不需要蹲在地上嗅聞，他站著就聞得到很重的漂白水味道。在安東妮娜發問前，他就已經點頭表示同意了。

「連我都聞得到。」安東妮娜說。「經過魯米諾處理了嗎？」

「鑑識人員來過了，但報告上沒有提及任何回擊的相關資訊。血跡判定是屬於那兩名死者與那名女士的，沒有其他人了。」貝爾格拉諾半信半疑地回答。

「凶手在這裡受傷，流幾滴血而已。」

不管喬與安東妮娜辦案時間有多久，他還是會忍不住敬佩她的推論。

「如何……？」

安東妮娜指向地板，然後再指向櫥窗。

「數數彈殼。首先連開三槍。」

「凶手直接對著蘿拉・莫雷諾開槍，但沒射中。」

「你別待在那裡。請你觀察子彈的移動軌跡。第一發打碎玻璃，但另外三發是從六呎遠的地方射過來，穿過玩具車的車殼，落在那個白色小點上。你怎麼說？」

「完全瞄準一個點射擊。以一支口徑九公釐的手槍而言，射得非常準。」

「就算沒有擊中目標，凶嫌的手連抖一下都沒有。第一槍失敗後，接著是要先處理掉司機。」

「從司機的履歷來看，其實他是個保鏢。」

「微微轉向他。那個司機不太機靈，動作十分笨拙。他手上有手機和咖啡。」安東妮娜邊說邊指向地上的咖啡漬。「但凶嫌不準備冒險，第一槍是反射動作，所以才打在腿上。」

「如何知道打在腿上的是第一槍？」

「你看屍體死亡的姿勢和地上的血跡。血跡沒有往後飛濺，也沒有司機踩過的印記或任何拖延，什麼都沒有。這代表司機中彈後，一步也沒移動過。」

「另外兩發很準地打在身體上，轟頭的那發更不用說了，完全正中紅心。」

「沒錯，正是如此。第一槍是凶嫌轉向司機開槍時，射到他的腿上，司機跪下時，胸前又被擊中兩槍。司機可能在這兩槍後，或兩槍之間回擊。然後，就完全倒地不起。」

「哇賽！妳不能確定何時回擊？」

「我無法什麼都知道。」安東妮娜回應。

「真令人失望。」

她的臉擠成一團，一副苦惱的樣子，彷彿試圖展現出自己的幽默感。膠囊真的讓她放鬆不少。然後，她嘴角微微往上扯，好似嘉許喬的微笑一樣。

「但是妳還是沒說自己如何知道司機也開槍了。」

「很簡單。你看地上的彈殼。凶手一轉身就直接趴地，所以出現另一個槍戰現場。因此，你現在算一算另一區的彈殼。」

「五個。」

「司機身上只有四處槍傷。我們清楚第一個是打在腿上，最後一個在頭上。兩個在胸前。但是，凶嫌槍法明明很準，不可能射擊了，對方身上卻沒有槍傷，只要是朝這個方向開……」

「……子彈就該在司機身上，或在牆上或地上。」他們兩個同時做出結論。

喬搔頭。

「也就是說司機開槍打中凶嫌，導致他某幾槍在沒有瞄準情況下射擊，最後一槍才打在腦袋瓜上。」

「正是如此。」

「完全出乎意料之外。」

「真令人失望。」安東妮娜說。「但是有人在地上倒了漂白水，有人不想要讓我們找到能檢測出DNA的樣版。」

次氯酸納在沒有毛孔的表面上可以徹底清除血跡。但使用漂白水和魯米諾，都僅作用於表面，只像聖誕節掛上燈泡讓樹發光一樣，只要利用較精密的檢測方法，像是酚酞或是血紅素的免疫分析，一樣可以檢驗血跡。

「還有誰進過犯罪現場？」喬問貝爾格拉諾。

「沒有，絕對沒有別人了。」副警官反駁他的質疑。「我們一接獲通知就火速趕來，只是還是太慢了。嫌犯早就不見蹤影，之後就派警力在犯罪現場站崗。」

「那麼，也有可能是他把漂白水倒在自己的血液上？或是有個幫忙善後的共犯？」

「不是那名保全。」安東妮娜邊說邊指向被框出的第二具屍體。

貝爾格拉諾查看他手上的筆記。

「馬刁．洛倫特（Mateo Lorente），北方里奧哈人，兩年前不做保鏢工作後，就與妻子和女兒搬到馬貝拉市。現在就如您們所見。」

「該死。」安東妮娜評論，口氣十分冷漠。「請繼續說。」

「喂！保全的命也是命。」副警官馬上出聲抗議（毫無疑問他有推特帳號）。

古鐵雷斯警官吸了一大口氣，努力用最柔和的音調說話，彷彿他是在跟一隻（有推特帳號）神經兮兮的吉娃娃講話。

「史考特女士說該死的意思，就像教宗方濟各說過：就算只是在花盆後方撒泡尿，也會陷入萬劫不復的地步，很多事都是共業。」

安東妮娜靠向喬低聲說話。

「或許說說一件厲害的國際大案……」

「不要來亂了。」

「抱歉。」她再次提高音量。「據我們所知，被害者莫雷諾女士是從樓梯逃走。」

「她跑時沒穿鞋。」副警察指著地上的涼鞋，一臉好似他也很擅長辦案推理的模樣。「赤足，腳都被割傷了。雖然車子就在停車場門口旁，但鑰匙在司機身上。」

「好慘。」喬表示。「被追殺，逃跑時沒錢，沒包，沒車，也沒鞋。」

安東妮娜再次走向玻璃碎片，莫雷諾女士的包包就擱在碎片之中，裡頭有一半的物品散落在地上。她用原子筆尖端隨意撥開玻璃碎片，找到一個被半掩在碎片下方的藍色塑膠皮夾，裡頭有兩個紅管，上面標示上次胰島素使用時間。

「不向警方求救。」喬還發表感想。「想必是嚇壞了，現在或許是躲在一個很恐怖的地方。」

「從昨夜開始就找，但仍不見她的蹤跡？」安東妮娜詢問。

「是的。我們已經向所有單位通報她的訊息，也很快在四周展開搜索，但尚未找到她的身影。」

安東妮娜取出iPad，在谷歌地圖上搜尋天堂購物中心的位置，換成立體實境畫面。商場南面是AP—7快速道路，西面是市區，東方與北方是山區，連綿好幾哩的山丘，再向外擴就會連接到布蘭卡山脈相交，就在聖佩德羅殯儀館與蘿西歐聖母墓園之間，罕無人跡。

「看來我們若想她還活著，」安東妮娜回答，並指向地圖上兩個可怕的坐標。「最好在四十八小時前找到她，因為莫雷諾女士有糖尿病，而且她還有孕在身。」

蘿拉

從前從前，有個小女孩出生在寒磣、沒有愛的家庭裡。三餐不繼，未來是一片黑暗。女孩很小的時候就被父母拋棄了。長大後，她認識一位遙遠國度的白馬王子，他住在白色大理石的城堡裡，生活在木造家具中……

蘿拉的父親是一名會計師，母親是一名理髮師，工作閒暇之餘都用來陪伴蘿拉，給她滿滿的愛與關心。家裡餐桌日常不乏白蒜湯與涼拌白鯷魚，以及辛勤父母的擁抱。此外，聖誕佳節，媽媽會準備白魚湯、羊排，以及杏仁奶油甜點，而且那天的擁抱也特別清爽，帶有父母親自己身上的味道。聖誕樹底下可能會是隻菲比、樂高農場或電子機，端看那年流行什麼。不過，如果生活拮据，那只會放一張一千比塞塔的鈔票。後來，瞎眼半聾的阿姨過世，接著全聾半瞎的奶奶往生，最後是爸爸去年在睡夢中心臟病發離世。

這就是她生活的全部。

跟狄更斯的故事扯不上半點關係。

從前從前，有個小女孩出生在寒磣、沒有愛的家庭裡。三餐不繼，未來是一片黑暗。蘿拉複誦著這段故事。每回只要晚上睡不著，輾轉難眠，內心縈繞著不安或悔悟時，她就會對自己說這則故事。她對自己講故事，講到自己睡著為止。

就算那一夜有人在追殺她也一樣。

我早知道會如此了。蘿拉哀嘆。

現在，先讓我們把時間往前推一些。

警笛聲逼近（殺手的車也逐漸遠離），蘿拉從車底爬出來，穿過整個停車場，進到後方的荒野雜草叢中。一開始，她完全沒有左右張望，一點也不擔心腳下血跡留下的印記，直到半小時後，她身上的恐懼與腎上腺素才爆發。

她意識到自己身處在一片荒蕪之中時，是她早已走過了整條泥濘小徑。雨後的土地鬆軟，一路上她都沒有遇見任何人，方圓幾公里內杳無人煙。

她獨自一人再走了幾分鐘後，忽然聽見引擎聲。她不作他想，立即躲進路間草叢裡。一邊有一小片冬青櫟和冷杉的樹林，另一邊是很陡的斜坡，高低差至少十到十二公尺。蘿拉放棄從斜坡逃走的可能，她只能緊緊縮在土堆後。引擎聲停了下來，車門被打開了。某個人走到路間，但蘿拉不敢抬眼看那人的長相。她只能聽到在上面的人喘氣聲。有一瞬間，她腦中閃過求救的想法，不過蘿拉又警覺性地認為，看不見身影的那人是在找尋她，在嗅聞她的味道，這又讓她堅定意志，絕不想讓自己被發現。

因此，她不動聲色，僅只用拇指的指腹轉動指節上的婚戒，壓抑內心的焦躁。

那抹黑影回到車上，駕車揚長而去，但蘿拉仍等了很長一段時間才起身。她深怕後面還有共犯，正等著她放下心來，趁機擄走她。

不過，當蘿拉真的敢起身後，什麼事也沒有發生。四周只有幾隻過早出土的蟬鳴伴隨著無窮的寂靜。蟬應該在地下蟄伏十七年，於春天破土而出，但氣候變遷導致牠們生理時鐘失常。蟬一旦太早出現，只會更容易成為其他動物的盤中飧。蘿拉深知其中奧妙，因為她曾在第二臺看過蟬的紀錄片，影片中介紹蟬的外觀、生平與伴侶關係，她在漫漫長夜中看得津津有味，好好消磨掉了那夜的失眠。

陡坡的底部有一處溝渠，平時是乾枯狀態，不過二月下了好幾天的綿綿細雨，也就積成水溝。蘿拉緩慢地滑下去，沿著水溝邊走，邊找尋可以休息的位置。在上游的地方有一塊大石頭，她的屁股勉強可以坐上去，剛好把整隻腳泡進水裡。腳掌在冰冷的水中，有如針刺，但蘿拉強忍著，她絕不想自己躲過槍殺，卻死於敗血症。

蘿拉脫掉浸滿汗水與汙漬的針織衫，然後再褪去九十歐元的襯衫（是Michael Kors牌）。現在，她要賦予衣服不同的功用。她用牙齒把衣服撕成好幾段，不過襯衫是塔夫綢材質，也就是最密實的紡織品，所以裂開的形狀都很不規則。

今天他媽的真該穿網球裝。她為此哀嘆，且這不會是最後一次。

她把腳伸出水溝，包紮傷口。其中一隻腳上有兩塊玻璃片嵌進了骨頭。蘿拉用指尖攫取，她可以感覺到肉與玻璃分離時，肌肉撕裂的疼痛，她不禁呻吟幾聲，雖然土堤與水渠聽見了她的聲音，但全都裝聾作啞，毫無反應。唯一給予反應的就只有蟬鳴稍停了一會。之後，她很小心的把腳纏上襯衫做的布條。她努力用螺旋狀的方式綑綁，保護好傷口，但是由於臨時繃帶會蜷縮成一團，而且還會沾染她腳上的血與水，她約莫花了半個小時，最後才綁好了。儘管看起來笨重，但至少牢靠穩固，並且腳趾頭幾乎動彈不得。這是她唯一記得母親曾經教過的綑綁重點。先前，她母親曾因為踩到剪下的頭髮而滑倒，扭傷腳踝，而這件事也讓她更常掃地了。

其實，知道如何綁繃帶並不難，只要拿出手機上網查詢即可，不過她的手機一直是關機狀態，她一點都不想因此被定位。

當她腳上纏好臨時繃帶後，她穿回針織衫，起身時，突然踉蹌，靠向樹幹，整個人頭昏目眩，跌坐下去。當她再次清醒，已是三十分鐘後了。她的肚子翻攪，太陽穴腫脹得像要爆開來。她傾身彎向溝渠，直接汲水飲用。水嘗起來有大地的酸味和腐敗。她打嗝，胃裡只有水，沒有其他東西。她感覺到腸胃的騷動，是來自小孩子（當然是小孩，那個小瑜利）要從她身上攝取食物的要求。

就算沒吃半點東西，她也有能力走上好幾個小時，就連她現在的狀態（懷孕或有那疾病）也沒問題。不過，只要沒有打胰島素，她會連活下去都有問題。她對高血糖症的病徵十分瞭解。從小，她就看著母親重複在眼前上演發病前的狀況。她至今對此都是小心翼翼，不曾讓自己發病過，所以她對此不是一無所知，而是瞭若指掌。

一**開始是頭痛，口渴，不斷想上廁所，不停的揉太陽穴**。

她在樹後面，等到緩解了太陽穴的不舒服，才又開始前進。

她不知道可以往何處去，但絕不能待在原地，此刻氣溫雖然暖和，但入夜溫度就會降到八度。蘿拉很怕冷，沒找到避難所可能就會凍死。

因此，她得走。她再次走回路上，從那裡走向最高點的位置。地勢並不平坦，有些險峭，不時要爬上坡，走下坡，不過這些都只是很輕鬆愉悅的路，到了風景的終點，進到布蘭卡山脈，那才是真正難走的路。在此段路中的下方，有一棟紅屋頂的建築物。

此時，蘿拉就在那裡。

她在外頭考慮良久，擔憂自己外貌太過寒磣，引人注意。其實她只要反穿針織衫就可以掩蓋住衣服上的汙漬，但她是個只會假裝、不懂得隱藏的人。因此她躲在停車場角落的門口，鬼鬼祟祟地張望了好了一會兒。後來，她看到幾位女士紅著眼眶走到外面抽菸，她才認可自己的運氣，下定決心走進殯儀館。她進到殯儀館內，瞥了眼接待處的女人（她正忙著敲詐一名寡婦，努力向她兜售昂貴的花圈），一路上再也沒有與任何人視線交接——蘿拉一心祈求無人注意到她纏著繃帶的腳以及滿身的泥濘塵埃。

不過說真的，平常很少人會注意到別人腳上穿什麼樣的鞋子。

殯儀館分成好幾個廳室，每一間又分內外，死者躺在裡頭，生者待在外頭，坐在比棺材還要難坐的沙發椅上。最後一間沒有人在外頭，不過沙發上留有兩件風衣和夾克。沒有包包。蘿拉即刻就披上第一件夾克（藏青色，跟她的牛仔褲不配，但她也沒有更好的選擇），抓緊領口的位置，一副好像她正為摯親身亡而悲憤欲絕的樣子。她擦揉著眼睛，四處徘徊走動，接著就躲進女廁。上鎖第三間廁所，每回只要有人進入，就把腳縮進去一些。

從前從前，有個小女孩出生在寒磣、沒有愛的家庭裡。三餐不繼，未來是一片黑暗。她獨自待著時，不停重複這幾句話。

過了好幾個小時。殯儀館只要裡頭有人守夜，就不會關門。一號廳與二號廳內的死者都在內室，而這也就方便蘿拉在凌晨一點鐘離開廁所，進入最後一廳。她的頭快炸了，步伐踉踉蹌蹌，幾乎要絆倒自己。

門口接待處的女人在她身後，專注地看電視節目。音量很小，不過蘿拉仍可以猜得出是素人音樂選秀節目。

她走到三號廳，那裡的房間空無一人，玻璃後沒有棺材。只有幾張椅子，一張桌子與一具電話。

蘿拉打到瑜利的手機上，屏氣凝神，等著證實那早就知道的事。切斷，或沒有信號。

「他死了。」她低聲回答。「死了，真是有夠白痴。」

從前從前，有一個孤單的小女孩。

10 另一個場景

大約是蘿拉在溝渠邊昏倒的時候，安東妮娜和喬抵達她家的大門。是喬硬拖著她到那裡去的。

「我們不該來這裡，應該直接去找那女人。」安東妮娜抗議。

「小妞，請問謀殺她丈夫的人與殺她的人是同一夥人的機率有多高？」

「很高。百分之百是同一夥人。」她承認。

「所以？」他皺起眉頭，生氣地反問。她並不是個行事亂無章法的人。

「我只是想快點回馬德里。」安東妮娜雙手抱胸反駁。

這棟住所很有料，包含了一切料想得到與料不到的，而且房子的物料選擇就差了一點。

索費斯塔住宅社區離馬貝拉市區只要五分鐘車程，不算高檔，奢華程度遠不及住在香格里拉社區裡的高階退休將士與身價百萬的阿拉伯人。索費斯塔裡的房子高貴之處只在於價格昂貴，但每棟別墅規劃卻如小孩子倒出玩具箱，物件四散、隨意錯置，像在荒蕪中突然拔地而起，毫無秩序與規則可循。入口通道四周圍起了石砌水泥牆，似乎是為了擋住閒雜人等的觀望，以防被人發現自己是住在奇醜無比的巨型建築物內。

住這種房子的人，不外乎就是不紅的民俗舞者，坐板凳的足球選手，或歐洲歌唱大賽裡的冠軍。

「庸俗的天堂。」車停在大門口時，喬評論。午后，天氣悶熱與陰沉，風雨欲來異常鬱悶。

安東妮娜一直讀著副警官交給她的資料，不曾抬起眼觀看四周。

「房子就只是房子。」

「拜託，妳明明也絕不會喜歡這種房子。」喬邊說邊探出車窗按門鈴。「妳平時白T黑褲還算會搭配。」

安東妮娜讀完案件的所有報告（九分鐘看完五十頁資料），闔上資料夾，做出一副累壞了的樣子，她才開口回答。

「認識馬可士之前，我都隨心所欲地亂搭，但之後他建議我這麼穿最好看。」

「所以，妳穿衣風格才會如此一成不變？」喬探問。一想到安東妮娜進到服飾店，選取她第一眼看中的衣服，隨著自己的意志搭配出自己的喜好，他便湧起一股柔情。忽然，他覺得自己更懂她一點了。這就是和安東妮娜相處的方式：要懂她，就要捕捉住每塊小拼圖，每個武裝起來的小細節。

而且不能眨眼，不然會錯過那一瞬間。

「從前我走在街上會得到很多關注。馬可士覺得搭黑的，包準不會出錯。」

不過，包準不出錯的，可不包含沃羅寧與莫雷諾的家。當大門靠著電動遙控器打開後，安東妮娜和喬走下車，看著通往莊園的過道，便更加證實這棟屋子錯得離譜。花園裡有一尊尿尿小童的雕像。家門入口處的門墊上是莫斯科斯巴達克足球俱樂部（Spartak）的字樣。門鈴響起的音樂，聽起來像俄羅斯名曲《雪球花》。

「請進。」貝爾格拉諾開門說。

屋裡頭的裝飾，更加誇張。客廳裡頭有好幾根羅馬式石柱，牆邊有一臺自助啤酒霸機，一旁還有撞球臺，跳鋼管舞的鋼條，以及仿乳牛花紋的沙發套。

天呀，品味宛如一場災難。

安東妮娜微微扯喬的衣袖，他傾身靠向她。

「我認同你的說法。」她邊說邊指向正中央桌底下投射出粉紅色光芒的ＬＥＤ燈。也許不一定指光線，而是桌上那幾隻正在招手的幸運招財貓。兩者都很可能是她所指的物品。

「小妞，看來妳還有救。」

一個小細節：屋裡凌亂不堪。

抱枕全被撕裂，枕心四散。啤酒檯上的拉桿被拔出來，翻倒在外。如果這房裡有書必會隨著書櫃全都翻倒在地，不過此處唯一的文藝活動，就是看電影與打電玩，所以只有上百部的光碟片盒被打開，亂丟在地毯上。另外，這裡也有無數片的盜版光碟。

「您們弄的？」

「來的時候就是這個狀態了。」副警官回答。「好像非找到某樣東西不可。請跟我來，我帶您們到命案現場。」

安東妮娜與喬繞過沙發，小心翼翼行走，努力不要踩到藍光光碟片上，或因為西洋棋子而滑倒。

「一點痕跡都沒有留下來？」安東妮娜瞥了一眼光碟片表面的顯影粉後詢問。

「指紋都屬於屋子主人的。那種人辦事都知道戴手套。」

他們走過九十八吋的電視螢幕。電視上正在播送俄語的新聞頻道。

電視對喬而言明明只是用來看連續劇的助眠工具，但他仍對此有一絲羨慕。**能在這片大螢幕前睡著，一定會睡得很香甜**。他自忖。

從客廳通往後院是一個玻璃拉門區隔開來——又是一個令人費解的設計。

外面是一大片人工草皮，放著幾張便宜的塑膠椅和綠色的腳踏墊。噴泉上有兩隻躍起的鯨魚口噴出水，並流向兩座水池的其中之一。

兩個水池中的一個形似豌豆，另外一個是小的圓形控溫池，並用柵欄圍起。

「快問我為什麼有這個小池子。我知道這小池子的功用。」副警官要求。

「給狗用的。」安東妮娜回答。

副警官吃驚地望向她。

「怎麼……？」

安東妮娜指向客廳牆上掛著一幅手繪版的家庭畫。瑜利、蘿拉與一隻大狗。一頭棕色長毛，黑眼珠與黑鼻頭的巨型犬。

「那是一頭高加索犬。適合生長在高山上，不耐熱。」

「我以為妳不喜歡狗。」喬說。

「我一點都不喜歡狗。」安東妮娜承認。「但不知道為什麼，牠們很喜歡親近我。所以我得盡量瞭解牠們的習性。」

喬打開水池的柵欄，把手指放入水中。

「是冷的。」

「助理表示為了讓狗可以在水池沖涼，水溫全年控制在二十二度。」貝爾格拉諾回答，語氣帶有一絲失落，因為他的發現並沒有帶來預期的驚奇。

「狗在哪裡？」

「我們到時，狗被關在水池的柵欄裡。極度狂暴，我們一靠近，就惡狠狠地衝撞柵欄。動物收容人員得讓牠昏睡才能關進狗籠裡。」

「屍體？」

「在另一頭。」

從角落繞出去，就到了後院完全相反的另一邊。那裡有烤肉架，一張玻璃桌（已裂成碎片），以及一具躺在桌子殘骸上的屍體。屍體已經被某個好心人蓋上了保溫毯，所以只有雙腳赤裸裸地露在外頭，與一些骯髒的盆栽擺在一起。

喬轉向安東妮娜，等著她的指示。她的態度看起來比平時更執拗，但她卻未開口要求紅色膠囊。

警官心生懷疑，他已經察覺到她緊繃的情緒，當她的腦袋高速運作下，她的能量會讓四周空氣充滿浮動因子，讓人察覺到她的焦躁。抑或這只是落雨的前兆。他腦袋裡不斷胡思亂想。**什麼事都想到了**。

只有一件事是他無法想像，就是她沒有伸手向他要東西。

不對勁。喬感受到了。

安東妮娜輕輕對他點頭示意（像在懇求），喬掀起屍體上的毯子。

瑜利是一個三十多歲的男子，但他的體格仍保持像年輕小夥子一樣，赤裸的身體明顯能看出八塊腹肌，只是臉已經被毀容了，只有成群的蒼蠅萬頭攢動，在裡裡外外飛來竄去。

他身上只穿一件 Superdry 的黑色泳褲，跟他蒼白沒有血氣的膚色形成強烈對比。然而，背部有多道瘀青。死亡時間已經超過三十多個小時，血液在沒有心臟這顆幫浦的幫助下，無法再往上回送，只能堆積在體內。

她發現牆上、地上、桌子與一袋煤炭全都沒被血濺到。

噁心與恐怖的景象，讓喬覺得肚子被重重打了一拳，幾乎要吐出來。

「第一次看屍體？」背後有個女性聲音傳來，發問的口氣十分嘲諷。

「第一次看到被獵槍轟頭的屍體，威力真強。」他轉身回話。

他們身後有一個身穿警服的中年婦女。壯碩，不高，頭髮盤成的一團髮髻，整頭髮絲緊到讓人一看就覺得頭疼的程度。雙眼深邃，雙瞳像墨水暈染開來。神情嚴肅，身上帶有一絲不苟的氣息。當她伸手跟喬握手時，迅速簡潔，沒有多餘動作，彷彿一切都如她事先所預期的一樣進行。

「莫大榮幸與您們合作。我是太陽海岸掃毒大隊的羅梅羅（Romero）局長。」

「我是古鐵雷斯警官。這位是……」

喬指向安東妮娜，但她一點也沒有作勢要轉身向新到的夥伴打招呼的樣子，而是自顧自繼續勘查。

「我知道您們是誰。馬德里強烈要求我們支援您們工作。大家當然會全力配合，我已經向法官爭取在您們抵達現場前不要搬離屍體。這可是很不合規矩的事。」

「局長，十分感謝您的協助。」

「沃羅寧先生早該送到停屍間，被法醫解剖了。」

「但死因不是很明顯了嗎？」

羅梅羅露出意味深長的微笑。

「尚待證實。您同事是啞巴嗎？」

「只是生性內向寡言。不過，史考特女士辦案有獨特的一套，也很有成效。」

「這我略有耳聞，希望是真的，我們得辦出點成績來。」

「是的，聽說這裡人手不足。」

局長噗嗤一笑，只是不帶一絲喜悅的情緒。

「古鐵雷斯警官……請坐一會，跟您說件駭人聽聞的事。」

11 加速

安東妮娜根本沒有辦法參與她身後的對話，因為她已經費盡全部心力讓世界維持在慢速轉動。

腦中的猴子早上十分冷靜，所以她得以好好地在購物中心做現場調查。然而，當她一進到別墅，猴群明顯因上午的休養而更加精神煥發，因此她一看到凌亂不堪的客廳，大腦就攫取所有物件，分類、歸檔，試圖把一切都非得轉換成某種意義存在不可。

沒用。

她的腦中（只能注意到猴群齜牙咧嘴，爭奪拉扯，抱著每件事物在高空飛馳）叢林儼然成為瘋狂的精神病院。

安東妮娜獨自一人站在瑜利的屍體前，雙手抓緊自己的手肘，努力冷靜自己，抑止猴群的活潑亂跳。但身體唯一得到的回應卻是對膠囊的渴求。

她早上已經吞了兩顆。

就算吃了第三顆也不夠，有第四顆也不會滿足。

她明白得尋求幫助，通知喬自己身體狀況。但她做不到。

有一個字可以說明她的感受：**Bakiginin**。

卡累利阿語，講此語言的人口分布於芬蘭灣到白海，意思是砌牆工的悲哀。努力想把自己與世界區隔開來，卻又做不到的衝突。

字彙的浮現幫助安東妮娜換得半晌的寧靜，抽出她的手指，不再讓自己觸摸在背袋內的膠囊。

她強迫自己專注在屍體上。

他的姿勢有點怪。

他是背部摔向桌子，因此桌子倒落後碎成很多塊。槍是從嘴轟進去的，血液噴濺（猴群高舉各種物件狂嗥，而其中有樣東西不該在那）。

在牆上已經乾枯，他的泳褲，皮膚上的瘀青。

事情很不對勁，非常，非常不對勁。

「我不知道那是什麼。不……」

資訊已經超過她負荷的極限。她闔上眼睛，陷在自己的腦袋中，被（猴群）數據包圍，一切都只是令人困擾的噪音。

安東妮娜跑了出去。

12 敬告

羅梅羅局長很自在（只是一種表達方式）地坐在泳池旁的花園沙發椅上，喬坐在另一張上。

「警官，您的口音聽起來很不一樣。」

「不遑多讓。」

局長意味深長地看了他一眼。

「我只想知道您們來南部的目的。」

「當然是來幫忙囉。我們還要繼續上演《風流西班牙》（註9）？還是您要直接告訴我那個駭人聽聞的故事了？」

羅梅羅從口袋裡掏出手機，關機後，又放回去。

「據我所知，您們被派來尋找莫雷諾女士，就是那位受害者的妻子。您明白為什麼要找到她嗎？」

註9《風流西班牙》是西班牙二〇一四年賣座的浪漫喜劇愛情電影。內容講述一名西班牙南方的安達魯西亞男子如何愛上北方的巴斯克女子，由於地域差異，雙方的文化風俗語言不同，在相互瞭解的過程發生了各種爆笑情節。

喬搔頭，一副一無所知的樣子。

「只被告知她對案情的調查很有幫助。」

「聽著，警官。掃毒小組每天所過的日子，跟其他組的同事差很多。我們對辦案的效率……不太講究。不那麼看重每日的成績，也不會訂定長期計畫。容我請教您辦過多少類似的案件？」

喬聳聳肩。

「您查我的人事資料，就能知道的答案。」

「那不是我做事風格。」局長回答。「我偏愛聽您親口告訴我。」

「幾件而已。」

「大案子嗎？」

「有幾件算是。」

「我知道的就有一件。南部消息還算靈通，我們警政論壇與WhatsApp的群組上都在流傳那位從地下水道救出卡拉·歐提茲的警察，是個紅髮壯碩的不知名警官。而且一看他的身材就知道那不是胖。」

「我也很想知道誰符合這些描述。」喬支吾其詞，聲音好似被大卡車壓住難以發出。

局長正不斷地向他施壓。除了剛才拿起手機做關機的動作，她一直保持著抬頭挺胸，雙手放大腿的姿勢，警帽就夾在警察手冊建議的左邊腋下。在日落時分昏暗不明的光線下，幾乎連雙唇與臉頰的移動都看不見。

如同一個裝上電池的講話娃娃。

「警官，別誤會，我不是在審問您。我們很感激馬德里向我們伸出援手，我們可以學習不同的搜查方法。我只不過是想向您說明這裡辦案方式有自己的一套。現在有一個繼承大筆財富的女性失蹤，而您們表示要負責找出她來，不會讓她死掉，能循線定位出她的所在。對此我們抱持懷疑的態度。現在這案子已經死了六個人，當然做這工作也是難免的。」

哈！喬自忖，他知道她的意思了。

「我向您保證……」

「請別做任何保證。」局長打斷他的發言。「這裡對事情的好壞，自有判斷。我們並不找壞人，我們只對壞人瞭若指掌。大家每天在大街上擦肩而過，在酒吧打照面，在大賣場問候彼此。那些人的孩子或孫子跟我們的小孩都上一間學校，都是同學。」

「所以這會……」

「警官，請先讓我把話說完。您們想抓連續殺人犯的凶手，就會抓到。我做夢都不敢想像俄羅斯黑手黨有一網打盡的一天。在南部，要搜羅到足夠對他們不利的證據，基本上是件曠日廢時的事。要挨家挨戶逐一盤查，才能找到證人，而且就算他們願意告發，還得保證之後會是活口。或許有機會逮到人，通常也是無關緊要的混混。」

「這種工作的確是很耗時。」喬回應。

「是敵人很難纏。」局長訂正他的說法。「他們在這裡已經待了二十年，一副只是退休後到西班牙享受田園生活，度過歡快自由人生的樣子，但他們才不甘於此。

他們開公司，買球隊，蓋幾棟像這樣子的莊園別墅。俄羅斯人在南方的投資源源不絕，只是問題就在於資金的出處。」

喬對黑道的三位一體運作，熟知一二。「毒品，恐嚇勒索與賣淫。」

「他們在俄羅斯壞事幹盡，賺上了大筆現鈔。那些不法所得就會流通到貝里斯，開曼群島，與美國的特拉華州。在各個避稅天堂繞一繞，再利用企業底下的各種公司行號縝密操作，在天羅地網中流轉，之後就能成功漂白回到歐陸。當然，手法還不及谷歌或蘋果公司來得厲害，不過也不相上下了。」

「最後全都變成大理石了。」喬指著大門口感嘆。

「這些都是枝微末節。節省成本。黑手黨在此也有自己的洗錢加盟店。馬貝拉市與馬拉加市是錢轉回原處的最後幾站。之後，回到莫斯科，到聖彼得堡，到普丁的度假山莊。」

「全世界都知道俄羅斯是黑手黨治國。」喬認同她的話。他曾在HBO播的紀錄片看過此議題的介紹，而這也是他所知的一切了。

「您知道利特維年科（Litvinenko）在被克里姆林宮的人殺害前，也曾來過馬貝拉市？」

喬記得此案件。利特維年科曾是蘇聯情報機構（KGB）的間諜，然後他向全世界揭露俄羅斯政府與黑手黨的交易。後來，有人藉由幫他的茶加糖時，順道添加放射性的釙元素，讓他的腎臟變成另一個車諾比。

「我以為他一直在倫敦？」

「他死前幾個月曾拜訪過此地。我親自與他碰面。當時我的身分跟您一樣，還只是警官。他告訴我們很多俄羅斯人的處事方法，這勝過我們十五年來知道的一切。所謂的俄羅斯黑手黨其實並不存在，真正在存在的是十三個國家中上百個組織，再加上背後龐大的軍式聯盟。喬治亞人憎恨烏茲別克人，但兩者仍會共同合作對抗俄羅斯的坦博夫（Tambov）黑幫。另外，此幫派雖然與馬烈什夫（Malyshev）幫派是敵對狀態，但僅限於俄羅斯境內。基本上，在西班牙境內，兩方都能和平共處。」

「關係真複雜。」

「我能講一整個晚上，但就算講到吃早餐時間，幾乎有一半的資訊都只是陳腔濫調，毫無用處。警官，您瞭解我的意思嗎？」

喬搔搔頭，胡亂掂量著自己聽到的內容。

「應該懂。您不希望我們把雞窩弄得天翻地覆。」

羅梅羅微微點頭。鑑於她一直沒有任何動靜，此時的點頭變成巨大的反應。

「警官，去年此地有四十六人身亡。人數是馬德里的四倍，但我們此地的居民才一百五十萬人。」

「有多少人是死於黑幫？」

「有兩起是報復性的炸彈攻擊。嫌犯有的是騎摩托車，有的是騎腳踏車，把炸彈投擲到像這樣的別墅裡，然後爆炸。有的是綁架，有的犯案時臉上會戴小丑面具，有的是拿AK—47轟炸，有的在餐廳內行刑……當然也有參加小孩受洗後，在教堂外的。」

「像電影《教父》那樣？」

「沒錯。情況在暗地中波濤洶湧，新仇舊恨全都要一觸即發。」

「如果這還不算爆發。」喬邊回答，邊看向屍首，並摸著自己的下巴，一副若有所思的模樣。

「您知道從我當上局長後，我們的人死了多少嗎？」

喬對答案完全無知。自從他離開畢爾包的職位後，他就不再更新同事的死亡人數了。事實上，警察不會被俄羅斯人殺害，儘管警方掌握他們的行事風格，但大家會開始感嘆他們的大膽無畏和剛硬不屈，而且也明白他們做事很有原則，會很嚴格遵守自己的規則。最後，大家就會決定盡量不要去招惹他們。

「我猜沒人。」喬回答，並在說每個字的時候，都拖得很長，就像橡膠一樣很黏密。

「警官，我打算一直如此下去。這裡是鄉下，沒有人可以真的消失不見，真的躲起來。每次我們取得相關資訊，並不會向GRECO或民防隊報備，更不會往上報到警政單位了，因為就怕有人會向壞人洩密。反正，就算我們把資訊匯報給法官或檢察官，也只會得到罪證不足的回應。就算我們開始收網，或沒收幾噸的古柯鹼，這些事也不會登上新聞；又或是我們能讓某人進到審訊室，最後也都是徒勞。從來沒人在乎這裡，只有當馬德里的某人意想天開，或想抓某幾個人的時候，才會想到派人來支援。所以，警官，我們就打開天窗說亮話，我們倆都心裡明白那女的不是什麼歐洲刑警，到底您與那女人來這裡的目的是什麼？」

話題轉換得如此粗暴，聲音聽起來就像針頭刮過黑膠唱片一樣尖銳。

「我再重申一次，」喬有些不悅，眼神堅定地盯著她回答。「我們只被告知蘿拉・莫雷諾很重要，一定要找到她。」

羅梅羅沉思了一會後，回答。

「蘿拉·莫雷諾很重要，這話不假，只是您們不曉得到底有多重要，以及為什麼那麼重要。」

「但您也並不打算透露這方面的訊息。」

「沒錯，在沒有完全信任您們之前，我不會說明。所以現在……」

她的話沒有說完，因為與此同時，安東妮娜從他們面前跑了出去。喬沒有向上司道歉，也沒有得到她的允許，就只是點頭示意，然後便衝去找他的同事。

11（之二）煞車

安東妮娜跑向屋外的馬路上，身體倚著車子，一隻手插在口袋裡。她即將要做出幾年前自己被迫執行的事。自從訓練結束後，自從她知道失去控制自己能力之後，她都不曾做過那件事。

她拿出一顆藍色膠囊。

憤恨的咀嚼。

六秒過後。

七秒。

十秒。

猴群逐漸意志消沉。

世界變成一個平坦、灰濛、單調的地方。

忽然，安東妮娜空了，不再聽到震耳欲聾的噪音，也沒有高速翻轉的事物。藍色膠囊是具有讓人腦袋放空的化學物。膠囊在體內發揮效力期間，安東妮娜僅僅是個普通人，新生兒。

她的特殊能力消失了，但焦躁不安的情緒仍在。

此時，她的腦中就只有一個想法。現在，她也只有能力想一件事。

我輸了。安東妮娜一邊想著，一邊大口吸氣。她覺得自己快吐了，她把嘴張大，努力吸進更多空氣。

不只是因為我無法控制自己的能力，而是我快要不見了。

13 悄然無聲

喬．古鐵雷斯不喜歡安東妮娜．史考特。

這跟愛無關。毫無疑問，喬愛她。安東妮娜雖然怪異，但也不能否定她是個非常溫暖的人。她只是不擅長表露自己的親切，但對人絕無惡意，最惱人的缺點就只是冥頑不靈（若一個畢爾包人如此批評對方，那絕對是個死腦筋的人）。她很有犧牲奉獻的精神，做事勇往直前，不顧後果，認為正義是爭取來的，不是等著別人贈送。基本上，這些特色是現代人少有的，可說是瀕臨絕種的人種。

她難以捉摸。有著糟糕的習性，永遠在不對的時間點上發言或閉嘴，所以造成不少誤會。另外，鮮少展現和藹的面貌，稍有顯露就會立即武裝起來。**出來一點，馬上又縮回一點**。

關於這些，喬一點都不反感。他對安東妮娜是死心塌地的忠誠。

喬．古鐵雷斯看不慣的，是安東妮娜不接受別人的安慰。任何人見到自己的同事、朋友意志消沉，獨自關在車內，孤單無助地抱著雙腳縮在座位上痛哭，都會覺得難受，感到心如刀割、手足無措，焦急得來回踱步。事實上，就算非親非故，誰見到她那樣的狀態，也會自覺得敞開胸膛，予以對方依靠與安撫。**到我懷裡哭吧**。用自己兩條可以抱起巨石的雙臂抱緊對方，把自己肘擊破栗子殼的力量都傳遞給她。

然而，若那人無法忍受身體被碰觸，對任何連結、示好都逃得遠遠的，那該如何是好？

對安東妮娜該如何是好？

只能保持距離，任自己內心焦躁不安，充滿不捨與厭惡。

得試圖理解她的處境，而不是想要改變她，因為每個人都是個體，人與人之間存在著一道無法跨過的鴻溝，只有自己才能卸下那堵自己築起的高牆。別人只能猜測對方這次又為什麼傷心難過，那顆不可思議的腦袋又發生了什麼事？正在經歷些什麼？在與什麼戰鬥著？

溫柔的敲車窗，試試看她會不會開門。

嗶，嗶，門閂彈了起來。

運氣不錯。

喬坐進駕駛座上，明顯感受一股哀傷飄散在空氣中。五味雜陳，氣氛很適合錄一段關於母親的短片。安東妮娜兩眼布滿血絲，膚色暗淡無光。

當務之急就是伸出雙臂抱住她，但喬並沒有接受這項誘惑，他知道那不是正確選項。另一個選項是開口安慰、鼓勵她，建議她忍耐，肯定她的能力，相信她一定可以一如往常的銳利敏感，一切只要她能好好堅持住就行了。然而，喬也沒說這些話，他知道那也不是正確的選擇。

最終，他沒說：「安東妮娜，魔鬼一直在我們身邊，我們只能變得更強一點。」如此一來，她也就沒有回：「喬，我很累。我不能忍受一個人被如此殘忍對待。我太累了，累到無法再接受這一切。我的頭像被玻璃碎片插著，怎麼都拔不出來。」接著，他就不會說：「我大概是個沒用的gay，只會變胖。但是，老天爺，我在這裡，我在妳身邊。」

這些對話一句也沒有出現，因為人生不是一部電影，無法僅用完美對話來包裝那無解的複雜情感，而且背景還響起麥可・吉亞奇諾（Michael Giacchino）、湯瑪斯・紐曼（Thomas Newman）或昆西・瓊斯（Quincy Jones）作曲的音樂。

他們什麼話都沒有說，僅坐在車裡，一起面對悄然無聲。

14 郵遞區號

淚乾了。

喬降下車窗。此刻，下過雨的天空，晴空萬里，空氣中瀰漫一股芳香，消散了些哀悽的氣氛。或許該說，是哀傷隨著某種微不足道的慰藉，散向另一個地方：有一天就算此刻成為過去，再也想不起來，但味覺仍會擔負起記憶的工作。

「潮土油。」安東妮娜說。

「什麼？」

「下過雨後的味道，就叫潮土油。」

喬不能真的理解安東妮娜說這件事的理由，但他的直覺認為她所分享的訊息很重要。他就算無法瞭解涵意，也不想打斷她，因此他便只是安靜地等著。

為了給予她開口的時間，車子駛離住宅區。現在已經是晚上了。車子沒有目的地跑了幾公里，然後停在一處休息站。在黑暗中，馬貝拉市的建築反而讓城市邊緣的海岸線變成一個閃耀又夢幻的花環。近處的光源，來自雷普索爾能源（Repsol）加油站招牌，他們因此能見到彼此的面孔。

「這裡發生的事情很不對勁。」終於，安東妮娜開口說話了。

「小妞，我們清算一下……有個男人頭被轟掉。另外兩人中彈躺在停屍間。一個早上就有三條人命。」

「不僅如此。黑手黨手段凶殘，但從不公開行刑。商場所發生的事，以及現在的這件事，都很不尋常。」

「另外，那位羅梅羅女士很不一般，不是常見的局長。」

「敵意？」安東妮娜詢問。

不管到哪裡都是一樣的，身旁總會有人對他們的出現很不自在。

「她很防備我們，要求我們別在她的地盤把事情搞得天翻地覆，她不想要有什麼麻煩。依我的理解，此處戰事似乎一觸即發。」

「哪裡很不一般？」

「她問了我一個不該問的問題。不是往常的垃圾話，而是她想知道我們在這裡的理由。」

「沒人會問這件事。」

「對。還想問妳是誰，我們是屬於哪個單位的人，我們會如何處理案件，而且她特別關心我們何時離開。」但沒人會問**理由**，因為理由不該那麼顯而易見。

安東妮娜眨眨眼。通常她眼睛的開闔速度會如同蜂鳥振翅一樣，快速開閉五次。不過，這次她的動作彷彿是慢動作的鏡頭。這件事與她緩慢的語速，都讓喬嗅到了不對勁。

「打給曼多。」

若不是因為好幾夜熬夜守在停車場的販毒熱點，抓大麻的交易，我敢說一定馬上就發現這小女子哪裡不對勁。古鐵雷斯警官自忖。

「小妞，妳還好嗎？」

「很好，沒有任何問題。」她回應。

喬不再說話，他開啟車上免持聽筒的電話並撥號。電話響了六聲後，曼多接起。他的聲音從奧迪內設的八個喇叭中傳出，聽起來彷彿人就在現場。

「現在不方便通話。」

「聽著，這裡有死人。」喬出聲抗議。

「警官，我人在布魯塞爾，跟上級開會。出現……麻煩。」

喬與安東妮娜困惑地看向彼此。

「什麼樣的麻煩？」

「是與別國的夥伴有關。電話上無法透露訊息。您們一旦回到馬德里，我會立即說明。所以，現在，抱歉我……」

「我們為什麼在這裡？」安東妮娜發問。

靜默。電話線的另一頭傳來各種催促的回聲。

「史考特，妳怪怪的？」

他也發現了。喬暗自吃驚，內心帶有一絲嫉妒的刺痛。曼多雖然在兩千公里遠的地方，但他只是透過電話，就能輕易講出那四個字，可見他們關係非比尋常。儘管有千言萬語可以描述所有的不幸，但沉默代表的意思，卻遠大於任何隻字片語。

「史考特。」他再問了一次。

安東妮娜做了個手勢要喬回話。

「我們不想浪費您開會的時間。不過，您要求我們隨時保持聯繫。安東妮娜在……」

「警官，我是問她。」曼多回話，聲音十分嚴肅。

沉默。車內聽得見喬急促的呼吸，不過這大概是因為沉默造成的效果。

「我很累，如此而已。」安東妮娜回答。

靜默，更長一些。另一頭的吵雜逐漸聽起來虛無縹緲，彷彿曼多離開那一條鋪了地毯的走廊。

「很好。有什麼是要我幫忙的嗎？」

他才不會相信她的話，連我都不信了。

「請說出蘿拉・莫雷諾重要的理由。」喬對他提問。

「還沒找到她的蹤跡嗎？」

「沒有半點跡象，不過倒是很清楚要殺她丈夫與她的意願十分強烈。」

曼多吸了一口菸，畫面足以做為無數支萬寶路的廣告，只可惜不會放送出去，因為抽菸有害健康。

「史考特，這案子似乎挺容易解決的。」曼多表示，聲音聽起更像是對自己說話，而不是在回答他們。「找到家庭主婦，然後就可以回來了。簡單到讓妳忘了那心心念念的鬼魅。」

安東妮娜沒有回應。

「我們只是想知道自己掉到哪個坑裡。」喬插話。「您選這個案子的理由。」

「史考特，你知道我不能說，更不可能在電話上講這事。」

安東妮娜看向喬，接著看向手機螢幕。

「所有責任都歸我。」

「史考特，這不是妳能決定的。」

「那麼你只要跟我說字母碼，其他的事我會跟他解釋。」

靜默。全然寂靜。電話那頭的曼多似乎正在返回，越來越明顯聽見吵雜紛鬧的聲音。

「就算我要求你們即刻回到馬德里，也不會照辦吧？」

喬腦中浮現一個鬥牛犬啃咬豬骨的畫面。一旦鬥牛犬放掉嘴中的食物，就等著被處決。

「你知道答案的。」

另一頭，紛亂的聲音變得更加刺耳。或許，這是讓曼多屈服的原因。

「去他的。只有一個條件：快點找到她的藏身處，盡快回到馬德里。這裡很需要你們，可以嗎？」

「心之所向。」

曼多最後一次停頓，彷彿正在評估這四個字的有效性。同時，他也說出這四個字：

「一、五、狐步。」語畢即掛斷。

15 聽覺敏銳

喬轉身看向自己的同事。他挑起雙眉，雙手緊握方向盤，臉糾結得像義大利麵條，僵得像塑料。迎來的偌大世界，似乎於他能理解的背道而馳。路是單行道，但方向盤在他手中，為何不果敢點，直接問安東妮娜。

「小妞，妳能解釋嗎？」

安東妮娜吸了一口鼻涕，雙手平放在大腿上。

「很可能我們尚未向你坦露全部。」

「這很可能我也知道了。」喬用非常溫柔的口氣回答。

他的語氣極盡柔和，以此掩蓋住內心的狂亂。

「我覺得不太舒服。」安東妮娜一邊說，一邊揉著自己的眉心。

「很可能連這事我也發現了。」

「但是我不想談這件事。」

「我們可以跳過這部分嗎？」

「什麼部分？」

「妳停下來思考自己要跟我說哪些事的部分。妳會花約三十秒的時間，陷進自己綠眸裡，好決定要吐露哪些實情，或哪些要洩漏，或哪些可以婉轉帶過。」

「我不會這麼做。」

「這就是妳的做法。」

安東妮娜用了三十秒來思考如何反駁他以為自己在這半分鐘內所想的事。

「有一個軟體。」最後，她開口解釋。

「什麼意思？」

「一個資訊應用程式。紅皇后草創初期，布魯塞爾同步執行另一個平行計畫。內容比紅皇后還要神祕。」

「更不為人知？」

安東妮娜搖搖手，要求他別打斷。她變成一輛煞車失靈，只能緩緩往斜坡滑下的百萬房車。緩慢前進，卻一刻也不能停。

「高層發覺現有組織是不夠的。就像有飛鏢，卻沒有鏢靶。因此，創立了一套名字叫海姆達爾的獨特軟體。」

「如同電影演的黑盒子？」

安東妮娜有幾百年不上電影院了，所以無視他的發言。

「傳聞奧丁在海邊散步時，愛上九個巨人婦女。他睡了她們。她們合為一體，賜予他兒子。」

「合為一體，聽起來像《新恐龍戰隊》？」

「我對這類和平代表的故事不太瞭解，無法評論。」安東妮娜繼續說。「這九個女人生出海姆達爾，並用最好的一切餵養他長大。海姆達爾成人之後，發現自己的眼睛能見到世界的盡頭，耳朵能知曉小草的窸窣。因此，奧丁讓他去看管彩虹橋。那是一座連接阿斯嘉特巨人與眾神住所的虹橋。海姆達爾只要發現巨人接近，就得負責通報。」

喬聽得很仔細，神情變得愈加嚴肅，因為他開始意識到若一個軟體的命名是借用一個聽力敏銳的北歐神祇，那代表著某種涵義。

「軟體一樣有九個母親，就是聯盟中的九個國家，西班牙是其中之一。這項計畫在發展中，就已經投入約二十億歐元，另外還花五十億設立一部歐洲超級大電腦。機構在布魯塞爾，設備放在我們的海（註10）下方。」

喬的確聽聞過一臺超級大電腦就藏在我們的海裡。把那臺超級大電腦埋在我們的海裡，而不說是地中海，聽起來的確更可靠一些。

「這麼一來，他們就能光明正大地消耗電力，人員進出也很便利，真是太聰明了。」

「我猜你已經想到那個東西的用途了。」

喬的確想到了。

而且覺得離譜。

但他想要聽她親口說出來。

安東妮娜向他解釋得非常清楚，根本就是鉅細靡遺。例如，我們只要一連上網路，海姆達爾就在盯著我們，他知道我們做的每一件事、搜尋的每一筆資料、購物清單裡的每一件物品。我們寄出的每一封郵件、我們聊天社群中分享的每一張照

註10「我們的海」是古羅馬時代對地中海的稱呼。

片、每一則訊息內容、每一篇在臉書上的發文，一切都會做分析、評估與建檔。每一個做愛的姿勢、每一句仇恨的話語、每一次在鏡子前的搔首弄姿、每一次在螢幕前的高潮、每一段貓的錄像，每一回對Siri下達的指令、每一首歌、每一個分享轉發、按讚的動作……一切。

「我只知道美國如此控制他的人民。從未想過我們也幹這檔事。」喬回答，語氣頹喪，彷彿靈魂受到折磨。

「喬，歐洲不可能置身事外。」

「我實在無法相信妳所說的一切。」

「我說的是事實。目前軟體尚未完善，邀請了一位來自美國的專家針對影像進行修正、建議，利用很多運算建立數據化資料庫。但與美國相比，我們還差得遠。至少現在仍然無法對所有的事物做分析，萬幸的是在我們有需要時，還是拿得到有效資訊。」

喬搖搖頭，仍執意拒絕接受自己聽到的一切，只覺得自己好像活在《黑鏡》的電視影集中。

忽然，啪一聲，有一個小塊遺落的拼圖掉在他的身上，先前的疑惑有了更有力的答案。

「跟我說件事。之前妳進到卡拉·歐提茲的電子信箱，定位她的電話位置，妳說那是妳在書桌的抽屜下方找到她寫著密碼的便利貼。當時，妳說全世界都喜歡把密碼藏在那裡。事實上，根本沒有便利貼！妳只是用了海姆達爾。」

安東妮娜既沒有花三十秒，或五十秒，或一分半來思索答案，她只是緊閉雙脣。

喬走下車，門沒有關上，就逕自大步在車子的四周繞來繞去。

「幹！幹！幹！幹！蠢爆，白痴，智障，低能。」喬怒吼，但並不針對特定人士，他就只是對著黑夜，加油站的招牌，牆上的塗鴉，發洩自己的情緒。

他鬆開領帶，脫掉夾克，狠甩在地上。他瘋狂甩動雙臂，所以，之後當他要拾起自己的衣物時，二頭肌腫得像足球一樣大，而他一移動身體，就能聽見自己身上那件埃及棉製的白襯衫縫線撕裂的聲音。最後，他坐在奧迪的車蓋上，消停自己的抗議。

安東妮娜下車，坐到他身邊。怎樣消停也無法遏止他內心的激動。

「我寧願妳不跟我說這些事。」喬回答，並真心的這麼認為。在某種程度上，不把話說清楚的沉默，雖會令人不舒服，但也能達到一時半刻的貼心，至少在模糊中，讓人期待事情可以自我修復。不過，他還是很高興安東妮娜剛才把自己肩頭上的重擔分給他。「我得消化一下這一切。」

「往好處想，很多事我們也因此可以順利執行。」

這並不是喬的顧慮。

「你知道海姆達爾也監控像我這樣的人嗎？」

「巴斯克人？」

「小妞，同性戀。」

「我們活在二十一世紀了。沒人那麼古板守舊了。」

喬嗤之以鼻笑了出來。

「這事我絕對是對的。不管何時，總有人是守舊派的。這永遠不會變。」

他蹲下身體，撿起夾克與領帶，並把衣服用力甩向車燈，拍掉塵土。光線中，上千個塵埃在空中旋轉、飛舞。

「還沒說完。」安東妮娜表示。

當然不可能說完。

「說吧。」

「海姆達爾並不僅只是通訊的監控器。它的主要任務是協助紅皇后計畫的執行。把歐洲一百一十一個警政單位的資料會合為一體。」

「合為一個只有少數人掌控的單一個體。所以，妳才無時無刻，走到哪都帶著iPad。」

「沒錯，而且也為了玩憤怒鳥。」

喬給了這個拙劣的幽默感一個白眼。

「很好。就是建了資料庫，僅止如此？」

「海姆達爾會分析各種我們可能用得上的案件。警方的報告，申訴與緊急通報電話。他不僅搜羅資訊，還能做到預知事件。」

「等等。妳是說該去哪是由人工智慧來決定嗎？」

「它無法決定。那是每個曼多的工作。沒有任何一臺電腦能取代人類做決定。」

「那這次又預知了什麼事？」

「曼多從未向我提及我們到此的理由。他盡量不在一開始就說明，以防我有先入為主的觀念。」

「所以你才跟他要編碼。十五孤狼是什麼意思？」

「『第一級的密報者可能被揭露了。』」

「天殺的。」喬感嘆。

頓時，一切都導向另一層意義，帶向更危險的境地。

「海姆達爾標記出瑜利・沃羅寧。他的死亡在軟體上會跳出警告。沃羅寧是奧爾洛夫組織的財務長。奧爾洛夫打理坦博夫黑幫在西班牙一切事項。我們從未有過如此接近核心的臥底。」

「假若沃羅寧是叛徒，那他死得那麼慘烈就有合理的解釋了。當然，他的女人非死不可。」喬理解這一切。

「所以，羅梅羅局長想掌握我們到此的目的。」

「我不認為她會跟我們分享此事。如果她的線民被殺，一定誓死要找出那個走露風聲的人。」

「所以，我們得盡快找出蘿拉・莫雷諾。她是唯一個能替我們解開謎團的線頭。」

喬坐進車裡，啟動引擎。

「線頭？小妞，不對，我們不是在找毛線頭，是在拆炸彈的引爆線。」

蘿拉

空無一人的守靈廳堂內，她想大哭一場，為自己深愛過的男人逝世而流淚。她也想為自己而哭，未出世的孩子，為自己的不知所措、恐懼與疲憊而哭。

她好想大哭一場，但她哭不出來。

好久好久以前，有個小女孩失去了她最心愛的人。那位和善、勇敢與慷慨的白馬王子，離開了她。

蘿拉很喜歡誇耀自己的丈夫。但不是炫耀他送的東西，那太庸俗了。她喜歡讚嘆他的能力，不僅能解決所有的事情，還富有幽默感，而且床上功夫更是了得。

「我丈夫品嘗我的時候，就像我是隻鐵板蝦一樣美味。」

「矮子動作特別敏捷，大概是想努力變成一個長項。」美髮師如此斷言。

這名美髮師不是她的母親。她是絕不會讓她母親碰她一根頭髮的。這並不是在說她們母女處得不好，而是最親密的人最難應付。但這也不妨礙她們彼此相愛，相互**照應**。蘿拉會天天打電話給她，談話的內容不外乎就是對瑜利的美言。

「他非常溫柔而且對人特別和善。」

或：

「有天他送我花。」

或：

「他上班前，在冰箱上貼了張紙條，說他愛我。」

而她的母親回應：

「確定嗎？小心俄國人都有三隻手。」

而她的母親回應：

「小心俄國人都愛趁人之危。」

而她的母親回應：

「小心俄國人……」

蘿拉覺得安達魯西亞人是世界上種族歧視最嚴重的人了。或至少，她母親整天把國族主義掛在口中，因為她母親只希望女兒能嫁給村裡的小夥子，最好是個醫生或牙醫，能為她在海邊買棟公寓，夏天有地方可以避暑。

基本上，蘿拉也抱持著相同的夢想，只是她遇見了瑜利。

好久好久以前，有個女孩在舞廳裡熱舞，有幾個無賴擋住出口，試圖對她性侵。蘿拉回憶著。她被逼到牆角，不管如何努力掙扎，內褲被脫到了膝蓋。但是，瑜利從那裡經過，那群無賴總共有七個人，全是當地人，或許其中還有個沒穿醫師袍的牙醫師。

瑜利像一股旋風一樣闖入，不問原由，神情凶狠，直接亮出剃刀。最後，蘿拉狼狽地倒在一旁，而另外七個人更加悽慘，可憐兮兮地想盡辦法逃出魔掌。

急診室內，在候診室等著醫護人員的照料之前，瑜利向她自我介紹，說她的皮膚有致命的吸引力，長得像芭比洋娃娃。然後，試圖吻她。

片刻後，他的臉因為被甩了一巴掌而發燙，臀部也因及時避開下體遭受膝攻擊而產生疼痛，此時他完全清楚蘿拉表達感謝之情的極限。

一個月後，兩人結婚了。

蘿拉成為全世界最幸福的女人。

好久好久以前，有個女孩幫助她的白馬王子建築一棟城堡。蘿拉開始自言自語，她調整姿勢，試圖讓自己舒服一點，不過一切都是徒勞。她的屁股已經爛了，一點知覺都沒有。

這處水磨石地板讓她想起自己與丈夫共享的第一張床。瑜利並不貧困，他跟三個身材圓滾，連一句西班牙語都不會的喬治亞人共住在海邊附近的公寓裡。

蘿拉第一個月還深陷熱戀之中，因此她可以不在乎外在的情況。但到了下個月，她的經期來時，她就發現自己在浴室中更換棉條的同時，得忍受外頭不停大力敲門催促。蘿拉受夠了，威脅瑜利做出行動。

「我們需要屬於自己的住處。」

「我薪水微薄。」

「請你老闆加薪。」

「沒那麼簡單。」

「但你還是得想個辦法。」

瑜利告訴她自己的想法。用斯拉夫口音，每個字裡高低起伏，都搭配上舌頭的顫音。不過，對於熱愛顫音的西班牙語而言，他表達的內容，算是十分清楚了。

「我可以找人麻煩。」

「怎麼找人麻煩？」

「麻煩。只要有人賴帳，老闆就會派我去處理。砰！砰！人就會冒出來了。對吧？」

蘿拉對他上下打量了一會兒。他這個人身高不到一百七，S號的襯衫穿在身上都嫌太大。但蘿拉相信他說到做到。他的外表雖然看起來溫文儒雅，但他是個**鐵頭，不懂得彎折**。一旦有人越線，他就會殺紅眼，管他七個或是二十一個，完全不在乎。偶爾他回到家，做的第一件事，就是拿臉盆裝滿冰塊，浸泡自己的手。

「你不能再做那些事了。去跟老闆要求，請他找別的差事給你做。」

「不行，蘿拉……」

「你不能再做了。我們連買冰塊的錢都不夠。」

那是六年前的事了。六年又四個月。那個日期她記得十分清楚，是在她生日前幾天發生的，瑜利把這件事當成禮物送給她。

有個女孩，六年前她什麼都沒有。

蘿拉覺得自己終於要哭出來了。她感覺眼淚一下湧到眼眶，開始嗚咽啜泣。

一陣吵雜打斷她的情緒。

蘿拉聽見有人走入，探問的聲音。她認得那個聲音是誰的，完全不可能出錯。

他們來找我了。

怎麼可能？

蘿拉花了幾秒寶貴的時間，釐清自己藏身之處如何被洩漏。她的行動一直都很小心，手機保持關機狀態，就連打給瑜利都是用……

電話。

殯儀館的電話。

沒錯，我是個白痴。

聲音越來越靠近，他們走到隔壁的廳裡。不能再浪費時間了。她得趕緊逃跑。但問題是她找不到出口。

廳室裡並沒有窗口，也沒有可以躲藏的地方。

唯一的門通往大廳，但從那裡離開，無疑是自投羅網。

她的心臟用力敲擊胸膛，蘿拉聽見一牆之隔的腳步聲逐漸變小，他們正走向門口。講話的聲調越來越大聲，但並非是因為他們正在靠近，而是彼此正在爭吵。

就在此時，蘿拉發現還有另一道門的存在。那道門通往一處透明玻璃的廳室，有一具棺木擺放在裡頭供人瞻仰。

她走向那個空間，轉動門把，祈求門並未上鎖。沒有鎖。

蘿拉在外頭的門打開的瞬間，同時也把門關上，溜進裡頭。

有個長條形的光打在地上，穿過床頭櫃，照亮蘿拉隱身在玻璃後的臉龐。

蘿拉隱約看見粗壯的手臂，手槍，暗黑的身形，或許那個人就是她躲在車道下方、路間裡窺視的人影。她十分清楚，一旦被找到，就完蛋了。

不會有第二次機會。

她把身體縮得更小，隱身在窗簾（布滿灰塵的酒紅色）後面，那裡有個服務口的暗道。

沒有門，只有一個暗黑的走廊，主要是讓葬儀社的人員可以把棺木從此處推入洞口。

蘿拉便順著此處，逃到後門的位置。

飢餓，精疲力竭，脫水。

她認得路，卻無處可去。她不抱希望，卻無法絕望。

很久很久以前，有個沒被抓到的女孩。

16 諾言

旅館很棒，卻難眠。

喬無法入睡，算是件大事。他反反覆覆上床、下床，走向浴室沖澡，然後回到床上，輾轉，下床，在房裡走來繞去，全身大汗淋漓，再沖一次澡，如此過了一整夜。

喬現在的頭蓋骨像一座壁球場，曼多第一天對他說過的隻字片語，全都如同回力球在他腦中穿梭，彈來跳去，而且這些話全染上一層陰影，變得沉重與穢暗。

這個專案主要執行特殊任務：連續殺人事件，特別難抓的重刑犯，戀童癖，恐怖分子。不必遵守行政法規，內部沒有上下階層之分。曼多說過。

不必對大眾負責。喬現在又添加了這項。

所以才會找上我這樣的人。或者該說得更準確些，我這樣能計畫把毒品放進藥頭後車箱裡的人。一個真乎在乎正義勝於法律的人。

問題是誰才能決定正義。

問題是我無法保證自己仍是當初的那個人。

安東妮娜告訴他的那些事，只是讓他內心的恐懼浮上檯面。這個世界，對錯的界線越來越模糊。我們自願把自己的隱私託付給網路，建立自己的學識是透過搜尋軟體。海姆達爾是非出現不可的存在。

其實，很多企業早就在做這些事了。只要你啟動語音搜尋系統，然後有一天自己在麥克風前與伴侶談論起司，不一會兒，就會發現網頁邊欄上伊迪亞薩爾起司的廣告。

只不過海姆達爾不賣起司，他只辨別危險市民的身分。根據歷史的教訓，這種事從不，絕不出差錯。喬自我安慰。

喬無法平息自己的擔憂，他吃早餐時仍憂心忡忡，就算待在車上兩個小時等待安東妮娜的時候，他也是同一副表情。他們約十點見面，但他不到八點時就到樓下，待在車上，不斷循環播放薩比納（註11）的專輯，學習相信欺騙是緩和情傷的麻醉劑。

他不曉得該如何是好，有一時半刻只想拋下一切，揚長而去。一切都吃大便。

回家的路途花不到十個小時。然後，他就能跟**老娘**待在家裡。不過，正常來說，他得要先忍受一頓暴風式的嘮叨，然後才能在晚餐時嘗到她煮的巴斯克燉魚，吃光那一份吸收所有美味的鮮肉。

但喬不是這種人。

註11 薩比納（Sabina）是西班牙南部地區的歌手、作曲家與詩人。他的歌曲通常會用大量的文學形象來描寫愛情與對社會的失望。

曼多那雜碎在選他進入組織，便十分清楚他的為人。他老娘可沒用任何芳香乳膏來養大他。他一點都沒有膽小怯懦的特質，絕不會成為罷凌者的目標。他就是這樣被教育長大的。

不可辯駁，他無法置身事外，他確實是共犯，也是協助怪物運作的一分子。然而，喬對這種自私又不正義的做法感到痛心，因為他的腦袋逐漸接受這種做法，並且認同假若海姆達爾必定要存在的話，最好是屬於**我們的**。

唉！太難了，狗娘養的……

在不停自圓其說之後，喬逐漸接受這種做法的正確性。身為一名同性戀警察就算不被接受，他也會誓死效忠自己的兩種身分。他相信絕對可以既當執法人員，又隨地吐痰。生活中面對的大小困境，總是處在極端的矛盾之中。事實上，也別無他法，僅只能與此和平共處。他的內心深處十分清楚，一旦失去，就無可挽回。

就算雙手無法止住流水，也不代表抓不到魚。更重要的是，不可以拋下自己的同伴，讓他們淹死。

安東妮娜在約定的十分前走向車子。一個經常遲到的人，這算是難能可貴的時刻。

彼此沒有打招呼，其實他們從不曾向對方問好過，只是今天他們注意到這件事。

「你確定想參加沃羅寧的告別式？不覺得更該去找蘿拉·莫雷諾？」

「警方已經監控了她會去的所有地方。她母親的家，她朋友的住處。就讓他們自行在街上找人。我比較想要認識那個找不到的嫌犯。儀式幾點開始？」

「十一點。時間充裕，我們可以觀察會有誰參加。」
說了出發，但車子沒有發動，因為仍有一隻大象壓在駕駛座的後背上。
喬不知該從何說起自己的感受。
因此，她擔負起這個任務，用極盡笨拙卻討人喜愛的方式詢問。
「你在生悶氣？」
喬微笑。生悶氣的理由有很多種，可能是為了不讓憤怒爆發出來，或是內心的積鬱與挫敗，甚至也是因為知道自己長期被當白痴一樣耍。但現在至關緊要的，是自己得把一切理解成是安東妮娜的善意，因為她是想破頭也無法明白他的低落。
「我還在消化這一切。妳昨晚跟我說的，並不是件小事。我得想想，再決定該如何反應。不過我想要妳先跟我保證一件事。妳得想清楚再回答，因為妳的答案會決定我們該在此處，還是就此返回馬德里。」
安東妮娜微微點頭。她並不確定接下來會發生什麼事。
喬也不清楚，但他準備給她一次機會。
「我已經成人了。」他說。「我的任務是保護妳的存在。」
「我知道。」
「沒人強迫我做這件事。我做，是因為我願意。」
「這我也知道。」
「所以，如果妳願意讓我繼續在妳身邊，請誠實待我。從現在起，我們之間不能有祕密。請妳向我伸手，讓我來幫助妳，可以嗎？」
當然，她只有一個答案。

亞獅康

亞獅康・奧爾洛夫（Aslan Orlov）是位和藹可親的人，這是一定得知道的前提。其實，這是單看他一眼就能產生的印象。此刻，一如每個早晨，他坐在咖啡廳的戶外座位上，面向大海，吃著全麥麵包，配上德式香腸與炒蛋。今天沒出太陽，因此保鏢收起了陽傘。在海岸步道上，稀稀落落散步的遊客全能看到他傾身，全神貫注地享用餐盤上的食物。假若他抬起頭，那雙灰濛的眼珠與某人的視線對上，他會有禮的微笑，點頭示意。

他傾向餐桌的角度，看起來十分優雅，一名士紳的模樣。亞獅康的膚色被太陽晒得金黃黝黑，也讓他那一頭往後梳的白髮，在相較之下，更加顯目，只不過同時也更加彰顯他退休生活過得如何充實。每一根垂落至肩膀的毛髮都受到精心整理，完美到沒有頭髮隨意翹起，全都好好貼合在他頭頸的曲線上。那一頭毛髮就如同他的名字（亞獅康，一頭獅名），一名律賊（註12），黑手黨裡最高階的地位，最受人尊敬的罪犯。並且，綽號叫：猛獸。

食物裝在沙拉碗裡，他食用時再自行盛入盤中，並俐落地切割分食。他的手指

註12 律賊（vor）指在俄羅斯的黑手黨中擁有高階的地位與權力，並受人尊敬的罪犯。

修長纖細。每一口分量都剛剛好，盤子邊上不會留下任何一顆芝麻，刀叉會不動聲色地放回桌上。而且，擦拭完嘴角的餐巾紙邊角，也會再完好鋪放在大腿上。

他對於每一個人的關注，得到服務都會表達感謝，而且留下豐厚的小費。他彬彬有禮的程度，幾乎是親切過了頭。

「奧爾洛夫先生，您還要點什麼嗎？」

「沒有，謝謝，卡琳娜（Karina）。」

服務生取走桌上的沙拉碗，但同時卻不慎撞倒了一只裝滿水的水杯。杯水灑向桌巾，濺到了亞獅康的褲子上。

服務生迅速縮手，靜止不敢動，彷彿身體受到巨大驚嚇，性命受到即刻的危脅。她的反應就像她十分清楚自己每天早上服務對象的真實面貌一樣。事實上，她的確知道。

亞獅康一直面帶微笑。

「別擔心，只是水而已。妳看，都乾了。」

他很注意形象。這是他從青少年時期養成的習慣。八〇年代，他在聖彼得堡經營妓院，每次只要有從普科夫或丘多沃等鄉村拐騙來的新女孩，他都會表現得特別友好，十分善待她們。要求在為她們破處的時候（為了不讓她們反抗所立下的規矩），口中一定得有薄荷的清香，倘若沒有，最少也要用伏特加漱過口。

「遵守規矩，便能減少許多不必要的麻煩。」

他的某個下屬把他的和善，誤當成他是個很好說話的人。因此，在某一次晚餐時刻，發表了一段不恰當的言論。亞獅康意味深長地對著他微笑，然後便用支叉子刺向他的喉嚨。一次，兩次與三次。最後一次，頸子扭曲變形，被戳破的皮膚為他傲慢言論找到另一個出口，但僅只能從大量噴發血液的呼嚕聲中，得到兩次呼吸的機會，隨即便缺氧窒息。之後，亞獅康僅拿餐巾紙擦淨叉子，開始用餐。

此後，再也沒人誤會亞獅康為人和善的意思了。

另一個時代，另一個國家。那不是他最好的日子，僅僅只是不一樣的時光。當時更嚴肅，更窮困，但更自由。

亞獅康一直以來都如同橡樹一樣壯碩，不過沒人能逃得過歲月的摧殘。現在，當他要起身時，那修長纖細的身軀得先獲得膝關節的允許才行。他現在身上穿的一身黑西裝都是新量身訂做的，非常適合他今日要去的場所與從事的活動。從他的身形，看得出他有點啤酒肚。他其實偏愛穿休閒服，平日就只會套上一件在家樂福買的十五元尼龍材質的運動服，這位七十歲長者就覺得十分舒適了。不過，今天得維持體面的形象。

這很重要的。

他今天選的車子既不是凌志（Lexus）也非法拉利（Ferrari）。那些都不適合，最恰當的選擇是灰色優雅的瑪莎拉蒂（Maserati）豪華運動型轎車。輪胎就要價兩萬歐元，但都是經典的胎框造型。車子當然是由欽磷·銳保（Kril Rebo）駕駛。並且，也由他指揮另外六輛開在他們前前後後的車子。那六人是士兵。他要求他們低調現身。在場，但不能找麻煩。

隨著年歲的增長，亞獅康越來越在乎自己的形象。他不希望別人帶著有色眼光看他。車子停在東正教教堂前，他下車時，感受到街邊人們的目光，以及參與告別式的賓客與警方的注目。他認得在場的很多人。有幾個是新面孔，那兩個坐在奧迪車上的臃腫男子與嬌小女人，是他未曾見過的。他猜想可能是國家情報中心的人。他想像兩人正在警方的紀錄中搜尋他們的資料，核對照片。

那個女人指著他。雖然與他僅隔著八公尺的距離，但他看不清兩人是否正在交談，因為他的視力大不如前了。不過，他想像兩人正在談論他，有一方正把他的生平唸給對方瞭解。內容不外乎是：

亞獅康·奧爾洛夫於一九五一出生在列寧格勒州。曾就讀列寧海軍皇家學院。於一九六七年至一九八〇年間有多重身分，既是海軍學院的學員，也是預備役水手。於一九八五年入獄服刑六年，並藉此獲得俄羅斯黑手黨正式認可的律賊。監獄裡待了六年。於一九九一年至一九九八年間，聖彼得堡是法外之地的時期，他在坦博夫黑幫中的聲勢如日中天。鐵幕時代裡，清除了許多異己。他身上背有二十三起殺人案，但無一案件有明確證據指向與他有關。

二〇〇〇年他用希臘護照進到西班牙，從事坦博夫黑幫的洗錢工作。

我們手上沒有任何不利於他的證據。

以上文字中，唯一有價值的資訊在最後一段。其餘都是空話，沒有意義，單純羅列出日期、地點、動詞與名詞。沒有半點實質意涵，憑此無法抓人，因為既沒有受害者，也沒有犯罪現場，更沒有發生事件。

他感到愕然。短短的幾行字如何能知曉生活在列寧格勒時的飢寒交迫，以及理解生長在人鼠一室環境下的感覺？那樣的景況中，蘇聯的粗暴與共產的渴望是如何擄獲人心？俄國大作家索忍尼辛就算寫了三千頁，都還只是冰山一角。不曾活在冰天雪地的人，如何想像擁有庇護的心情？如何理解為了倖存所做的一切？

人們對他指指點點，但明明那些人與他毫無交集，完全不認識他，更不懂他，卻總想著評論他的所作所為。

亞獅康對於在他身後多年的後繼者，總帶著輕蔑與憤恨。穿得人模人樣，卻一件事也做不好。然而，他仍向前走去，問候車上的年輕女性與臃腫男子。無論如何，都得保持體面。

這很重要。

整條街充斥著價格高昂的驕車，廉價的西裝與低俗的品味。周圍有許多挺著一圈啤酒肚的中年男子。年輕的女性都只是無聲的配件，濃妝豔抹緊緊跟在男人身後，小心翼翼走在馬貝拉市街道的地磚，時時刻刻防範自己的高根鞋陷入又細又長的磚瓦縫隙中。

所有人都到齊了，各個人種中最壞的人全聚集在人行道上抽菸，談笑與低聲認同彼此的意見，就像世界的縮影一樣。

亞獅康穿梭在他們之間，先招呼重要的人物或生意上較有往來的客戶。

首先，他走向其他幫派裡的賊寇，雖然是同胞，但彼此都驕傲地站在不同的陣營。

接著他走向哥倫比亞人。他們是有合作關係的職業殺手，協助擄人作業、合夥古柯鹼進出口貿易，真是一群過分親切的顧客。

阿爾及利亞人則是借貸關係，他們為了進口大麻葉借了一筆錢，算是說謊成性的下屬——瑞典人付三倍高價錢買最上等的古柯鹼——總想著要殺價，是可有可無的小氣鬼。

科索沃與羅馬人：一群小偷、騙子與軍火商，性情不穩定的自走砲。

當他確定自己招呼過所有相識的重要人物後，他的腳步停在教堂的門口，脫下外套，然後把腳踏上入口的臺階。他的動作成為指標，無須明言與規範，人人都瞭解其意義，以及接下來自己該有的行動。亞獅康引領一股風潮，領著大家湧進教堂內。

在教堂內只有待宰的羔羊，一些市井小民。真的是瑜利的朋友非常少，很少人敢現身到場，另外就是幾個領奧爾洛夫企業薪水的員工，他們不敢待在家裡。他們都只是跑龍套的，負責管理餐廳的主管，或是送貨的駕駛員，以及修車的黑手。他們都是撿著猛獸嘴邊掉落屑屑過活的人。

指示在電郵中用西班牙語與俄語，非常明確且快速的方式傳遍整個群組：務必出席。

教堂裡被塞得密密實實的。

亞獅康自掏腰包把教堂弄得像東正教的告別式一樣，並請到主教來主持儀式。教堂內的神像，許多是來自西元十六與十七世紀，多是從烏克蘭、白俄羅斯教會或博物館收購或收刮來的。教堂的側邊，有一顆屬於波恰耶夫（Pochayiv）教堂的石塊。那是顆非常珍貴的石頭。據說，在一六七五年聖母瑪麗亞下凡來幫助她的信徒對抗土耳其人，當時她用腳在土地上踩下一條裂縫。是信徒找到三百年前最大的腳印，交付給最有錢的修士。

完全能夠理解為什麼不把這塊石塊大解八塊。那得要叫十五個人拿槍不斷射

擊，才辦得到。亞獅康一邊回憶，一邊傾身，虔誠地親吻那塊石塊。

他走到第一排座位上。

那是一場奇特的告別式。僅只有一張死者的照片掛在架上。不見棺木，花束與亡者的妻子。

告別式不是為他們舉辦的。

儀式是為亞獅康準備的，讓他可以把訊息確實地傳遞出去。

最後當主教要求自願者上臺致辭時，沒有半個人移動腳步。教堂內的空氣十分凝重，並非因為無數根蠟燭燃燒的關係，也不是光線昏暗，天花板低矮，或線香，或聖歌餘音繞梁不絕於耳等問題。

誰該起身？

該說什麼？

『瑜利・沃羅寧在我運貨時，幫我搬下六百公斤的古柯鹼。』

『瑜利・沃羅寧創了一套合夥系統，洗白妓院的所得。』

『瑜利・沃羅寧讓我的謊言、賄賂與詐騙順利執行。』

『瑜利・沃羅寧託付我一份殺人工作。』

沒人說得出半點對瑜利・沃羅寧有利的話。

亞獅康同樣沒有，但他起身，走向致辭臺。一隻金黃色的老鷹在波羅地區出產的紅色大理石上，撐著《別西大聖經》（那是本直譯於敘利亞語的聖經），一本最純粹，最接近上帝的語言。

他纖細修長的手指溫柔地放在打開的書上，一開始是用俄語發言。

「瑜利是我的朋友。非常親密，如同我的兒子。瑜利離開國家時，他一無所有。他並不是因為欠下點盧布被敵人追殺，才遠走他鄉。他離開是為了遠離貧窮。他辛勤工作，為我盡心盡力，奉獻一切。」

他停下來喘口氣，把目光看向幾個離他最近的人的臉（他的眼神早就不同以往了）。他並不喜歡自己眼前所看到的一切。他先前向每位賓客問候時，仍可感受到尊敬與畏懼。但或許這只是在應付亞獅康的握手，當下根本不可能（也非常不適合）有別的情緒。

此刻，眾人躲在人群之中，他們的目光揭示一種受到保護的自在。

亞獅康看到了猜忌，危機與機會。

奧爾洛夫老了。他們內心如此想著。

猛獸掉牙了。他們暗自打量。

隨便一個叛徒，告密者，老鼠就能扳倒奧爾洛夫。

亞獅康用力咳了一聲，清了一清喉嚨。

教訓的話，要說得清澈響亮才行。

「瑜利贏得我的信任，所有人中最為相信的一個人。他工作表現傑出，做得有聲有色。有一回，他把一筆交易談得特別出色，獲得極大利益，我特別登門拜訪恭賀他，結果發現他買了一輛新車。一輛瑪莎拉蒂豪華運動型轎車，一輛很美的銀灰色汽車。」

座位上有小小的騷動。每個人都見到賊寇是坐哪輛車來的。就算沒親眼目睹的人，也從旁得知了。

「我向他說：那車真美。他開始向我介紹車子的性能、馬力，還有內部的真皮座椅。我讓他把話說完，才對他說：瑜利，你的車比我的車貴上許多。」

亞獅康靜默，空間充滿了緊張與不安。

「你們知道當時瑜利做了什麼嗎？」

座位上的竊竊私語戛然而止，唯一的聲響只剩某些坐得不舒服的人，讓木頭嘎嘎作響。

「他站了起來，身體有些搖晃，當時他喝了酒，不多。把車鑰匙遞給我。拿著，賊寇。這是你的了，是你的車了。」

此刻，他要提到教訓了，因此轉換成西班牙語，他要讓每個人聽得懂他的話。

「瑜利是個很優秀的小子，有榮譽感，只是後來他忘了。今日我們聚集在此，就是為了讓我們不再忘記這件事。」

亞獅康走下講臺。

溫柔地在瑜利的照片上摸了一下。

他很堅決地走向教堂中央的走道上，穿過兩側的座位。他堅實有力的步伐傳遍整間教堂，所有人都屏住呼吸，不敢輕舉妄動。沒人知曉此時該跟上，還是留在座位上。

亞獅康走向站在門口的警察，看向局長與她的下屬，以及新來的矮女人與壯男人。他們完全瞭解他話中的意思，但一樣無能為力，只能讓出空間，讓他走過。

亞獅康獨自離開教堂，走到街上。此時，主教再次要求齊唱聖歌。教堂的門徹底在他身後關上，歌聲便不在他的耳邊飛揚。

欽磷正在車邊等他。

老賊寇沒有坐到後座，而是打開了副駕駛座的門。表演時間已經結束。

「人在哪？」

「還沒找到。」欽磷回答。

「找不到她，我們就完蛋了。該死的瑜利，賤婊子可真會躲。」

「已經派出所有人馬去找了。」

亞獅康思索了一會兒。他想到了警察，想到了瑜利的死所引發的重視，以及大家目光中的猜忌與不信任。令人無法忍受的質疑。

背叛幫派必定要受到懲罰的，他與他的家人都得死。

如果對兄弟留情，那該如何管理奧爾洛夫的帝國事業？

如果連個沒用的婦女都抓不到，那該如何管理奧爾洛夫的帝國事業？

或許時間到了，該找人來替補他的位置了。那些眼神彷彿如此說著。

「欽磷，把人都叫回來。我們找那個人來就好了，那個人從不失敗。」

「誰？」

亞獅康把那個名字說了出來。

喬爾納亞·母狼（**Chernaya Volchitsa**）。

欽磷把頭轉向他。

他們兩人一起有三十多年了。亞獅康見過欽磷扭斷別人的脖子，把人開腸剖肚，射殺過半百條的人命，無數的人被他大卸八塊。而且他就算出手，也不忘保持微笑，那雙深邃的藍眼珠不曾流露出半點動搖的神色。他還曾見過他赤手空拳與人搏鬥時，一直哈哈大笑。

他從未見過他的這般神情。

他從副手的眼神中，看到不同以往的瘋狂，而是帶有一股畏懼。而這便是亞獅康所需要的。

「賊寇，你確定嗎？」

這得先徵得上頭的允許。代價會很高昂，風險很大。但就是要讓人害怕，讓眾人親眼看見背叛我的下場。

「我知道我在做什麼。打給黑狼后。」

第二部分　母狼

如果你懂狼的好，
就得懂狼的可怕。
亞歷山大・索忍尼辛（Alexander Solzhenitsyn）

000
ABC

不知道自己是誰，不曉得身在何處。

只有痛苦。

沒有意識，沒有夢的殘影。被窩一點也不溫暖，枕頭也不蓬鬆舒服。身旁更聽不見另一半，情人斷斷續續的呼吸聲。痛苦無關昨晚的宿醉，或因為手機鬧鐘顫動所引發的不悅。

就只有痛。

超級無敵的痛，痛到身體完全無法承受，像一股電流全身上下竄流，驚醒身體的每一個部位，每一根骨頭，每一塊肌肉，每一吋皮膚，就連每一條末梢神經都在大聲宣揚自我的存在。身上沒有一處不在反應。她不能理解自己犯了什麼天大的罪過，要遭受如此巨大的折磨，內心不禁憤憤不平。

一陣突如其來的巨痛，瞬間的難受便足以讓她想起自己的身分，自己做過的事，以及自己斬斷的生命。她從喉嚨迸發出一聲似笑非笑的沙啞咆哮。倘若每個早晨感受到的痛苦是報應，那她對此充滿感激，因為與她賦予別人的苦難相比，顯得微不足道。

身體知覺逐漸恢復，她已經發現自己的所在位置了。鋪上木頭的硬實地板，室內裝飾除了一處小池子外，空無一物。她躺著，汗水從胸口滑落，流經一塊塊緊實的腹肌，然後全聚集到了肚臍眼。她嗅到門縫下溜進來的空氣，感覺到走廊地板上的顫動。一名女服務生正在敲隔壁房門。她聽得懂她使用的語言，那是西班牙語。

馬德里。我人在馬德里。

沒有心思再回憶了。當前最要緊的是起身，但她的身體仍不聽指揮，仍一動也不動地躺著。

如同每個早晨一樣。

她想使勁移動右臂。先從手指頭開始，首先有反應的只有一根指頭，接著是第二根。然後是手腕，再到手肘。當肩膀能開始活動，手臂便可以伸縮自如。此刻，她雖然可以對身體每處發號施令，但在她吹彈可破的皮膚下，下肢的每一吋肌肉硬實得如電纜一樣，她持續不斷地按摩自己的四頭肌。

下肢毫無反應。她不放棄，努力的過程既費力又無趣。沒有光線的房間裡，唯一看得見的是電視機上的時鐘，顯示現在是早晨七點十一分。她專注盯著分針的移動，經過十九分鐘，她的腳才開始有動靜。

她手撐著床，十分堅硬的組合床。摸起來挺舒服的，但她並沒睡在那裡。在地板才讓她睡得著。她像抓槓桿一樣抓著床，身體轉了一圈，接著用手肘與右膝匍匐前進，一直爬進廁所內。

蓮蓬頭在浴缸的旁邊。她只住五星級飯店，內置全新的現代設備，並且她要求一定有獨立的淋浴空間。

她用手肘撐起自己，努力試了好幾次才讓指尖扳起水龍頭。水柱強勁，熱水轉至最燙的程度，她盡其可能地讓身體攤在下方，讓水柱能夠用力拍打自己的背部，消緩那個造成她全身發麻的痛點。

過了好長一段時間，身體逐漸麻木，她甚至還不小心睡了一會兒。她擺動身體，已經可以坐起來了。滾燙的熱水讓她的皮膚顯得又紅又腫。沖澡後，舒緩身體的僵硬狀態，她再如同貓一樣，躡手躡腳，緩慢爬回床上。挺起身是新的折磨，得先經歷軀體、疼痛與地心引力三方的協商、拉扯。

一顆抱枕掉落到身旁時，她大大地鬆了一口氣。身體的壓力在上頭會變得小得多。當然，痛是永無止境的，但至少得到稍稍喘息的機會。

幾乎快九點，房門打開來了。那男人相當準時，不同於一般的西班牙人。不過，情有可原，他有一半斯拉夫血統，他母親是烏克蘭人。因此，不算是西班牙人。

她從床邊看向他。儘管他是側身背對著她，但她十分肯定來的人是他。她盯著看他脫下大衣。

「轉過來。」

男子轉過身，雙手高舉。他很年輕，三十歲不到，但髮際線位置有些往後移了，十分精心打理嘴上的鬍子。

「你懂自己該做什麼。」

男子脫掉大衣與外套。掀起襯衫，露出腰帶上的肉身。動作漫不經心，但一步一步沒有間斷。

確認他身上沒有攜帶任何武器後，她才讓他靠近。她知道他是誰，這是他們第三次見面了，但她現在毫無防衛能力，小心謹慎是絕對必要的。

「過來。」

男子拿起公事包，走向床邊。他上下掃描女人的身體，就算她沒有特別搔首弄姿，他的眼神仍充滿欲望，他兩腿之間腫脹得相當明顯，但她對此隻字未提。

她把右手從枕頭下方伸出來，露出她手上緊握住的手槍。不過，她沒有要朝他開槍的意思，只是提醒他自己的身分。

他開始從公事包內取出物品，放在床頭櫃上。打開電燈，並用床單圍起四周。他需要光線幫助自己接下來要做的事。

「何時惡化？」

「前天。」她回答。「在此之前，幾乎好好的。至少白天不會有問題。」問題出在第四節和第五節的椎間盤。那是某次她從二樓跳到行進中的貨車上時，沒站穩，因而傷到了那兩節脊椎骨。之後，她就為此受盡折磨。這樣的傷誰都得要進開刀房好幾回，花很多年的時間休養。

她沒空這麼做。

她的時間相當寶貴，阻礙她的都是敵人。她知道身體不斷抗議自己的任性妄為，但她不打算理睬。

這種狀況須採取極端的措施。

「上次打針是什麼時候？」

她側過身，背對著他，咬緊下嘴唇。

「四個月前在阿姆斯特丹。」

謊話。是三週前在貝爾格勒，但那針不見效果。她並不打算據實相告，因為她深怕會因此失去自己急迫需要的那一針。

其實沒有必要說謊，因為打針的蒼白印記，在她的皮膚上仍清晰可見。

「這太危險了。」男子警告。「兩針施打時間不能離得太近，可能會毀了妳整個脊髓功能。恐怕……」

她深知其中的危險，明白可能導致身體麻痺，終生無法動彈。她不用一個新來的醫生告訴自己正在玩命。

「快打。」

「可是……」

「錢在桌上。」

男子轉身看向桌子，四張白花花的鈔票就在信封袋上。

「妳的身體，妳做主。」男子回答。

沾上酒精的棉花摸起來十分涼爽，男子拿著棉花來回仔細擦拭著腰椎的部位。之後，他把棉花丟掉，看著她背部的傷疤，彷彿是她生活模樣的相片簿。

「這是新的傷。」他邊說，邊用食指滑過肩胛骨下方的紅色疤痕。

一道刀傷。她至今仍記得那股刺痛感。她每晚都會想起刺下那刀的人，內心十分憤恨。就算是在人群之中，她也能認得出那張她夜夜記在心中的面容。

「注射前，先說一聲。我可不想開槍誤傷你。」

男子苦笑了一下。然後，他把手指靠著她，找尋正確的下針位置。他在刺入前先預告了一聲。她咬緊牙根，鬆開扳機上的食指，感覺金屬沉入她懷中。

男子屏住呼吸，他得把針頭插進到硬膜囊，但又絕不能碰到脊柱。只能打到外部一毫米，若有一點偏差，將造成病患終身無法行走。

他摸得很慢，一直找到正確的位置為止。雙倍的疼痛。

她壓抑住自己想哀號的衝動。

當他開始把針筒下壓，可體松激素、鎮痛劑與其他類固醇一併進入她的體內，並迎來一陣舒爽。她又活了過來。

他默默取走錢，轉身離開。幾分鐘過後，她站了起來，走向窗前。陽光照在她赤裸的皮膚上，她凝視著房屋的屋頂，展開雙臂要擁抱住不可思議的湛藍天空，陽光普照的明亮讓人誤以為馬德里很溫暖。她十分嫉妒眼前一幢幢堅守陣地的古銅色房屋。

此刻，床頭櫃上的電話響起，她的信箱收到了一封電子郵件。

她點開信件，附上一封加密文件。內容只有安裝特定程式才能夠開啟閱讀。

她的綠眼眸描過俄文書寫的內容，指示與照片。

她露出一抹笑容。

人們來找黑狼后了。

1 母親

出席葬禮沒有多大的用處，僅只是讓黑手黨的檔案相片人物顯得更加立體。大家整個下午像群無頭蒼蠅一樣，四處奔波。安東妮娜一直坐在副駕駛座上，從頭到尾不發一語，只是努力抑制自己手部不自覺地顫抖。

隔日早晨，他們約在旅店大廳碰頭。

安東妮娜平穩地拿出 iPad，讓他看瑜利的屍體。

「我整晚都在想這件事。」

「真開心聽到妳睡得很好。」

「有件事不太合理。為什麼殺他後，要搜他的住處？」

喬扭頭不解地搔頭。

「可能逼供他更容易些？」

「奧爾洛夫在找某個東西，而且非找到不可。」

「換言之，不只是嚴懲叛徒。」喬回答。

安東妮娜點頭。

「我們或許該向局長打聽消息。」

「她絕不會洩漏半點線民資料的。她講得很清楚，她允許我們在此調查，只是為了瞧瞧我們是否能碰巧在車上塞進蘿拉・莫雷諾。」

「那麼，我就得去問問她的母親了。」

「小妞，警察問過她了。」

「我想不到還能做什麼了。」

「妳不能運用一下自己 iPad 中，利用那個應有盡有的獨裁者專用人頭資料庫嗎？」

「用那個幹麼？」

「看看是否能讓衛星重新定位一下蘿拉的所在地。展現一下那個超強衛星人體追蹤器。」

安東妮娜花了幾分鐘跟喬解釋海姆達爾實際發揮的功用，詳細說明現階段的功能，做得到哪些事與做不到的事。另外，軟體一般是如何協助紅皇后調查工作。例如，能進到資料庫，強化電子郵件信箱的安全性，應用安全登錄的人臉辨識數據，以及其他一些常用的技術。但全都在測試階段，準確度有待商榷。

「簡單來說，目前尚做不到獨裁專用的定位系統。」

喬擺出巴斯克人常見的嚴肅神情，在聽完她的分析後，按下手機側邊按鈕，對著麥克風的位置發話。

「喂，Siri，有獨裁用的定位系統嗎？」

「**找到**有毒菜用的氣味氣孔。**要開啟網頁嗎？**」Siri 提議。

「看來這個跟妳那個一樣難用？」喬感慨。

安東妮娜笑了出來。這是她最近少見的笑容，出自內心的愉悅，並足以讓兩頰的酒窩與下巴勾勒出一道完美三角形的微笑。

今天早上她的狀態好多了。她的臉龐不再是前一天像蠶蛹一樣憋屈，要死不活的樣子。

喬明白她一定發生了什麼事。然而，他的態度還是一樣，因為他知道每個早晨都能擁有嶄新、不同面貌的自己，在這個時間裡每個人都能拋下所有的作業與悲情。這是每一個在孤兒院裡長著滿臉雀斑的小孩都懂的道理，黎明時分太陽就會照耀大地，就算在長長的白日中會想起無父無母的自己，但黎明太陽會把汙穢的大地，照得閃閃發亮。

因此，喬把自己的擔憂全掃進地毯下。

他們動身去探望那位母親。

整條魯塔街，除了泰蕾美容美髮店之外，每戶大門都塗成白色的，只有泰蕾美容美髮店的大門看起來是煽情的紫紅色。而且，裡頭也是同一色系，就像深怕裡外不夠一致的樣子。

不過，美容師泰蕾沒有穿著一身紫衣，她只有指甲與一綹髮束是紫紅色的。**五十多歲的人配紫紅色，看起來也挺正常的**。喬自忖。他沒有向大家分享自己的感想，因為調查時不該刺激對方。不過，他拿了一張店裡的名片，想著之後寄一封匿名信件，表達自己由衷欣賞她的品味。

「您最後一次與女兒見面是何時？」安東妮娜詢問。

「有完沒完啊。我全都跟警察說過了。最後一次是六天前。請別再煩我了，我只想好好過日子。」婦女態度相當趾高氣昂，並且用手往後撥了一下頭髮。「都嚇跑我的顧客了。」

安東妮娜與喬看了看空無一人的美髮院，並且瞧向外頭街道。二月空蕩蕩的馬貝拉市，路邊的盆栽幾乎都被風吹得東倒西歪。

「今天早上看起來挺冷清的。」安東妮娜回答。

「您們離開後，會越來越熱鬧。要喝杯咖啡嗎？我有咖啡機。」

「我想來杯一半的咖啡。」喬要求。

「說得真道地。」

泰蕾是個美人，就算把她的年齡考慮進去，還是會得出相同的結論。那一綹庸俗的染髮也擋不住她漂亮的光芒。當然，並不像她女兒一樣美若天仙，但能明白女兒的輪廓遺傳自誰。

她就是歸在美人那一類，那種不禁回頭望一眼的人。喬暗自思索，她已經被問過太多次了，問到連裝模作樣的功夫都省了。只要如她所說的，不叫她做筆錄，讓她平靜過日子，她其實很樂意得到別人的關注。

咖啡機在十九巴（bar）的高壓下發出嗡嗡響，美髮師心情愉悅地哼唱著。

「您們同事來過好幾回了，也交代過我若與她聯繫上，就向您們回報。」

假如她來這裡，就不必回報了。幾公尺外，有兩名便衣警察坐在車上。對街大樓裡的公寓已經出租給兩名貌似斯拉夫民族的人，他們整天就穿著T恤，坐在陽臺上，露出手臂上的刺青，抽菸喝酒，緊盯著泰蕾那面煽情的紫紅色大門。

如果蘿拉出現在此，她母親會是第五個才知道的人。喬邊想邊探出窗外。

「請跟我說說您和女兒的關係。」

「很好，我們關係很好。不過小孩嘛，有小孩的人就懂我的意思。」

「我有一個兒子，但我不太明白。」

「您會懂我的。我們能為孩子付出所有的愛，但他們長大後，就只會任性妄為，只聽喜歡的話，專挑高興的事做。但我們關係很好。」

「所以，並不是很親密？」

「我們天天講電話，只是那孩子愛幹麼就幹麼。我早警告過她，那男人不適合她。」

「您不同意她和瑜利在一起。」

「誰叫他是個俄國人。」

安東妮娜歪頭。「我不懂您的意思。」

「那不是擺明了，從那裡來的人不會是好東西。」

「有兩萬個俄羅斯人住在馬貝拉市，大概不能一竿子打翻一船人。」

泰蕾搔了搔手，表情看起來相當不喜歡對方的言論。

「當地有那麼多優秀的男孩子，西班牙男人是最好的選擇。況且我女兒長得那麼好看，滿街的男人都拜倒在她的石榴裙下。但那孩子竟然選個外地人……現在倒好了，那人躺平了，然後她現在既是個孕婦，也是個寡婦。看未來誰來養她。」

「她和丈夫不和睦？感情不好嗎？」

「最好！她可是死心塌地愛著他，整天瑜利長，瑜利短，誇讚他心思細膩。她那男人改頭換面。不過我們都懂，一直想改變對方的結果：下輩子投胎比較快。」

「不知是否能說說那天她……」

喬的腦袋突然驚覺某件重要的事，因此他伸手打斷安東妮娜的問題。

「抱歉，女士，您說她的男人改頭換面是什麼意思？」

「那男人本來只是個混混，但他在我女兒手中，就變成了個男人。」

「哪方面看得出來？」

「方方面面都是。他原本只是個乞丐，但後來他們光顧高檔餐廳，住在豪宅社區，過得簡直像有錢人一樣。好的婚姻就如同我說的：婚姻裡，男人是頭，女人是頸。頸往哪歪，頭往哪看。」

「所以，她很清楚丈夫做的交易。」

泰蕾突然噤聲，就像一輛車開過馬路時突然看見紅燈，只能趕緊踩下煞車，並緩緩把車子往後移去。

「唉呀，這我就不清楚了。」

「您知道瑜利的工作嗎？」

「進口俄羅斯的東西。有一款特別好的榛果巧克力醬，真的很美味。看，我這還剩一些。據說很配咖啡。我給您湯匙挖一口。要慢慢挖，等會兒才會化開。」

喬與兩股看不見的力量對抗。一股是罐子本身的重量，另一股是安東妮娜的雙眼，她兩眼直勾著那團深棕色物品不放。

「如果可以，我還滿想吃看看的。」喬回答。

安東妮娜滿腔無名的妒火熊熊燒起，她內心的不滿與詛咒全都用眼神傳遞給自己的同事，只不過這也讓喬品嘗起來更有味了。

「老天爺啊！太好吃了。」喬邊說邊用舌頭舔食著嘴脣。

「對吧！賣這個肯定賺錢，比我們的好吃太多了，我們的根本平淡無味。」

安東妮娜伸出手想要拿起湯匙，但泰蕾此時卻搶先一步拿走，把罐子和喬喝過的咖啡杯全都收進了金屬盤上。玻璃罐撞擊金屬發出的噪音，隱約彷彿也夾雜著安東妮娜心碎的聲音。

「您不擔心女兒的安危嗎？」

「一定會擔心的。」婦女回答。「但我相信她會沒事的，她知道該如何照顧好自己。」

2 傳話

「你看到對面陽臺上的男人嗎？」

「我注意到了。他們火眼金睛地盯著那扇大門，彷彿要看穿那面門似的。」

「都是俄國人。一定練就金鋼不敗之身，才有辦法離開他們的祖國。」

由於喬想要伸展筋骨，所以把車子開到海岸步道旁，然後下車散步。海風聞起來溼溼鹹鹹的，吹起來十分舒服。而且，這也讓安東妮娜有心情小小地開起同事的玩笑。

「我看你挺怕他們的。」

「我可是在西班牙。」喬大聲駁斥。

「我比較擔心她母親壓力太大。」

「沒錯，應該會寢食難安。」

「不過，妳兒子不見的時候，反應跟她差很多。」

安東妮娜的眼神迷失在某個遙遠的深處。

喬沒有小孩，他這輩子丟過最珍貴的東西，就是一隻鸚鵡。孩童時代的某天早晨發現籠子空了，當時他非常傷心、失落。老娘說鸚鵡去過快樂的生活了，要他不必太過難過。不過多年後，老娘坦白那隻鳥是被貓吃了，她說謊是為了避免他心裡留下陰影。**老媽，我長大後還是一樣內心脆弱**。他抱怨。

幾個月前，安東妮娜的兒子，荷耶捲入一起綁架案，那是她一生中最焦躁不安的時刻。歌雅比斯地鐵站發生的事件，徹底改變她的人生。喬對此情節知道得一清二楚，只是他不懂事態會如何發展下去。

「你跟小孩講過話了？」

她搖頭否定。「下次會面安排在十一天後。這段時間都是觀察期，他們說每天最少要講一通電話。」

「情況會越來越好的。」

「我不確定，最後一次會面實在……不順利。他表現得很怪，一直想惹怒我，想讓我犯下致命的錯誤。」

「或許只是想看看妳的反應。」

「或許我不懂得當媽。」

「朋友，沒人懂得如何當媽。媽媽不是有人對妳們下蠱，讓妳們體內受到一隻怪蟲搗亂，然後砰一聲，女性荷爾蒙大爆發，就開始當個超級媽咪了。我鄭重告訴妳：天底下絕對沒有那麼好的事。」

「那只是你不懂那種感覺。反正我很怕自己犯錯。」

「那是妳不用懂的感覺。安東妮娜，妳不必什麼都要搞得一清二楚不可。妳只要愛他就行了。這比他擁有的一切都重要。」

他們已經走到能見到海的地方了。海面灰濛濛的一片，海浪波濤洶湧，浪濤翻轉得十分激烈，一副要捲走一切的樣子。遠方海平面黑壓壓的一片。他們兩人決定在暴風雨降臨前，趕緊返回到車上。

「你覺得她和女兒仍保持聯絡嗎？」安東妮娜把話題轉回美髮師身上。

「我以前在巴斯克當警察時，就算是躲警察的宵小，知道他們的家人很擔心他們的安危。」喬由於加快腳步，喘著大氣回答。「只不過他們不會打電話、通信，或寄電子郵件給家人的。他們如果還在家鄉，頂多就是找人傳話。跟老爹說自己很好，贈上深情擁抱。再會。然後，那個人再把話傳給另個人，像是水果攤的老闆或是隔壁鄰居的女兒。最後，就是那個人常常碰面，不時在街上打招呼，交頭接耳兩句的人。」

「這樣那個母親的態度就說得通了。」安東妮娜思索了一會後，表示認同。「蘿拉沒現身，而且身無分文。」

「我們至今還沒碰過自家人躲起來時，母親不幫忙的。」

「何況她有糖尿病的問題，而且有孕在身。她每天都要注射一劑胰島素才行。」

「不然會怎樣？」

「不然就會先癲癇發作，然後失去意識，最後死亡。」安東妮娜說明發病的情況。

「那不如監控每家藥局……」

「我查過了，在馬貝拉市就有三十家藥局，所以完全不可行。」

「也對，那也得要她親自買藥才可能逮到。」

「或許我們該仔細搜索一遍她的住家。她總要有個地方拿到錢才行。」

「可以。不過，我們應該會回到原地。雖然該努力賺錢的是她母親……」

「為什麼你這麼說？」

「朋友，我人生中很少見到一家美容院地板那麼乾淨的。」

他們才剛走到停車場，空中便打下一道閃電，安東妮娜的臉、紀念品店內空無一物的櫥窗，以及汽車的擋風玻璃，全都瞬間亮了起來。後方一輛車按了聲喇叭，揚長而去。與此同時，天空下起豆大的雨滴，咚咚咚地打到奧迪的車身。喬打開車門，但安東妮娜卻靜靜待著不動。

他注意到她的手部。

喬進到車內，脫下外套，把衣服丟到後座。他繫上安全帶，並啟動雨刷功能。他看著雨刷擺向玻璃窗的左邊，再刷回右邊，不斷發出「咻！咻！咻！」的聲音。他輕按一顆按鈕，副駕駛座旁的車窗緩緩降下，而安東妮娜仍呆呆地站在雨中。

「上車嗎？還是妳想得肺炎？」

她一下醒了過來，發現自己全身溼漉漉的。

「你是個天才。」她邊坐進車中邊讚嘆。

「我知道，但妳怎麼發現的。」

「美髮店的告示板上寫的營業時間。」

安東妮娜抓起所有髮絲，用力擰轉。車內的座椅與地板全都溼答答的。

「幸好妳過目不忘。上頭寫了什麼？」

「週一、週二與週四，十一點至十三點。」

「真熱愛工作。」

「喬，全世界沒有一間美容院週五不開門的。那家店是洗錢的地方。」

合理。喬思量。**沃羅寧自己建立的據點。她丈母娘只要在那一週三天，一天四**

小時。她根本不在乎客戶，反正她帳面上一樣可以報出上千塊歐元。沒人剪個頭髮還要求開收據的。她的女婿付她薪水，那些「好康」全都洗得乾乾淨淨，回到奧爾洛夫企業的口袋裡。

「我們得先查清楚美髮店的老闆是誰。」

「我們可以問Siri。」安東妮娜回答，並拿出iPad進到海姆達爾系統內。

喬睥睨了她一眼。

天殺的史考特！就算不懂待人處世，但不放棄學習，十足的討厭鬼。喬自忖，並在心中竊笑。

蘿拉

從前從前，有個小女孩出生在寒磣，沒有愛的家庭裡。三餐不繼，未來一片黑暗。

蘿拉不斷複述同一段故事，重複到她自己都開始認為那是千真萬確發生過的事。她不是在自欺欺人，不是因外面千瘡百孔而縮進自己的世界，拒絕面對現實。對她而言，那些情節真實得像顆石頭一樣，堅不可摧，彷彿吞了威而鋼與古柯鹼，腫脹至極，包含了一切。她實在太常在各種不同的情況與場合中默唸這段故事了，多到每個細節都蒙上一層霧，模糊了現實的邊界。家裡曾沒有晚餐嗎？瑜利幫母親開美容院之前，她對我幾乎失望透頂？樵夫救了小紅帽？悟空找到七龍珠？每個問題都像能在同一個故事裡頭找到答案。

如果說我們現代社會教會蘿拉什麼，那便是現實根本無所謂，真正唯一重要的是，現實的版本要符合個人的需求與想像。不過，一旦一個人身無分文，只能睡在七年未見的朋友家中的沙發上。那麼，這位朋友決心伸出援手的原因，並不那麼現實，而是念在舊交情上。

亞伊薩（Yaiza）開門的時候，時間是早上七點鐘。她到家的狀態極為不佳，身心俱疲而且情緒低落。她把運動包甩到地上那堆舞廳跳舞穿的服裝之中。她的臉上還殘留下些許的亮粉。

「我被炒魷魚了。」她進門說的第一句話。然後，亞伊薩跌坐在地上，把頭靠向蘿拉。

「怎麼可能，妳那麼棒。」蘿拉安慰。

「我三十三歲了，而且我是個又胖又老的女人。」

亞伊薩捏了一下自己的肚皮。事實上，這是無可避免的結果。一個人若白天睡覺，又只能靠大吃大喝忘卻自己輟學，只因為認為讀書的人都是笨蛋，以為自己可以靠在《椴樹之戀》（註13）節奏中扭腰擺臀，賺大錢。

「誰叫你滾的？薩米爾（Samir）？」

那個白痴從她們兩人在那裡跳舞時，就是舞廳的負責人了。

「那蠢貨就只喜歡年輕肉體，那些讓他可以在化妝間打砲的小女孩。」亞伊薩抱怨。她兩眼布滿血絲，瞳孔擴大。每晚她都得吞下許多藥丸才能支撐自己在工作中好幾個小時的熱舞。她整夜就只能下場休息兩次，每次十五分鐘。

「妳要怎麼辦？」

「我要搬回鄉下跟父母住。」

「但妳和他們又處不好。」

「這裡我也待不下去。我欠了兩個月的房租，押金付了三個月。如果我明天就把鑰匙歸還給房東，至少還能拿回一個月的錢。」

註13《椴樹之戀》是羅馬尼亞語樂團 O-Zone 最知名的曲目。

蘿拉心中升起一股怒火。

「媽的，爛人，就不能再忍耐一下？」

亞伊薩瞠目結舌地看著她。

「聽好了，很抱歉我的悲劇造成妳的麻煩。」

「妳就這樣把我拋棄，不就那幾個臭錢。多少？押金頂多五百歐元？」

蘿拉明白自己表現得非常失禮。自從她不再做舞女，她們的友情就只是臉友按讚的關係。她該感謝兩天前的晚上，亞伊薩願意收留她。當時她飢寒交迫，腳一步也走不動，只能赤腳坐在亞伊薩家門口，在大街上等著她下班。更何況，她至今從未因朋友的悲哀而幸災樂禍過，就算亞伊薩一直過得很落魄，只能住在賽維爾區的公寓內，一間簡陋、廚房很小的小套房。家裡的雙人沙發與電視機離得很近，幾乎伸手就能直接轉臺了，但她對此也不曾有過嘲弄。

「美女，可能五百塊錢妳看不上眼，但那是我全部的財產。」

「我走投無路了！」

「哈！我也是。我失業，什麼都不會，而且我父母也一樣沒有工作。現在換我打掃家裡，或是站路邊賣淫。所以，別跟我比慘。」

「我惹上大麻煩了，完全無法解決。」

「聽好了，爛貨，妳當公主已經很久了。妳上傳到 Instagram 的那些照片，買新車，做SPA，而且還懷孕了。我已經夠幫妳了，其他的鳥事我無能為力，請好自為之。」

我親手搞砸了這一切。蘿拉自忖。

「抱歉。」她的道歉已經太遲了。亞伊薩起身走開，回到她的房間。「妳可以待到明天早上。」

「聽著，我……」

亞伊薩用力甩門，沙發上的鏡子因此顫了一下，同時這也清楚表明她的「倒讚」態度。

蘿拉身上穿的衣服全是亞伊薩借給她的。一件帽T的運動衫，長褲上有很多口袋，腳上穿的是設計庸俗迪卡儂牌的帆布鞋款。幾週前，她會覺得這些服裝太過低俗，雖然她現在依舊如此認為，但她還是穿上去了，而且尺寸剛好，寬度足夠掩蓋住那日益變大的肚皮。

她還剩一劑胰島素。她不曉得是否該當下注射，或再撐一會兒。不過，她已經察覺到自己有些昏眩、脫水。雖然現場沒有血紅素的測量器，但絕不是測到葡萄糖過高，身體才會產生狀況，儀器實質上是非必要的。最後，她決定立即打針。

她把褲子往下拉，針頭直接插入臀部。那比施打在手臂上更痛，但她曾在網上讀過，臀部的效果會比較持久。

最好。

她買不起另一劑了。沒有處方箋拿藥更貴。我還是可以買幾劑，因為她曾想過跟亞伊薩借四十歐元，不過這個選項已不復存在了。現在，就算她知道錢必定藏在冰箱後面，她也不想偷那筆錢。

她不知道該從哪裡下手。蘿拉已經有十五年沒在商店裡頭偷東西了。從前的日子裡，她會與朋友相約到英國宮百貨公司，一起裝幾支口紅到袋子裡。那個時候，她就明瞭到一個至關重要的道理：人要過得好才行。她的確有過好日子。她很聰明，但關鍵不是腦袋，而是善用機會。

好久好久以前，有個女孩等待著她的白馬王子……

蘿拉用力擺頭，警告自己別再做白日夢了。

她該想下一步。

沒錢，也沒時間。

選項。少之又少。

有一個。

但充滿危險。

3 蠟燭

「女孩，一切都是空無。」

安東妮娜深呼吸、吐氣，共四次，努力排除思緒，極簡化一切思想。此時，他們在岸邊的餐館內。喬點了一道旗魚佐番茄冷湯，正在大快朵頤，吃得非常歡快。安東妮娜桌前放的是雞肉沙拉，但她幾乎一口未食。她對於自己無法看透瑜利惹上什麼麻煩，感到十分挫敗。

「瑜利在開曼群島創立了一間公司，名字叫芭拉拉伊卡有限公司。他並不需要親自飛到加勒比海開公司，一切都可以在網上進行，而且花不到兩百歐元。」

「芭拉拉伊卡有限公司。我手上資料有登錄。」

「芭拉拉伊卡這位老闆，同時在盧森堡、愛爾蘭與在地的馬貝拉市等地都有公司。」

「同時也是泰蕾美容美髮店的老闆。」

「所有公司的收益錯綜複雜，轉帳藉由銀行的空頭帳戶，偏偏終點站都在那家美容美髮店。她最後一次上報給政府的所得收入是——兩百三十萬九百四十七元。」

喬吹了一聲既響亮又有旋律的口哨。

「賺超多的。」

「只要上繳百分之二十五的稅，就沒人會懷疑了。我確信蘿拉的母親每天早上會把垃圾袋裡來路不明的錢存進銀行。」

「我保證垃圾袋是紫黑色的。」

「現在你懂了嗎？」

喬點頭。「這些我本來就很清楚了。」

「那你幹麼要我呼吸、吐氣四回後再說？」安東妮娜抗議，口氣中有些氣餒。

「妳得要加強自己的溝通能力。」

她身體往椅子上攤，就像一個氣呼呼的小孩子，抱胸屏氣不呼吸，任由自己摔倒在地。她可以指出十一個喬無禮的地方，但卻沒有一個敢講出來。

喬悠閒地把冷湯喝光，並在服務生端走盤子前，做了一個手勢示意對方出場。服務生送上一塊插了一根小蠟燭的巧克力布朗尼。餐廳內的所有人（兩個退休的德國人，一個帶狗的女人，服務生與喬）開始七零八落地合唱生日快樂歌。

「誰跟你說的？」安東妮娜詢問，雙手仍維持抱胸的姿勢。

「很久前厄瓜朵提過，然後我就把日期記在日曆本上了。」

「我不想吃蛋糕，我在減肥。」

「超級甜的食物是妳能嘗到的味道，對吧？好啦！明天再開始瘦身。」

「我不想吃。」

「至少吹蠟燭許願，然後全部都由我吃掉。」

安東妮娜鬆開雙臂，把手肘靠向桌子。吹了一口氣，但燭火仍沒有滅，然後她再吹一口，依舊燭光熠熠，最後一次吹氣，才終於吹熄了蠟燭。

喬拿起小湯匙挖了一口，她一句話也沒說，同樣也跟著挖了一匙。

「很好吃。」她把湯匙送進嘴裡後，驚奇地表示。

「女士，內餡是俄羅斯的巧克力榛果醬。」服務生收盤子的時候向她說明。「現在，我為您們送上咖啡。」

喬在這直徑十八公分的圓桌上，本以為會與安東妮娜來場口舌戰，但她卻出乎意料地快速吃下蛋糕。

世上沒有布朗尼解決不了的事。

「我們可以用洗錢法辦那名女士。」喬見她不再生氣便提議。

「不行。」安東妮娜反對，她的氣還未消。「她母親只是月領四千歐元的員工。」

「真不賴，每週在髮廊六小時梳梳毛就這麼好過。」

「何況檢察官根本不採信調查時用的特別方法。」

「妳是指用非法取得的個人訊息。」喬邊說邊指向安東妮娜的 iPad。

「沒有這些資訊，案子就會很難辦。愛爾蘭的公司與美髮店之間唯一的連結，就是那位女性的薪水。如果事先不知道那是個空頭帳戶，根本就無從查起。」

「這算認同我的話？」

「偶爾你還算對得起自己的薪水。」安東妮娜回答，並用湯匙輕輕刮過盤子。

出來一點，馬上又縮回一點。

「洗錢回扣是多少？」

「不一定。」

「從你的經驗來看，一般是多少？」

「不多，百分之一。」

「所以，瑜利給美髮店的佣金，根本沒辦法支持他們的開銷。換句話說，我們仍然一無所知。」

安東妮娜停下來思索，她甚至不再在意自己身材的問題，只想努力刮下黏在瓷盤上的布朗尼。

「我們只有兩條路可以走。第一，找亞獅康談談。」

喬看她的眼神彷彿像是聽見她剛提議辦一場希特勒的單身告別派對。

「直接找頭號殺人嫌疑犯，而且還是個黑幫老大，四周有陰魂不散的職業殺手保護，但他啥也不會說。局長可是警告過我們別越線，否則絕不輕饒。」

「只是說有這個可能性。」

「我獲選為世界健美先生也能說有這個可能性。」

「你不可能成為世界健美先生。」

「妳也不可能和他談話。另一條路呢？」

「追錢流到哪裡去了。」

「我覺得妳有話沒說完。」

「我們很幸運能找到美髮店這條線，因此知道銀行會固定匯款到愛爾蘭。但一般並不會那麼直接，不然中央掃毒單位、金融情搜組織與檢察官很快就能抓到這些人了。洗錢是無所不用其極的，任何不易發現的角落，微不足道的詭計，法律漏洞，全都不會放過。他們有的是錢支付最優秀的律師。所以，找到線頭就要花上好幾個月的時間，況且那還是要能找到一條可以追的線的情況下。」

「可以從巧克力榛果醬開始。」喬回應。

安東妮娜看向他，快速地眨了眨眼。

偶爾你還算對得起自己的薪水。喬一邊吹著咖啡，一邊內心如此認為。

錄音檔01 十一個月前

羅梅羅局長：「瑜利，您已經走投無路了。」

瑜利：「局長，我恐怕自己的西班牙語沒有好到聽懂妳說的話。妳說的是什麼意思？」

貝爾格拉諾副警官：「瑜利，別裝傻。你的西語講得比我還好，我就曾聽見你在酒吧吧檯邊上誇耀自己。」

瑜利：「可能太緊張，所以沒聽懂。」

局長：「瑜利，聽好，這事有兩種處理方式。」

瑜利：「我聽不懂您的話。」

副警官：「別再裝了！」

局長：「貝爾格拉諾，請坐下。先生，我承認您很出色，就連我們的專家都讚嘆連連。但是您的能力與收益根本不成比例。但您也看到我們手上掌握的證據了。我們上週收到的文件全都指向您。」

瑜利：「我只是個正直的企業家，一名商人。」

局長：「沒錯，這是您們常用的說辭，是個賺錢養家餬口的商人。」

瑜利：「事實就是如此。」

局長：「那這又是怎麼一回事？」

（紙張在桌上翻閱的聲音。沉默約三十三秒。）

瑜利：「我沒什麼好解釋的。我跟那家公司毫無牽連，與那份文件也沒有關係。」

副警官：「現在西班牙語倒是說得很溜。」

瑜利：「我不是在與您說話。」

局長：「證據顯示您的公司與聖彼得堡那家公司，登載的內容有關聯。」

瑜利：「這唯一只證實，我跟一家，照您們的說法，有問題的公司做生意。」

局長：「算很合理了，已經足以動員檢調與金融情搜組的人馬。」

副警官：「瑜利，那些人可會拿放大鏡仔細搜查，把你裡裡外外搞得天翻地覆。」

瑜利：「我說了不是在與您談話。請告訴他別跟我說話。」

局長：「所以是希望和我談囉。瑜利，生意被調查後，您覺得會發生什麼事？」

瑜利：「平安無事。我很懂西班牙的司法運作系統。寡頭政治會要六年。赤色國家是八年。」

局長：「沒錯，法院審理速度很慢。這是事實。瑜利，我們就從這一點緊盯著不放。或許時間會拖很久，但這同樣對您不利。」

瑜利：「什麼意思？」

局長：「我們知道您從事的行業，知道這個犯罪集團背後誰在操作，錢流到誰的口袋裡。您有開啟金庫的鑰匙，錢再從您的戶頭分下去，對吧？你做宅配。貝爾格拉諾，有錢人怎麼稱呼這種人的？」

副警官：「呃……局長，我不理解您的意思。」

局長：「那就我來說。您是外包商，委外人員。您替哥倫比亞人做事，替瑞典人工作。說好聽點叫自己金融人員、後勤或顧問，經營販毒集團的旗艦店。」

副警官：「真是個爛店。」

瑜利：「一派胡言。」

局長：「貝爾格拉諾？」

副警官：「您聽聽這段錄音檔。」

（有人在用外語對話，無法聽懂。）

瑜利：「這只是這人的說辭，大家都可以隨意發表意見。」

局長：「沒錯。每個人都能表達意見。但我們緊咬不放，您的顧客做何感想？進入法律程序當然曠日廢時，得先凍結您的戶頭，還要申請住家搜查的搜索令。」

副警官：「喀嚓，您死定了。」

局長：「您現在的顧客會有多少人願意跟有案在身的人合作？」

瑜利：「我……」

局長：「顧客大概跑光光。您的頂頭上司……奧爾洛夫，把您留在身邊實在太危險了。所以，您大概得回俄羅斯。副警官，最快回到莫斯科的班機是幾點？」

（停止錄音約五十二秒。）

瑜利：「我不能回俄羅斯。」

副警官：「關我們屁事。」

瑜利：「您不瞭解，我一回去，就會被殺。」

局長：「瑜利，那就幫我們點小忙，給我們點東西。」

瑜利：「什麼東西？」

局長：「資訊。」

瑜利：「（**俄語，無法聽懂**。）」

副警官：「我恐怕自己的西班牙語沒有好到聽懂你說的話。」

瑜利：「我說我不是間諜。我不是報馬仔。如果我通風報信，我會死在這裡。根本不必搭飛機回去受死。」

（停止錄音約二十七秒。）

蘿拉・莫雷諾：「抱歉，局長，我想到個主意。」

4 包裝紙

二十萬。

馬拉加港一整年貨櫃總量。

三百萬。

貨櫃的總噸數。

十一。

港口的海關人員。

喬向港口的安檢人員出示警徽，隨即柵欄便打開。

「找這裡的負責人。」他從車窗向外頭的人說話。

「直走，料斗旁邊就是辦公室。」

「什麼旁邊？」

「料斗就是用來篩量的巨型漏斗。」安東妮娜說明。

「起重機旁的鐵皮建築。」

「謝謝。」喬回應。先左轉，然後再右轉。

馬貝拉市到馬拉加，相距七十公里。喬只花四十分鐘就到目的地了。這四十分鐘裡頭，安東妮娜用了二十三分鐘審視瑜利的貿易公司。

「也不在他的名下。」安東妮娜解釋。「公司設址在加勒比海的巴貝多。我找到子公司在澳門，老闆是瑜利的房東。」

罪犯者早晚都得登陸的，他們到的時候總要有人接應，提供居住的房子，駕駛的車子，以及一張能消費得起珠寶、餐廳的信用卡。法律是人訂的，而人總是思慮不周。一棟要價五百萬的房子登計在司法天堂的外商公司底下，沒有任何不法，瑜利合法居住在內。只要沒人抗議，大家相安無事。

裝潢太醜該算違法，但就算有這麼好的事，屋主仍是合法。

所以，唯一能做的，就是跟著森林內的麵包屑走。

這座森林在鐵幕裡。

占地廣闊，上頭有一棟十二平方公里的厚重混凝土建築，由六呎長的鋼筋，區分出一格一格的箱子空間，堆疊至五層樓高，外表塗上三原色。

幾年前，一家叫諾亞海運的私人企業標到貨櫃站的特許經營權。自此，馬拉加的貨運量翻倍成長，進出口的商品快速成長，甚至也讓鄰近港口流量逐漸增加。

這個貨運站的負責人正站在辦公室前，一手拿著筆電，一手拿著對講機。他雙頰紅潤，身上套著一件橘色背心，因而顯得皮膚更加蒼白，他的頭上戴著一頂白色安全帽，髮色在光線下近乎透明。他就是一副只會講外語的外國人的模樣，不過他卻用西班牙語對員工說話。

「阿里昆那批貨在南方高四區，對嗎？卡來布的貨明天會到，我們要有個地方放，先把前幾批放到高五區。」

負責人走向他們。

「警察？有什麼事嗎？海關人員今天已經下班了。事實上，我也要走了。」

「我們僅占用您幾分鐘。」喬回答。「我們正在調查一家貿易公司的物流狀況。那家公司叫檸檬水馬拉加有限公司。不知是否能協助我們……」

「我恐怕無能為力。」金髮男打斷他的話。「若要調閱貿易公司進貨的清單，你需要向海關辦公室詢問。他們明天會來上班。」

男子轉過身去，快速走向辦公室的門口。

「您太太知道您與員工很親密嗎？」安東妮娜詢問。

男子定住，腳抵著門檻，背部僵直。

接著，折返到他們面前。

「女士，這是在造謠。」他直視兩人，用十分低沉的聲音反駁。

「瞳孔放大，心跳加速，我想應該錯不了。」安東妮娜向喬表示。

「我也覺得是真的。」喬邊說邊把手插進口袋，並聳聳肩。

男子的身體靠向他們。

「聽著，這事別到處亂說。我很愛我的女兒。」

「這不關我們的事。我們只想看檸檬水馬拉加的貨單。」安東妮娜要求。

「我們不在乎您的風流韻事，你若幫個忙，我們自然什麼也不會說。」喬提出交換條件。

男子雙手摀著臉，臉似乎更紅了一些。他看起來有點可憐，就像在桌邊繞來繞去的小狗，就差他沒有抬起腳來撒泡尿了。

其實並不難下決定。

「好吧。媽的，可以。」他屈服了，打開筆電。「那家公司的名字？」

喬再說了一次。

「沒錯，他們貨是送到這個港口。」負責人在系統上搜尋後回答。「事實上，現在就有TEU要進到熱區。」

「TEU？」

「是二十呎標準貨櫃（Twenty-foot equivalent unit）的簡稱：TEU，或叫二十步。因為二十步，六呎長。這個尺寸容易從甲板拖運上卡車或火車。對了，這批貨早該在兩天前就送到了。真怪。」

安東妮娜與喬彼此瞧了一眼。

「我們快到了。」負責人說，把燈打在地上塗鴉區域的名稱上。「從這邊過去。」烏雲密布的午後已變成日落後的昏暗。負責人走在前頭，喬與安東妮娜離他有一小段距離，喬好奇地探問。

「怎麼知道的？」他以極微弱的音量發問。

「什麼事？」安東妮娜裝傻。

「妳明知我在問什麼。」

她聳聳肩。

「每次你問我這類的事，我總覺得自己像隻訓練有素的猴子。」

「最好是，妳明明也很想分享。」

安東妮娜嘆了口氣，一副有氣無力的模樣，開始回答。

「他沒戴戒指，但無名指上的痕跡很明顯。在公共空間裡，他沒有扣上襯衫的第二個鈕扣，而且你也聽到他跟員工的對話了。他是個很注意細節的男人，所以他上洗手間時一定會注意儀容，也就是說那顆扣子才剛敞開不久。而且，他背對我們時，我看到了他的鞋底。」

「鞋底？」

「左邊鞋底黏著保險套的外包裝。可能是他在回家前就先用掉了，可能也不是。」

喬努力憋住想大笑的衝動。他絕不會提醒他這件事，而且他知道安東妮娜也不會。擁有這樣的時光，古鐵雷斯警官覺得十分美好。他會好好珍藏這些稀罕的小確幸。

「我們到了！」外遇的男子說，並把手電筒的燈打在他的前面。

一組貨櫃箱在地上，另外兩組堆在上頭。他們走到他身旁後，聽他唸出筆電上的資訊。

「GD772569。三天前從聖彼得堡出貨，原本預定同一天到貨，並取貨，所以才把貨安排在快速出貨區。不過，沒有人來收貨。這會讓進口商得要付額外的罰金。」

「海關沒檢查貨品嗎？」

「不會每一個都檢查。貨太多了，我們公務人員人數太少了，完全不敢想像阿爾赫西拉斯港口（註14）會有多忙，我們這裡一年才二十萬個TEU，他們那可是五百萬個，一定忙翻了。」

喬拍了一拍深藍色的金屬外殼。

「那就當我們來支援的，請打開貨櫃。」

負責人搖頭拒絕。

「沒有海關在場，我不能開貨櫃。」

「聽你鬼扯。」喬一邊說，一邊使勁上下扭開門閂。

「您不明白嚴重性，就算搜到任何物證，法律上也……」

鐵柱轉動的聲音十分刺耳，淹沒那位公務人員的抗議。他失望地轉身，雙手朝向天空唸唸有辭。

「我是無辜的。」他不斷說著。「我是無辜的。」

喬使力往後一拉，鐵桿滑出門鎖，發出一聲更加尖銳逆耳的咔咔聲。剛才轉動門閂時，貨櫃門上的硝石片就開始掉落。

一股惡臭撲鼻而來。

刺鼻的毒氣。

喬對每一個味道都十分熟悉：屎、尿、腐肉的發酵味，只是當全部混合在一起，惡臭的程度要加乘好幾倍。

負責人把手摀住嘴巴，想抑止自己吐出來的衝動，但最後還是沒忍住，嘔吐物

註14 阿爾赫西拉斯港口（Algeciras）由於靠近直布羅陀，所以貨運量驚人。

從他的指間噴出，濺在鞋子上頭。喬則幸運多了，在他倒胃吐出東西前，就先撇過身去，吐向貨櫃旁。胃部劇烈翻攪，任誰都無法控制的生理反應。

「別進到那裡。」他提醒她。「裡頭有化學物品。」

安東妮娜閃過他，並走向貨櫃的深處。

5 貨櫃

安東妮娜漠然地看著一旁同伴們如何受到毒氣的摧殘。

她依舊處之泰然，儘管她並非完全聞不到味道，但也稱不上擁有嗅覺能力。她只對非常刺激性的氣味，才能勉強感受得到味道撲鼻而來。因此，貨櫃門一打開，噴出瘴癘之氣，她幾乎沒有接收到任何異樣，最多就是一股廉價香膩的香水味。

「別進到那裡。」喬試著拉住她。「裡頭有化學物品。」

安東妮娜無視他的警告。她蹲下，拾起方才被負責人丟到地上的手電筒，徑直進到裡頭。

雙腳可以感受到木質地板的溼黏，內部四面雖然也是不鏽鋼，但卻不像外部一樣做了防腐處理，所以安東妮娜能看到上頭的血跡，以及在凹凸不平的不鏽鋼面上，有手掌深淺不一的印記。

一旁，有一臺抽風機。

這一切跟抽風機壞掉無關，因為假若是抽風機的問題，事情很快就會被察覺了。安東妮娜自忖。

邊上，有個水桶，裡頭的水快滿溢出來了。

角落，有個裂開的儲水槽傾倒，四周圍全是鮮血。

地上，有一把刀。

夠了。

安東妮娜再也受不了了。她得讓這堆血淋淋的事物中找回秩序，不能再任由思緒胡思亂想。她把手伸進口袋中。空氣瀰漫著肉塊散發出來的惡臭，在這樣的環境中張嘴呼吸，難免會受到波及。

你忘了嗎？忘了河流的道理？

曼多的聲音在她的腦海中響起。

你無法馴服河流。你只能順勢而下。

不行，安東妮娜回應。

我不會屈服的。

我做得到。

這一次，她吞下三顆紅色膠囊，用臼齒咬破膠囊，釋放裡頭苦澀的物質。以往，她會熟練地倒數計時，每一秒伴隨一次吸氣，口中的物質也會慢慢沉浸到體內，到該到的地方，然後開始發揮作用。然而，由於藥量不同，作用模式也不同以往。

沒有數到十。

也就沒有一層一層往下降。

她完全被包覆，降至黑暗之中，回到她所等待的寂寥裡頭。

安東妮娜覺得身體被推了一下，彷彿是被一陣強風襲擊一般。之後，她獲得前所未有過的清晰感覺。

那是一種既美妙又驚恐的體驗。

Chādanāca。孟加拉語，在屋簷邊上跳舞所產生驚駭但愉悅的感覺。

她內心的平靜，如同藍色膠囊削弱她的能力會有的效果，只是這次她的能力被保留下來了。這是安東妮娜變成紅皇后後，首次不是利用證物來推測，而是真的**看到**了現場狀況。

她看到了。

只是她所看到的畫面慘不忍睹。

她見到有八個從聖彼得堡來的女性，身亡躺在地上。她們很年輕，可能也很美，只是當下難以判斷。生前被繩索捆綁（屍體的手腕處留有痕跡），棄置在她們之中的第九個女孩沒有被綁起來。她們有水與食物，但旅程出了意外。她們相互爭執，為了食物與資源大打出手。縮在角落處的女孩身上傷痕纍纍，其他人都無視她的存在，她是第一個死亡的女孩子。

接下來是另一個，其他人把她丟在第一個亡者身旁。

在這趟旅行中，有七名倖存者，但是沒人來打開貨櫃的門。抽風機的燃料用盡，不再運轉。女孩們死命拍打貨櫃，苦苦哀求想要離開。

當她們意識到缺氧的問題時，幾個女孩撲倒其他女孩。手電筒的光束中，繩索的一端是在貨櫃的另一頭，安東妮娜見到血跡全部集中在女孩們的指甲下，扯下的頭髮裡，與撕爛的衣服上。她看到女孩被別人掐死前，彼此如何互毆，抓著別人的頭撞牆，不停製造出身體上的傷口，不停在打架中消耗更多氧氣。直到一個一個被對方殺掉為止。

除了一個女孩子之外。

她們中唯一的倖存者，一個罕見的女孩子。安東妮娜看到她抓住抽風機的水管，奮力地往上爬，指甲都掐進水管之中。

或許。

或許。

安東妮娜匆忙朝向那個女孩，她摔了下來，背部撞翻了抽風機的引擎。她全身是血，臉上有很深的傷痕，額頭有撕裂傷，或許有一隻眼睛也受了傷。她身上穿的衣服可能是綠色的，但現在只是勉強垂掛在肩膀上的破布。左腳嚴重骨折，是她從高處跌落，缺氧撞到引擎所造成的。

實際上，沒有任何重要的發現。

唯一重要的是安東妮娜把手指輕壓在她的脖子上時，脈膊仍有微微的跳動。

活著，但快不行了。

她架起她的肩膀，在不斷流淌的鮮血中，努力想把她拖出去。

她用一種不尋常的聲音，喊著喬。她的聲音十分僵硬冰冷，是他從未聽過的聲音，是不屬於她的聲音。

然後，她昏倒了。

6 兩個訣竅

「您同事跌倒時，有撞到頭嗎？」醫護人員指著她的背，詢問。

安東妮娜全身髒兮兮，臉蛋與手腳全是汙漬，靜靜地坐在停靠在碼頭外的救護車內。毛毯從她的肩上滑落到拱起的背上，雙眼空洞無神，神情散亂。

「我不清楚，但應該沒有。」喬回答。「她只是一直要把你們先送走的那個女生拖出來而已。我想她只是缺氧昏過去而已。」

醫護人員把她的頭側向一邊，捏住她的鼻子，仍無法讓她回過神來。

「我們可以排除腦震盪。她今天有預約看眼科醫生嗎？」

「保證沒有。」

「我這輩子沒看過瞳孔放大到這種程度的人。如果不是滴眼藥水的關係，也不是腦震盪……那這事我得寫份報告交上去。」

這是喬最擔心的事。此時此刻，最不需要的事情，就是醫護人員向局長交代安東妮娜嗑藥的事。

因此，他用手摸著對方的手臂。

「拜託，就別寫報告了。」

救護車上旋轉的橘黃燈，似乎十分緩慢地掃過他們的臉龐，與此同時，護理師對喬上下打量一番。喬回敬他一樣的眼神：性感光頭小帥哥，絡腮鬍精心修理整齊，以及清楚表明性向的彩虹旗耳環。並且，他回答：

「警官，我已婚。」

喬緩緩收回自己的手，他其實沒有半點搭訕的意思。不過事實上，他並不介意對方誤會，畢竟這個小帥哥有一雙漂亮的眼睛，而這一般是突破古鐵雷斯心房的最佳管道。然而，相由心生的說法完全是騙人的。愛情是盲目的，所以喬把自己受傷的心封閉起來，等著被下一雙美好的眼眸打開。

「請別交報告。」他拜託。「她最近很不好過，才經歷過兒子被綁票。」

醫護人員很仔細地端詳安東妮娜後，才又轉身朝向喬。

「請轉告您的同事，別有下次做藥物分析的狀況了。」他一邊提醒，一邊穿上夾克，然後走向入口處，與一個穿著制服的警員會合。他們的身影被在封鎖線外的電視臺攝影機捕捉到了，記者努力把麥克風靠向他們。醫護人員朝著他們搖搖手指，拒絕作答。另一個人也沒有做出任何聲明。

這男孩真是不錯。喬看著他的背影，暗忖。**可惜，好貨總是先被買走了**。

他轉向救護車，預備要跟安東妮娜來一場促膝長談。然而，卻被別人捷足先登了。

「聽好了，女士。」貝爾格拉諾叫喊。砰！砰！他用拳頭敲了敲車底板。「喂！」

「副警官。」喬叫喚他。

貝爾格拉諾轉身，表情已經不是兩天前那張友善的臉了。

「啊！古鐵雷斯。這裡到底發生了什麼事？」

「您不也見到了，看起來沃羅寧先生的業務中，也包括人口走私。」

副警官倒吸一口氣，並且用一隻手拉下夾克的拉鍊，另一隻手扶著自己的頭。

「多少人？」

「八名死者，一人倖存。或者，應該說是還沒死。她狀況很危險，已經先被載到醫院了。」

「媽的，竟然錯過了。」貝爾格拉諾表達不悅，「但您們怎麼會在這裡？」

「我們是跟著線索找到這裡的。」

「竟然有能查到貨櫃的線索。沒明確事由，海關人員是不會在場的。有申請嗎？」

警官靜靜地抓了抓頸子，語帶保留，希望沉默讓一切自然恢復正常。

「聽著，警官，局長對此可能會大發雷霆。能把這八條人命賴在奧爾洛夫身上，可能真的很棒，但你們這樣做，讓這件事無法當成證據了。」

「我也沒有別的說法了。」

「好險還有活口。或許，我們能調整說法，就說聽到尖叫聲，因此迫不得已才會插手。」

喬一臉吃驚地看著他。

「檢調絕不會起疑心，」貝爾格拉諾進一步說明，「況且這樣您能逃過被調查的可能。」

「謝謝。」喬伸出手向他致意。

這可是首次感覺到了大家真的同在一條船上。

貝爾格拉諾緊緊回握他的手，並提醒。

「當然，您是逃不過局長一頓臭罵的。」

我想也是，那是躲不過的。喬暗想，並把眼睛看向安東妮娜。她的目光蒙上了一層灰霧。

「您同事還好嗎？」

「她很好。」喬說謊，表現得十分堅定。「她對我們見到的畫面深受打擊。」

「如果有需要，我可以叫心理諮商的同事過來。」

古鐵雷斯搖頭婉拒提議。事實上，若是從前，他一定會接受，並等著看好戲，但今天他決定大度一些，不要這麼做。

放過可憐的心理醫師，我們還是別造成別人的創傷才是。

7 另一個承諾

最終，一切都只是如何控制期待的問題。

例如，倘若預備好要跟同事好好的促膝長談，但同事卻一直心不在焉，那問題就成了如何壓抑內心的挫敗。

安東妮娜整個人魂不守舍，就像有人度假時會忘了牽走自己的小狗，把阿公落在加油站，或忘了自己有孩子，便直接把他們扔在這個到處都是壞蛋設下陷阱的世界裡頭。

安東妮娜，遺忘了自己的軀體。

喬扶她下救護車，帶她上車，送她到旅館，陪她進房。她一路上表現得十分漠然，最後就直挺挺地站在門邊，正好擋住能開啟房間電源平面的凹槽處。那個開關的位置，就是全世界的所有人進到飯店房間時，就算一手拿著行李，也能先用屁股頂著門，摸尋一會兒就能找到，然後放下房卡，等著整個房間光亮四射，但安東妮娜似乎連這樣地方都丟失了。

「真的很靠杯。」喬暗自碎唸。

進到安東妮娜的房間後，他把她帶進廁所。她的外表汙穢不堪，沒有一吋肌膚是乾淨的。

我不能任她這樣下去，可不能染上伊波拉病毒。喬一邊思索，一邊扭開水龍頭，讓熱水流出。他當下的感受，就跟多年前那事的感覺一樣。

多年前，大概是在一九九〇年，或九一年，當時十五歲，他與《聖經》讀書會小組的夥伴到山野間採野菇。他當時已經比大家高出半個頭，身材不算胖，但相當壯碩。一路上，大家不斷胡亂吹噓自己能採到松乳菇。其中有個男孩叫高爾卡（Gorka），十分細瘦，指著櫟樹驚呼：蜂巢。他說：喬，你一定不敢碰。喬不甘示弱地表示自己敢碰。所以，他就舉起用來找野菇的木棍，尖頭的地方輕輕戳蜂巢。然後，高爾卡又要他用手碰。喬說瘋了才那麼做。高爾卡便開始嘲笑，笑喬沒種，叫他娘娘腔。這對當時的喬而言，是極大的汙辱。他當時還躲在櫃子裡頭，半步都不想離開。因此，他拋下理智，丟掉手上的木棍，直接高舉著自己的手，慢慢往前走三步。

這一切最可怕的，其實不是被叮得滿頭包（其中一處是在左邊眉毛下方，害他整整一個星期眼睛都張不開），也不是遭受同伴的嘲笑，而是往前走三步時，他清楚感覺到身體沉重，腳步十分艱難才能邁向自己害怕的地方。

伸手碰到蜂巢前的那股焦躁，幾乎足以比擬他抬起史考特的手，脫掉她身上的上衣時的感覺。他捏住衣服下襬，往上先穿過一隻手臂，然後是另一隻，最後從頭拉出來。

她一點反應都沒有。

接著，喬又小心翼翼的脫下她的長褲、襪子、內衣和內褲。赤裸的安東妮娜，可見到她陰毛做了雷射手術全都除掉了，而胸部只有檸檬的大小，整個人看起來小了許多。不過，屁股的位置的確有橘皮組織，但也沒誇張到從此不能吃甜食的程度。

喬很害怕安東妮娜進到浴缸就碎掉，因此用公主抱的方式抱起她。她的手輕得像根羽毛一樣，彷彿她的骨頭都是氣體而已。他很小心把她放到熱水中。喬的襯衫從袖口溼到手肘的位置，而且白衫也因血水染成了粉紅色。

一碰到水時，感覺有些燙。

勢必要是這樣的水溫。

在等待浴缸的水放滿時，喬把安東妮娜的髒衣全都塞進洗衣袋中。他內心想著明天一早就要連同自己現在身上深灰色羊毛合身的外套也一起扔掉。那件外套可是他的最愛，價格約三千多歐元。那衣服就算送洗也救不回來了，或許汙漬可以消失，但屍體的味道全不會散掉。喬對此很有經驗。當下不丟，放在家裡也不可能再穿。就算是車子，情況也完全一樣。如果有人死在車裡，其實味道也只會停留十一個小時，但安檢人員是連小狗都不會派上場，而是直接送報廢場，完全不在乎車子的新舊與車況。

喬把袋子綁了三個死結，塞進廁所內的垃圾桶。然後，他才開始照料安東妮娜。

他把有檸檬香氣的肥皂抹在海綿上，並先擦拭身體，仔細反覆搓揉指縫與脖頸間的縫隙。他拔掉浴缸內的塞子，並讓水龍頭的水嘩啦拉不斷傾瀉到安東妮娜的身上，直到沖刷下來的水不再夾著泥土。卸下一身汙垢的安東妮娜，喬用海綿反覆刷著她的背上，並看見一處約五十元硬幣大小的傷疤。那是懷特開第一槍所射擊到的部分，而另一槍是在她丈夫的腦袋裡。

喬強忍著自己想用手指碰觸疤痕的衝動。

並不容易。

八克看似微不足道的重量。但假若那是一顆能在瞬間射向四個足球場遠的九釐米子彈的重量，那便不能小覷這八公克的重量了。

身為警察，這八公克重的東西會不時出現在自己的腦海裡，就如同肩上也嵌入了那顆子彈一樣，而且會一直處在戒慎恐懼的情緒之中。不過，一旦傷疤夠大，不安的心情又會變成自豪。

喬不禁自問，安東妮娜是否想過自殺。她的左邊的肩上也有另一道更大的傷疤，沒有經過縫合，而是任皮膚自行扭曲癒合成五邊不規則的星型。

醫生習慣稱這種子彈竄出去的地方為出口傷，不過古鐵雷斯警官不這麼叫。或許八克的鉛彈會穿出身體，但子彈仍留在裡頭。不停在安東妮娜的心裡繞著。

喬把她的頭洗了好幾遍，然後抱出浴缸，吹頭梳髮，穿上浴衣與拖鞋。地板十分冰涼，他把她抱上床，讓她坐在床緣。

當他蹲下來，準備脫掉她的拖鞋，喬感覺到額頭滴到了一滴水，他抬頭往上看，發現安東妮娜正在哭泣。喬微微往後傾，身體的重量都壓在了小腿肚上，不過頭仍保持在相同的位置。安東妮娜那雙橄欖綠的眼珠子盯著他瞧。她的瞳孔已經恢復到正常大小，只是淚水不停湧出。

「妳去了哪裡？」

「去太遠了。」

「遠？哪裡？」

「我不知道，」她回答。「我之前沒發生過這種事。」

喬瞭解她現在狀況很差，雖然有很多事她勢必給出交代，但她仍會用沉默來回答一切。

「那女人呢？」安東妮娜詢問。

「調查中。」

安東妮娜吸了一下鼻涕，然後點點頭，沒脫掉浴袍便直接躺在被單上。她態度十分從容。有時候付出了極大的代價，但卻沒有得到回報，但也不必為此無理取鬧，或緊抓著不放。心安理得地接受即可。

「先休息。」喬提醒她。接著便起身，走向門口。

「請不要走，拜託。」她要求，但並沒有轉身看他。

喬走到一半時，覺得全身十分骯髒，身體黏膩，身上散發著剛剛努力想清洗掉安東妮娜那股同樣的味道。她聞不到空氣中那股死人獨特的味道，但他無法假裝聞不出來。他覺得自己心力交瘁，全身無力又抑鬱，只想先徹底好好搓洗自己，然後再澄淨內在。

但他不會拋下她一個人的，因為他總感覺到自己身上有塊磁鐵，能吸住安東妮娜身體內的那顆子彈，讓子彈不會在她心裡到處亂竄。

如此一來，他關掉燈，躺在她的身邊，用他兩隻粗壯的雙手抱住她，彷彿抱著洋娃娃一樣。

「女人。」安東妮娜說。

這兩個字便足以把她帶回到今晚見到的場景之中，讓她產生恐懼。或許肥皂的檸檬香（包裝上寫著：**地中海的新鮮與陽光的混合！**）能夠掩蓋住死人的氣息，但卻無法除去世界上一切汙穢，也無法清除她腦海留住的那些慘無人道的景象。

安東妮娜焦躁地扭動身體。

「做出這種的人，一定得付出代價。」她做出承諾。

那道聲音從她那副殘破不堪的軀體發出，音量微弱得像在喃喃自語一般，就像說了等於沒說一樣，黑暗幾乎仍十分平靜。

儘管黑暗沒有聽見，但喬聽到了，因此他背脊開始發涼，絕對不能惹這個女人。

上帝請祝福那位惹怒安東妮娜的罪人。

錄音檔04 一個月前

貝爾格拉諾副警官：「瑜利，這是垃圾。這些文件什麼都沒有。」

瑜利：「關於奧爾洛夫，我無法交給您們任何具體事項。我說過了，他們會殺我滅口的。」

羅梅羅局長：「我們不會讓他們碰你一根寒毛的。」

瑜利：「誰都無法逃過奧爾洛夫的魔掌。」

副警官：「瑜利，我們是警察。」

瑜利：「有八個人曾在俄羅斯做過特工，兩個是上級指揮官。」

局長：「八個兵，兩個頭頭。不算什麼。」

瑜利：「您真的什麼都不懂。」

副警官：「那很簡單，我們警方就有五十個人。他才十個。」

瑜利：「不單指人數。這裡不是俄羅斯。在俄國，他有一百到兩百個人手可以使用。全都隨傳隨到。因為那裡可是**遠西**，懂嗎？警察是不會插手管坦博夫黑幫的事。他們就只是待在外頭，把風，靠著車子抽菸，頭撇一邊，不會看向裡面，因為假若看向裡頭，就可能會看到不該看的東西。但在這裡，不需要派身經百戰的特工過來。想知道理由？因為這裡很和平。而且他有別的手段可以用。」

局長：「這麼說來，您並不怕那些在西班牙的人？」

瑜利：「當然不怕。讓我怕的，是個女人。」

公路旁的酒吧是唯一的選項。時間已是午夜十二點，她十分飢餓。

首先，她從馬德里南下往加的斯快速公路上，她在二四四路段下交流道，位置約在哈恩省國家公園附近。她把車子停在離入口處最遠的地方，再爬上瞭望臺，那裡通常只有夏天才有人，現在無人使用的望遠鏡，只能垂著頭盯著峽谷上的步道。風速十分強勁，下方五十呎的位置，是一條往南方奔騰的河水，伴隨著風傳來流水的窸窣聲。

她揮手，一輛摩托車猛然甩尾停下來。她用一副認識車主的姿態，輕輕地拍了下車身。她不喜歡日產的摩托車，而是比較偏愛早期義大利生產的，那種囂張的杜卡迪或阿普利亞。但代理商剛好沒貨，所以她只好將就騎都會忍者（Ninja N2R）。車身除了單牌標誌外，全都烤漆成黑色，消除一些不必要的誤會。

「六萬歐元。」

「你也給我一罐。」她下令，並用手指向一罐金屬噴霧。車商把噴罐拿給她，同時也拿走她手上一張黑色的鈦合金卡，費用無上限，資金不是問題。車商面對這樣的大戶，貪婪內心藏不住的喜悅，但他的臉是可以藏住的。

「這款車不能上路，競賽用的摩托車。如果警察攔下妳盤查，就會被扣押。」

她的西班牙語程度僅能聽懂，但說得不好，因此她花了點時間理解，並思考該如何回應。等她全都消化完畢後，堅定地回答：

「沒差。」

做完應該的說明後，車商轉身拿信用卡在支付終端機上刷下一筆紀錄。與此同時，她把車牌放進運動外套與夾克之間。

數小時，兩百公里路後，她停在一處空曠的停車場上，趁機裝上車牌：0000 ABC。看起來就十分可疑，但在她的聯絡人送來真的以前，只能先將就使用。反正就算警察在路上見到她，來一場追逐賽也是挺有趣的。雷諾休旅車對上三百一十匹馬力。

接著，她拿起噴罐噴向車牌標誌。她不斷來回噴了好幾遍才能完全遮蓋，而且每噴一回就得靜置兩分鐘才能再噴上另一層，只不過這般耗時的工程，質感在機殼上仍顯得突兀。真夠值得的。不用是專家，只要是一般目擊者，具有讀寫能力，都能辨視出來這是一個八個字母長度的車款。

她把噴罐丟到草叢，手槍放在全罩式安全帽內，用手套蓋住後，走向酒吧。她全身上下除了身上穿的衣服之外，沒有其他行李。下半身穿了一件緊身皮褲，皮外套的二頭肌部分十分緊繃，鞋子穿的是馬汀大夫，全身黑得像那輛摩托車一樣，但搭配起來十分合宜，走在街頭會被忽視的穿著。當然，其實有一處是不同顏色的，她鞋子邊上的縫線是紅色的，但這也是她能容忍的底限度了。

走路時，她的身體都縮了起來。

不是寒冷的原因，儘管國家公園最高處的溫度是零度以下，她也並不覺得冷，在西班牙足以讓人得到肺炎程度的嚴冬，卻已算是在俄羅斯的夏天。她拱背是因為摩托車騎太久了。她寧可這麼相信，想要相信這一次注射的可體松激素能多撐幾天，椎骨才會報廢，她才會回到痛苦不堪的狀態。

酒吧內，沒人注意到她。她之前去過類似的酒吧，在一片荒蕪之中，總會突然冒出一家超市、紀念品店或廁所。店裡的瓷磚牆面上，掛上狩獵的戰利品、老照片、紅黃相間的旗幟。這些飾品中，放置在中間，最顯目的，是一隻雙翼收起的老鷹。這令她想起俄羅斯盾牌上的圖案，當然眼前的這隻只有一顆頭。

只有零星幾個客人在吧檯邊坐著，圍在一起看電視，喝啤酒。她進店裡時，大家轉頭瞧了一眼，但沒人表示意見。

她選擇坐在靠近門邊上的座位，不過坐內側，背靠牆。服務生送上菜單，上頭有兩種語言：西班牙語，以及想當成英語的語言。她不敢輕易嘗試章魚或萊昂的地方燉菜，因此僅指了菜單上的圖片。服務生一副無奈的模樣，替她送來牛肉排三明治。

她掀開麵包，僅吃肉的部分，她吃得十分淡定，小口小口地進食，同時她邊在手機上學習西班牙語課程。程式顯示出各種物品的圖案，請選 la silla 的圖，她點了椅子的圖片，並且得到愉快的答對認證音樂。

電視上，有一條新聞引起她的注意。她幾乎完全不能理解事件內容（音量非常的小），但她看得懂那斗大的標題：販賣人口。她認得這個詞彙在各種語言上的說法。

她面對那些影像的姿態異常嚴肅。警方雖然不允許記者越過封鎖線，但攝影機卻能拍到幾段現場的畫面，攝影機的閃光燈照亮了被抬出來的幾具裝在藍色屍袋內的屍體。鏡頭對焦到一個身型矮小的女性，身上披著毛毯，站在救護車外等著。

她想用手機來找這則新聞，她開啟自動翻譯軟體來尋找，但效果極差，因為這類軟體開發的目的是在閱讀菜單。不過，還是有基本的能力。

她輕聲咒罵了一句。

壞消息。她得要修改計畫。她預估這得要在二十四小時內完成行動。抵達便直接下手，然後就開往里斯本，從那坐飛機離開，先到摩洛哥，再飛土耳其，最後回莫斯科。她得在三分鐘離開城市，在四個小時後離開西班牙，九個小時後遠離歐洲。這個計畫才能讓她永遠不被抓到。

現在，她得要改變所有行動方式。這得冒風險。無法預測的突發狀況。

突發狀況是她最厭惡的情形了。

十分無奈。她起身往廁所走去。她沒辦法避開坐在吧檯邊上那群醉漢關注的眼神，以及手肘刻意的碰觸。不管是走過去，還是走回來。

她評估一下威脅。

五個人，年約三十多歲，都有啤酒肚，酒精濃度很高。其中一個相當高大，右邊的一個很會打架，可能是個保鏢或在軍隊待過。

危脅程度：極低。

她拿給服務生一張二十歐元的鈔票。他拿了後，低聲對她說了幾句她聽不懂的話。但是，他的眼神瞧向吧檯那群醉漢，也就足以說明一切了。

她點點頭，拿起安全帽，緩慢地走了出去。她沒有對那五個男人表示任何動作，但她明白他們會追出來。全世界不管走到哪裡，狐群狗黨全都同一副德行：

賤。獨自一個，什麼都不是。混在一起，就自己以為什麼事都能幹了。

她走回摩托車的途中，腳步極輕，靴子下的碎石都沒有任何聲響。她沒空陪他們玩，但她也不想讓他們開心地看到她因此匆忙加快腳步。

酒吧的門被推開了，發出一聲清脆的鈴響。有聲音在叫她。一開始，聽起來還只是「性」致高昂的感覺，後來就帶有威脅的口氣。其中一個走在最前面，另一個也立馬跟上，最後她只能越走越快，把五個人甩在身後。她把安全帽放在摩托車坐墊上，且不急著把槍拿出來，因為根本不必要。她只要騎上摩托車，揚長而去，才是最實際的做法。

正當她緩慢、細心地戴上手套時，那群醉漢已把她包圍起來，在她的身旁叫囂。雖然她聽不懂字面上的意思，但語氣絕不可能誤會。一時間，有個人伸手想要碰她。

她避開了眼神上的交集，她不想要滋事。這種不理會他們的漠然，讓他們變得越加大膽。她決定不騎上車，而是往前走幾步到瞭望臺的邊上。那邊只有一道微不足道的八十公分高的柵欄，預防跌下到五十呎深的懸崖下。那群狗娘養的離她越來越近，以為是把她逼到絕路上，興匆匆地流著口水。

她剛才在吃三明治的時候，就先找過棧道的意思了。

她對這個名稱十分好奇。

她看了一眼手錶，接下來還要騎兩個小時的車，但這輛摩托車性能很好，輕易就能彌補現在浪費的時間。

她露出微笑。那是找到樂子的表情。

8 威脅

喬・古鐵雷斯不喜歡起床。

與時間無關，他的職業早就讓他習慣作息不正常，不能按時吃三餐、經常暴飲暴食、連續跟監五十個小時，或是早上十一點上床睡覺。就算冬天要離開被窩算是一種煎熬，他還是能夠忍受。他會把鬧鐘提早一個小時，讓自己可以在鬧鐘響了後有餘裕慢慢晃到廁所，撒一泡近一世紀長的尿（媽咪！你看，全程閉眼喔！），之後再晃回到床上，直接趴下，最後至少能在鼾聲打到第四遍時才不甘願地起身。

喬之所以對起床這件事感到不開心，是來得太突然了。他的頭部猛然受到撞擊。太陽的強光灼傷雙眼。此時，他感覺到身心俱疲，預告著自己這將是個難過的一天。而且，無庸置疑，如果臉壓在一顆枕頭下的話，誰都沒辦法再睡下去了。

安東妮娜已經醒來了，穿好衣服，手拿著iPad坐在書桌前。電視機是開著的，無聲，新聞臺的頻道，正好在轉播港口案件的畫面。

當成搶劫案處理的話，屍體多到說不過去。

「現在幾點？」喬聲音沙啞地問。

「快八點了。你快去洗澡，你好臭。」

「妳又知道了，殘障人士。」

「我知道你一定很臭。更悲慘的是，我還知道你全身都是臭酸味。」

喬瞭解安東妮娜對他的催促，是她對昨晚照顧的感謝之意。因此，喬配合她的意思，照著她的節奏，一個板塊構造的運動，走著恐龍的行走步調。他努力挺直背脊（各個關節發出喀喀咔咔的聲音），仔細盯量眼前的夥伴。

看起來很正常。至少，她的模樣對身為世界最聰明的人，而且還在替歐洲祕密機構組織執行任務的工作上，算是正常的。

而且，還不是昏迷狀態，真是足以讓人驚呼了。

「我想吃甜甜圈。」安東妮娜要求。「你去洗澡。」

喬並不打算離開，昨晚發生的事他得搞清楚才行。

「安東妮娜……」

「什麼事？」

「我得知道昨晚的事，不然我是不會走的。」

「昨晚。什麼事？」

「貨櫃的事。」

「我昏過去了。你快去洗澡。」

「這我知道，是我把妳抱出來的。但妳為什麼會昏過去？」

「太過震驚，貨櫃內氧氣不足，一時腦充血，又很急著想把那女人拖出去。你先去洗澡吧。」

「僅此而已？」

「這還不算什麼？」

她的解釋當然說得通，但不夠，這還不足以說明瞳孔為何變得那麼大。她明明沒吃任何紅色膠囊，但喬卻無心追問下去。因此，他又犯了相同的錯誤，讓事情留到以後再說。

今日陽光普照。

「你現在在幹麼？」

「查出口貨櫃的公司名稱，是條死路，只是人頭公司，一家叫魯賓烏斯特亞的亞美尼亞公司。在馬貝拉市有家分公司。你快去洗澡。」

線索很少，但經過昨晚的事，安東妮娜下定決心，要不計一切毀了奧爾洛夫。

喬打好領結，穿好衣服。儘管身上這件皺得一塌糊塗的衣服，只會在他身上待到回房為止，但喬仍在這段短短的路上，表現得體。

蘿拉

很久很久以前，有個女孩很想要一件能夠隱身的斗篷。或是能夠跟別人交換臉上某幾個部位，或有一張會通知她敵人方位的地圖。

這些神奇物品沒有一件在蘿拉手邊，因此她只能盡量讓帽T遮住臉，縮著身體走路，十分瑟縮的模樣。她確實冷得發抖，暴風雨讓溫度下降得更為劇烈，天氣是令人不舒服的溼冷，是叫人生病的季節交換時期。

今日，蘿拉沒了安身的地方。

亞伊薩下達逐客令，因此她在幾分鐘前離開那間公寓。她很想衝上前，再次敲敲朋友的家門，請求她的原諒，要求跟她一起回老家生活。她其實已經抬起手，準備敲門了，但指頭卻在碰到木頭前縮手了。不管是她或肚子裡的孩子，未來不可能會有一條輕鬆的路走。那孩子一定是個男孩，必須得是小瑜利，得長得像自己父親一樣帥氣、一樣的壞才行。**或者壞到骨子裡**。蘿拉心想，思念瑜利讓她的胸口隱隱刺痛。

離開亞伊薩家時的那股決心意志，在她走向白脊區時，已經幾乎消磨殆盡了。

她內心充滿恐懼，不過隨即又再次覺得自己做對了。她想起在酒吧當服務生時，從晚上十點送酒到六點的時光。凌晨的客人，幾杯黃湯下肚，走路搖搖晃晃，神志不清，常常不到廁所撒尿，而是在櫃檯邊上解放。甚至還有客人會在舞池後面，兩個喇叭間，直接便溺。另外，有些外國觀光客也是爛醉如泥，裸著上身臥倒在廁所、自己的嘔吐物之中。

生活勢必得改變，但不能變成那副模樣。蘿拉雙手放在運動衫的口袋，輕撫著肚中的小瑜利，對著他許下承諾。然而，她根本毫無把握是否能說到做到，但本來就沒有人會信誓旦旦地說一個自己無法遵守的諾言。

走在白脊區的路上，大約是在戀人公園的地方，她的心震了一下，口舌變得乾燥。有一張她六倍大的臉，在她的面前看著她。

她的臉就印在一輛警政署的宣傳大卡車上。那是瑜利朋友間常開的玩笑。警方常把通緝逃犯的臉孔印在一輛六輪貨車上的一百五十吋螢幕上頭，不斷在市區放送宣傳，上頭的圖片其中三個就是屬於奧爾洛夫幫派的人。下方還有標示通報的電話與網址。

「照片選得真失敗。就算我在卡車前自拍，誰也認不出是同一個人。」某個常到瑜利家中傳話的人自誇。而那人不外乎就是福明（Fomin）、柯利亞（Kolia）或是梵妮雅（Vania）。

蘿拉看著自己兩呎高的照片，以及自己的姓名與出生年月日，真的一點都笑不出來。照片畫質很差，但就算比她本人還要好看，她還是認得出自己。不過，沒人的證件照是美的。警察就站在大卡車前，身上配備有（可能叫）衝鋒槍的武器，就是那種黑色，看起來頗具危險性的大砲。基本上，對任何手上沒槍的人，那東西看來就是那副模樣。

卡車停在對街，警察正往她的方向看。但也可能不是，因為警察的帽子壓得很低，所以根本無法知道他們的視線位置。蘿拉不敢扭頭轉身走向別處，因此她只能提心吊膽，站在原地等紅綠燈變換顏色。假如她有手機的話，她一定會拿出來，假裝滑 Instagram，但有過殯儀館的教訓後，她早就把手機仍到垃圾桶裡。她確信不僅僅是自己或瑜利的手機會被監聽，就連她媽媽和日常使用的號碼一樣都被監控。今日，透過手機監控對方，實在是輕而易舉。

一輛有斑紋的奧迪Ａ８經過她身前，並停了下來，她此時看到綠燈亮起，蘿拉只得硬著頭皮，往在卡車前站崗的警察那走去。

別停下來。別徬徨。自然一點。

蘿拉整顆心怦怦跳得厲害，呼吸也十分急促，整個人其實看起來不太「自然」。在快與警察擦身而過時，她得一邊努力克制自己別望向對方，還要一邊壓抑住想要把手伸出運動衣的口袋外，把帽子拉得更低的衝動。

「天冷多穿些喔。」她經過時，警察提醒。

蘿拉頓了一會兒才意會到親切的關心是對她說話。她的狀態就像參加搖滾演唱會，心跳加速到耳鳴的狀態。

「謝謝。」她邊走邊回答。

她終於把他們甩在身後，但此刻她仍得控制好步伐，再怎麼想遠離也不能突然跑起來。

放慢腳步，慢走。

約半小時後，她抵達目的地。白脊區是中產階層的住宅區，有獨棟別墅與成排相連的房子。蘿拉筋疲力竭，頭昏口渴。她的嘴巴更因太過乾渴，舌頭舔至上顎的時候，能聽到兩者摩擦所發出的聲音，她的身體正因為胰島素不足而付出高昂的代價。

我快撐不下去了。

我記不清那棟房子的模樣。她只記得送辰亞（Zenya）去過那裡一次。那大約是兩年多前的事。當時辰亞的車送修，所以載她到那裡。蘿拉已經昏頭轉向，心智混亂。**是整排房子的其中一棟，應該是最後一棟**。但當她走到那，看到遠方路上有另一個減速帶，她對眼前的場景突然又感到陌生了起來。

雙腿已經站不住了，癱倒在人行道上，坐在玻璃回收桶與一輛法國寶獅車子之間。

媽的，瑜利，你蠢死了。

「蘿拉小姐？」

蘿拉抬起視線，透過帽T，她看到一位中年婦女，身形壯碩，皮膚黝黑，臉上露出為難的笑容。那人就是辰亞。她穿著牛仔褲和運動外套，手上提了兩大包購物袋。

蘿拉努力想站起，但頭卻輕得像一點重量都沒有，她只好靠向車子的保險桿，貼著滿是汙泥穢物的車身。

「快進裡頭。」

辰亞是個很棒的女性，認識她有四年了。她總是把家裡打掃得一塵不染，家事做得有條不紊，衣服總能燙得線條分明。他們之間並沒有簽合同，這是瑜利做事的風格，但這不代表會虧待她，反而薪資更優渥。此刻，她們所在之處就是辰亞另一個工作地點，她除了蘿拉的家之外，每個星期五也會到此打掃。

「要喝點咖啡嗎？」她詢問，並把咖啡壺倒向馬克杯。

蘿拉任她自在地倒滿咖啡，但蘿拉內心感到十分屈辱，對於自己得向下人求助，溜進別人的屋子裡，強迫別人招待自己，真的很難看。房子的主人是位廚師，家裡只住了他與太太兩人，年約五十多歲。兩人現在都在工作，辰亞解釋。蘿拉盯著冰箱磁鐵上兩人的照片。幾張是在羅馬度假時拍的，兩人笑得十分燦爛，手上的手鐲閃閃發亮。

我原本也可以和瑜利做一樣的事。我就只想要如此而已。

她們一起坐在廚房中島桌旁，一旁就是客廳了。屋裡每個物件雖不昂貴，但都很實用，而且布置得很溫馨。蘿拉看見一臺三十二吋電視的小螢幕，不禁莞爾。她並不喜歡大電視，把看清楚主持人的鼻頭毛孔或牙齒上的美白螢光劑，其實挺討人厭的。但瑜利就買了一臺超大螢幕的電視，這讓蘿拉感覺自己就像是在廁所鏡子裡看到一大群陌生人，十分彆扭。蘿拉厭惡付一萬多歐元，就只是買一臺電視。她偏好貴到嚇死人的手錶，或璀燦耀眼的珠寶。不過，瑜利並不是個貼心又懂得討好女人的人，所以只要他要去找自己的朋友，她就會暗示自己對某個東西的喜愛。每回句子都還沒說完，瑜利就滿臉笑容地先遞給她兩百歐元大鈔。

事情經過就是如此。

她把對健康有危害的液體，迅速吞下肚。因為更傷人的，是坐在別人家裡的完美人生之中，強烈意識到自己將不再能擁有這些。

「小姐，為何沒打到我家？」

蘿拉遲疑了一會，不知是否該說實話，擔心她會嚇壞了。但或許不會，這個女人很強硬，她都能從烏克蘭政府高壓統治下逃出來，實在沒有欺瞞她的必要。

「辰亞，我不能冒險。」她回答。「警察一定會竊聽妳的電話。」

辰亞說自己被問了很多話，但她所知甚少，因為命案當時她並不在家中。是她發現屍體，她報警的。

「寇特（Kot）在哪？」

「被帶到市立收容所。我無法照顧他。」她回答，口氣中充滿遺憾。

蘿拉能夠理解，那是隻九十公斤重的大狗，光飼料每年就要花五千歐元。就算狗跟辰亞再怎麼好（這很難得，因為寇特跟誰都不親），也無法養得起牠。

「我想請妳幫個忙。」蘿拉說。

她跟辰亞說明自己的計畫，至少她得知道懷孕的事，而且這也會使她無法拒絕。辰亞默默地聽著。側過臉，下巴微微朝向對她說話的人的右方，不發一語，彷彿這一切都與她無關，就像要她放棄自己的人生，房子和工作，就跟要她把碗盤放進洗碗機內一樣。

獨居在一間承租的公寓內，而唯一的客戶不再能持續。她能做的選擇其實不多。蘿拉自忖。而且她猜對了。

辰亞答應了，但有個條件。

「我得要五千歐，寄回我的故鄉。」

「下週我匯五十萬給你。」

「不行。我現在就要。」

「我現在沒這筆錢。」

「我需要這筆錢。我妹妹要裝義肢才能走路，那東西很貴。如果我出了什麼事，就不能幫她了。您給我這筆錢，我要先寄給她，然後我才能幫您。」

蘿拉十分受挫，想要跟她講理，要她給點時間，但辰亞除了滿足那個條件外，並不在乎其他的困難。

「好吧。」蘿拉同意。「我會幫妳籌到這筆錢，明天晚上我們在收容所碰面。」

「蘿拉小姐，那個地方也有警察，那裡很危險。」

「的確很危險，但我的狗得跟我一起走。」

9 傀儡

沒人會把魯本・烏斯蒂安（Ruben Ustyan）當成一個深謀遠慮的人。就連魯本自己也如此認為。

在二〇〇一年的時候，魯本（他對每個遇到的人都堅持說明自己的魯的發音得發得長些）剛移居到義大利。待在亞美尼亞是不可能找到工作，也不會有未來的。魯本已經看開了。他最近剛滿四十歲，做過一些事，偷過幾次皮夾，運過幾回毒，當過一陣子的皮條客。他到羅馬原本只是探望表弟，但留下來是因為納沃納廣場上有擠得水洩不通的觀光人潮。就連七月二十日，反全球化示威者，卡洛・朱利尼安在廣場上大聲疾呼：「全球化實在太糟了，得要完全抵制才行。」然後就被一支卡賓槍擊斃，但他的死連警方都不太在意。

顯然，魯本所處的地方正是一個帝國活動的異國場所，四周都是來自世界各國的旅客（他偷皮夾不分國籍，有西班牙人的，日本人的，美國人的或許都可以）。關於全球化的問題，魯本能講出好幾個先前好幾個重大的歷史預言。例如，亞歷山大・李維特是發明吸塵器的人，在一九九五年時就表示十年內世界一切電器都將靠核能。或托馬斯・華生是ＩＢＭ的執行長，在一九四三年時認為世界頂多只有五臺電腦。

不過，就算魯本知道這些事，也不會有人把他誤認成一個深謀遠慮的人。不過就算沒有預測能力，其實也沒有半點壞處。兩年後，他到西班牙度假，那時他認識了亞獅康。怎麼認識的？這事說來話長，簡而言之就是輪胎爆胎，一隻山羊與一瓶伏特加。基本上，算是巧合。

猛獸仔細端詳魯本：身材矮小，獐頭鼠目，猥瑣，暴牙迫使他的臉看起來掛著微笑。他認為他是個沒有想法的人，所以就派他掌管在巴努斯港口的妓院生意。

「我們很相信亞美尼亞人。」奧爾洛夫說。「彼此情誼深厚。」奧爾洛夫沒說下去的是「厚得像一坨熊大便」。他曉得直譯俄羅斯諺語會聽來很奇怪。

如此一來，魯本的人生轉向另一個世界，只是也不見得多輕鬆。他得管帳，維持妓女的流動，要把一些顯露出疲態的女人賣到較低俗的妓院。盤點酒水。基本上，他在幾年內就把風俗店做得有聲有色的。

很多大事，魯本都是最後一個才會知道。流連在賭博與聲色場所的人，人生早就被這兩種嗜好給毀了，所以要從那些人嘴裡聽到消息，大約得等那事早就過了，當下又有其他更勁爆的事，他才會知道。

「好險，我們脫險了。」瑜利對他說。

「什麼險？」

「先給我上另一杯啤酒。」

瑜利很常上妓院，他負責傳話，或是把客人要的古柯鹼送去……等等。由於奧爾洛夫是頭頭，所以他玩女人是免費的，但其人來喝的酒水還是得付。當然，是有員工價。魯本算過瑜利薪水的八成都花在他的店裡了。

突然，瑜利不再光顧了。

這讓魯本的帳面有了不少虧損，有一天瑜利約他到英國宮百貨公司的香水部碰面，而他也準備要當面興師問罪一番。不過，他見到他時，他兩手都提著購物袋。

「瑜利，你搞什麼？我好幾個月沒見到你了。你不爽我嗎？」

「我不去了。我戀愛了。」瑜利回答，並一臉痴呆。

魯本哈哈大笑。瑜利是店裡的大客戶，他付的酒錢和女人的錢，大概都足以讓魯本買一艘快艇。真的有人可以甩掉上酒店的惡習嗎？這讓他捂著肚子笑個不停，但當他的眼睛看向瑜利手指方向後，隨即便收起了笑容。那是一個高瘦的女子，身旁是一張路易威登的廣告。這個名牌的海報貼著法國女演員蕾雅・瑟杜（Léa Seydoux）手拿著鮮花，一身光彩動人的模樣。那個女人正在那挑選香水，她的粉紅色指甲來回穿梭在那些金色瓶蓋上，就跟那女星一模一樣，雖然少了點法國味，但卻更美了。

魯本一看到她走過來，真的費了好大的勁才把口水吞下，不流出來。

「她是我太太，叫蘿拉。」

那時，他才知道碰面的理由。

這是好久以前的事了，大約六、七年了。魯本對此毫無印象，彷彿是上輩子的事情。從那天起，日子其實沒多大的改變，只是更悠閒，更無所事事。

那天，瑜利跟他談起一項自己想做的生意。魯本覺得計畫十分可笑，手腕殘暴的奧爾洛夫不可能會想要在海邊的沙灘上開一家啤酒屋的。但兩週後，他就不敢再嘲笑這件事了，因為猛獸要他放下妓院的工作，然後去跟著瑜利做事。

首先，瑜利交代他在聖彼得堡北區的和平鴿大樓租一間辦公室。室內只要有兩間辦公室，並有辦公桌椅，白牆，且不要有對外窗。

瑜利讓魯本坐在椅子上，並在他面前擺一臺電腦供他做事。

「我要幹麼？」

「我不知道。沒有什麼事要做的。」

「如果電話響了？」他指指電話，詢問。

「就接電話。」

「我要說什麼？」

「說打錯電話了。」

魯本搔抓了一下脖子，然後點了一根菸。

「薪水怎麼算？」

瑜利說了個數字。是妓院賺的五倍。

如此一來，魯本就成了瑜利的下屬。絕大多數的工作內容，就是坐在辦公室內玩俄羅斯方塊，看 YouTube 頻道上的搞笑影片。例如，有一個裸體表演的韓國雜技演員（像是用臀部扯掉桌巾），這影片讓他樂了好久。

「我應該可以不來辦公室吧？」

「你得待在這裡，以防我有事要你做的時候。」

事實上，瑜利天天都一手提著公事包，另一手夾著文件或公文，要他在各種不同紙張上簽名。魯本整個星期所做的動作，就是簽名、蓋章。藍色公文夾就要用藍色印章。薪資單、貸款、申請單、憑據、帳本、匯款單、合同、證書、授權書、聲明文件等。

契約有很多，非常多、多得不了的契約。有幾天，甚至有三十幾份。

魯本簽名已經練到不用看就能簽好的境界了。他能左手玩俄羅斯方塊，右手不停上下書寫。瑜利放好文件，說「好」，魯本就簽字，文件生效，魯本手抬起，然後同樣的動作再做一次。整套流程，眼睛都盯著螢幕。

黃色，契約。藍色，薪資單。

魯本很想戰勝最高紀錄保持人的四千九百八十八行。當下，他才到一半而已。

「如果少簽點名，我會更快達成目標。」他抗議。

「別不滿足了。我敢保證你是世界上管理最多家公司的人了。加起來大概有整個歐洲那麼多。」

「多少間？」魯本隨口問問。

瑜利很快就計算出來。

「大約有七千多間。」

「我是個大巨頭。」魯本誇張地說。「就像拉蒙·歐提茲或唐納·川普。」

「沒錯。」

瑜利拍了拍他的肩膀，並把文件收走，帶到另一間玻璃隔出的辦公室。裡頭有電腦，以及無數的檔案資料。平時上鎖，只有瑜利有鑰匙。

現在，瑜利死了。

魯本跟著大家出席葬禮。亞獅康的意思，他聽得很明白。瑜利死亡的理由，傳得沸沸揚揚的，而他的太太也找了殺手去處理了。但這一切都不關他的事，他的忠誠是無庸置疑的，所以沒人敢碰他一根寒毛。

他每天依舊到公司報到，因為那是他的工作，只是他不清楚簽名以外，他是否真的還有工作要做，只是積習難改，反正在家裡待著也無聊，沒人可以聊天。

至少，這裡還有俄羅斯方塊。

所以，他每天都來，移動滑鼠讓螢幕保護消失，繼續前一天暫停的狀態。他現在紀錄保持在兩千兩百行，過程中沒有犯下任何錯誤（天殺的，怎麼擺都不對），但他相信自己救得回來。

敲門聲響起。

魯本毫不理會，因為這裡從沒人上門。

敲門聲持續不斷。

10 樓層索引

鴿子大樓不在市中心，但卻是一棟輝煌九〇年代的遺物之一。在某個年代，黑道分子並非來自俄羅斯草原，而是在西班牙中北部的索里亞省。在那個年代中，沒人會躲躲藏藏，人人都想選市長，積極買下運動雜誌頭版封面，並且把所賺的錢都用在房地產上，而這便導致約有三萬多棟非法建築，數十棟侵占土地的建物誕生，因此就算現在政府發出無數次勒令拆除的公文，但幾乎每一棟都仍完好無缺。有好幾棟樓就像鴿子大樓一樣，不再受到企業青睞，荒廢閒置。

沒有警衛，四分之三的辦公室都空盪盪的。至少從入口處的青銅板樓層索引來看，是這麼一回事。

「那家企業叫烏斯蒂安貿易有限公司。八樓右邊。」安東妮娜指著索引。

「黑道做事，油水一定很多。」喬回答。

「就是空頭公司，只是交易的通道。不過，在技術層面上，你講的也沒錯。」安東妮娜肯定，並順手按了電梯。

喬吸一口氣，神祕兮兮地詢問：「妳知道自己有多少次是聽懂我笑話嗎？一次，就只有一次。」

「盡量靠內。你先走。」她邊說，邊側身讓他進入。

11 腳踝

魯本咒罵一聲。起身，走到辦公室的門口，心不甘情不願地開門。

一道強光射到白牆上，眼睛一陣昏眩。魯本完全不知道發生了什麼事，他直接趴倒在地，摀住鼻子。

「聽著，弄……」

他鼻子被拳頭打斷了，黏膩的鼻血大量湧出，血液不斷從指間滑過，滴落在地板上。魯本看見自己的手，十分不可思議地浸泡在血紅之中。

這男人不僅矮小，且十分容易受到驚嚇。這有益於偷皮夾的工作，也不太妨礙做妓院皮條客的工作，而且其實他本來很擅長對付大老粗。不過，當一個宵小在辦公椅上坐了六年，要面對門口的那些相同粗壯的男人，早就喪失防禦能力了。

魯本認得他們。是福明兄弟。兩個殘暴的喬治亞人。身材高壯得像兩棵穿了衣服的大樹。頭髮理得精光。兩臂的刺青是軍隊時代裡的紀念物。

軍隊留給他們的，當然不僅只有刺青，還有很多無價的知識，像是在弄斷骨頭的力道要多大，而這就在此刻應用在對付魯本的動作上。一個人壓制他，另一個不斷對他腳踝施壓。

魯本因為事出突然，過了好久才知道自己該尖叫。

第一聲的哀號始於他小腿骨斷裂，發出清脆**啪**一聲的不幸瞬間，他的腿骨就如同隨意折半丟掉的冰棒棍。

魯本放聲嘶吼，疼痛如一陣尖針鑿過身體一般，但與此同時，就在他快要昏厥過去的時候，又彷彿那股痛很不真實。明明不久之前，他還天下太平，開心地打電腦，擁有銀行帳戶裡花不完的錢。

「你們在做什麼？做什麼？」他發問，彷彿他真的不知道一樣。

接著，他又多說了一句，因為他不說不行，任何一個和他有相同處境的人，都會覺得自己一定得問清楚此事：「你們知道我是誰嗎？」

「當然。」兄弟中看起來較年輕的一個回答。魯本想起他的名好像叫瓦迪姆（Vadim），或是柯利亞。

「我得和奧爾洛夫說話。我得和他談談。」魯本說，然後試著要起身，回到辦公桌前，但他斷裂的腳踝根本無力支撐住他，他只好趴在地上，奮力拖行身體。

兩個惡棍的其中一人，搶在他前面，走到辦公室內，把魯本的手機放入口袋內。當然魯本無法看到這一連串動作，因為他還趴在地上。

「我要找奧爾洛夫。」魯本朝著他走過來的腳，不斷重複這句話。

那些腳的其中一隻用力地踩過魯本的右腿小骨。骨頭的斷裂與疼痛讓他瞬間耳鳴，聽不清楚福明兄弟——不管是柯利亞或瓦迪姆，翻箱倒櫃搜索瑜利檔案庫的聲音了。

魯本昏迷了一陣子，但當他醒來之後，嘴裡還是說著同一句老話，似乎是當下他唯一能指望的事情。事實上，一個像魯本這般缺少想像力的人，那件事當然就是：「拜託，讓我跟奧爾洛夫說話。」

魯本的堅毅不撓，終於讓福明兄弟的其中一人放下手邊的工作，撥通電話，按下免持聽筒，然後把手機放在魯本嘴巴旁。

「好了？」奧爾洛夫口氣不耐煩地詢問。

「亞獅康，是我。」

猛獸一聽到電話那頭的聲音，語氣立刻就變得制式且冷淡。

「你好，魯本。」

魯本聽到老大的聲音，放心地喘了一口氣。終於，誤會可以澄清了。

「亞獅康，福明兄弟在我這裡。」

「我派他們過去的。」

魯本從頭到腳竄過一道冷氣，他的身體感受到一股椎心刺痛，甚至此時斷裂的鼻梁流出的鼻血，血漬都更加濃稠一些。他努力轉頭去看柯利亞（現在已經能肯定他的名字了），正在灌掉一整瓶飲料。

「拜託別讓他們傷害我。我什麼事都沒做。」

「我知道，但你也看到昨晚報導的貨櫃新聞了。」

「什麼新聞？」魯本詢問，腦子突然一片漆黑。

奧爾洛夫放聲大笑。

「魯本，說真的，真難過得和你道別。很難找到像你一樣，那麼有用的蠢貨了，但絕不能被抓到把柄。」他回答，並掛斷電話。

柯利亞拿回電話，身體坐在魯本背上，然後手抓著他的脖子，不斷地讓他的頭撞擊地板。動作不大，假若不趕時間，這是很棒的殺人方式，就像在平底鍋邊上敲蛋，蛋殼破裂只是遲早的問題。

魯本大約在第三或四下時，昏了過去。

當他有些意識時，他只見四周一片烏黑，他以為自己瞎了，但之後他看見火焰，聽見尖叫聲。

12 一縷煙霧

「我有證據可以證明我是對的。你連關於貓的笑點都聽不出來。」喬又聲明了一遍，並按下八樓的按鈕。

「他爬到樹上，那是他與朋友一起想的暗號，緩衝壞消息帶來的震驚。我當然有抓到笑點。」

古鐵雷斯警官翻白眼，認為她真的沒救了。**幽默殺手**。

他又按了一次八樓，以為如此電梯就能上升得快些。背景音樂聽起來像紅遍全球《慢慢來》的那首拉丁歌曲。喬十分確信就連地獄都沒這個地方病態。

「我們倆也該有個暗號。」安東妮娜提議。

「為什麼？」

「有危險時，就可以互相通報。找個特定的詞，例如『梵蒂岡浮雕』。我倆誰說了……」

喬舉手指放到嘴巴前，不讓她繼續說下去。

「有聽到嗎？」

安東妮娜搖頭，但喬知道她聽見了。聲音十分低沉沙啞，就像一個八十五公斤的人被裝在麻布袋內，從七呎高的地方摔落。如果要再說得更詳細，還有個細節可以補充。在大樓的大門打開前，他就聞到了燒焦味，是燃燒紙張、塑膠與肉的味道，是政黨的財務長家在燒烤的焦香味。

叮。

走道全黑，只能從電梯內微弱的光看見一縷煙霧，在半空中飄入電梯的空間。

喬拿出手電筒。他的右手邊，通往辦公室A的入口是上鎖的。走到底，辦公室B的大門是敞開的。他猜煙霧就是從那裡冒出來的。

「打給警局，通知貝爾格拉諾。」喬壓低音量指示，並拿出手槍。

完全不需他的下令，安東妮娜的手指早就傳訊息過去了。

「現在該怎麼辦？」

喬的頭頂著天花板，壁燈被扯掉了，電線晃來晃去，燈泡碎了一地。

那個想要黑暗的人，真的辦到了。

「梵蒂岡浮雕。」喬邊說邊走向門邊。他左手像拿著匕首一樣抓著手電筒，右手撐著左手的前臂，槍指向前方。

「暗號不是這樣用的。」安東妮娜回答。

「我知道，妳到我身後去。」

古鐵雷斯對他上一次向安東妮娜說這句話時的事仍記憶猶新：不知從哪兒冒出來一輛保時捷卡宴，要來碾過他們。之後，展開一場野蠻的追逐賽。最後，他們兩人奇蹟似地活了下來。

喬感覺頭皮發麻，有上百隻蟲子在頭皮和髮梢間竄來竄去。他身體上這種莫名其妙的反應，通常只會在不好的事情發生時才會有的狀況。

他張口慢慢吐氣，煙霧並不濃，正在逐漸消散當中。無論是什麼導致這場煙霧的，情況快結束了。

喬不信世上有巧合。他不相信正好在他們上門突然拜訪前，公司會意外發生火災，並且更不信進到一個伸手不見五指，可能處處暗藏危機的空間，僅依靠一束光線，就能打得敵人措手不及。情況可能正好相反，他時時刻刻謹記在心，自己面對的不是普通罪犯，他們是懂得用槍的俄羅斯黑手黨，很有可能最終是自己太陽穴會成為目標。自己甚至可能是被步槍轟斃，身後僅留下一堆待辦的文件。

因此，喬並沒有走進辦公室內，他只縮在門邊上，他這個動作在警察專業術語中稱為「沒種」。

「妳在外頭等。」他命令安東妮娜。

他先以手電筒的光束在門後把屋內照過一遍，從左邊掃到右邊的角落，就像學校教過的一樣，但什麼都沒有。

一個空空的辦公室，只留有一張椅子。裡頭似乎還有另一個空間：門，空盪盪的，一具身體，烏黑，四周煙霧瀰漫。

「他媽的。」

髒話就像一種召喚術，能使得不知從何而來的事物，在這一種具有魔幻般的術語中出現。阿布拉卡達布拉（註15）。Dracarys（註16）。他媽的。

註15 Abracadabra，在魔術表演中常用的咒語。
註16 Dracarys 是影集《冰與火之歌：權力遊戲》中，主角用來指揮幼龍們發射龍焰的術語。

安東妮娜從喬的身後探出頭，看到一具被丟棄在地的身體。她一箭步要衝上去。

「冷靜點，小妞，妳每次都一樣。」喬擋住了她的去路。他得先把屋內全都照過一遍才行。

他跨過屍體。肩膀向前，槍尖朝下，再次檢查屋內的四個角落。從左到右，再到另一個角落，最後是門後。空無一人。

辦公室的中央，篝火點點星火殘喘，裡頭有燒毀的電壓器殘骸，空氣中瀰漫著煤油味與燒焦的塑膠，氣味十分難聞。

還有另外兩具身體在地上。喬只確認了其中一副身體的心跳，說得更精準一點，他是在確認那副身體的存在。另一個就沒有必要檢查了，因為那副身體的眼睛嵌入一把刀。

「還活著嗎？」喬把手電筒的燈照向安東妮娜，詢問。

13 兩秒

安東妮娜跪在一具被煙燻得烏黑的身體旁，發現尚有一絲氣息。她正要轉告喬這件事前，就聽到了一陣輕微金屬摩擦所發出的**喀隆**，就像要對正抽屜滑輪與板金的位置一樣的聲音。喬的臉上莫名又冒出了另一張臉。他的脖子被架住了。

手電筒掉在地上，滾了一圈，**咔噠**一聲關上了電源。

全然的暗黑。

安東妮娜跪在地上躡手躡腳地搜尋手電筒，她眼前的黑暗像是充滿生命力一樣，張牙舞爪地的作勢要吞噬掉她。

粗獷的咆哮聲。

身體的走動，衣服與肉發出的摩擦。

來自金屬的用力一擊。

轟然巨響。

片刻的不安，一片寂靜。

身體倒地，辦公室內的空氣一股騷動。

喘息。

一步。

另一步。

安東妮娜的手指終於碰到了手電筒，燈泡外的罩子。

在場不僅僅只有他們。燈亮了，一道微紅色光打在安東妮娜的手心上。

「放手。」一個女性的聲音發話。

安東妮娜鬆手，放開手電筒。她從光線在她的白T恤反射的瞬間，看到了一個年輕女子的臉龐，冷漠且銳利的眼神似能將黑暗切成兩半。緊接著，她的身子往後退一步，並把光照在安東妮娜的眼睛上，讓她直挺挺地跪在地上。

光線中亮出了一把槍，槍口離安東妮娜的額頭只有六公分的距離。

她瞇起眼睛。那是一把九毫米的馬卡洛夫手槍。

「誰？」女子問。

問話沒有一絲的猶疑。不回答就是死。不過，這也不是安東妮娜第一次被槍抵著腦袋。不是第一次，更不是第十次，她毫不猶豫。她從不曾表現出害怕的樣子，也從不屈服。

「妳是誰？」又問了一次。

槍管往前抵向安東妮娜的額頭，儘管她仍沒有任何動作，只是不停眨眼，決定自己的下一步。

「誰？」女子又問了一遍。

手指已經扣在扳機上了，作勢兩秒內就要開槍的樣子。

兩秒，對於很多人而言，都是微不足道的存在。

但兩秒的價值對安東妮娜不一樣。她在兩秒內，評估三個反應的可能：

◆滾開。
◆趴在地上。
◆抓住槍。

她全都否定掉。任何徒手攻擊的企圖都註定要失敗，況且那女的可能剛剛才殺了另外兩個身材魁梧的男子（其中一個安東妮娜剛才仍可聽到他的呼吸聲），當然另一個呼氣喘得更大聲（這不是在說他胖）。

她試著在腦中估算在這個偏遠地區，警力抵達的時間，同時回想曼多傳送過的的照片檔案內容。警察到此大概要五分鐘。打電話到現在是過了多久了？三分半，誤差值十秒內。

她僅有的勝算，就僅剩爭取時間。在警方到達前讓自己活下來，她必須要讓她產生混淆，分散她的注意力，吸引她的目光。

「是我就不會開槍。」安東妮娜說。「不然就會犯下大錯。」

女子關掉手電筒，四周又回到濃得化不開的漆黑。

她真聰明，不讓我看清她的模樣。

「我西班牙語說得不怎樣。」她回答。

「我的俄語也不好。」安東妮娜用一口無可挑剔的莫斯科口音回答。

她們開始用俄語溝通後，她的聲調變得不那麼剛硬，聽起來更隨和一些。

「妳是警察？」

「做類似的工作。我支援的同事快到了。」

那一刻，彷彿整個宇宙都在等待遠處警笛聲響起的信號。

「電影裡發生這種事的時候，我都無法置信。」在黑暗中，回答的聲音聽來像是從安東妮娜的右邊傳過來的。「明明主人公都栽在自己手中了，但此時警笛聲卻響起，壞人倉皇而逃，其實開槍也是辦得到的。」

安東妮娜微笑，沒有其他託辭。

「那這是妳要做的嗎？妳要殺了我們嗎？」

地上有鞋子摩擦聲，空氣一陣騷動。女人的聲音忽然又到了左邊，俄語的音節聽起來雖然柔和，但不再集中。

正好就在她的身後。

「警察，妳運氣真好。今日你們不在我的名單上。」

安東妮娜十分吃驚，無法置信，但等到她回過神來，身後就只有一片暗黑。

她走了。

她起身，從外套裡拿出手機，打開照明。喬在屋裡的另一頭，昏迷倒在地上。安東妮娜坐在他的身旁，一隻手用力捏他的虎口，另一手指用力按壓他的人中。

喬回過神，痛苦地嗚咽。他的下脣裂開，血絲從他下巴滲出。

「妳在幹麼？」

「按壓刺激痛覺的恢復術。」

「痛死我了。」

「目的達成。」安東妮娜回答，並且起身走到地上的另一副身體旁。「過來幫我，幫他翻身。」

「確定要這麼做？」

魯本快死了。

這點安東妮娜很清楚。她已經仔細研究過傷勢，很清楚讓他仰面躺著會帶給他極大的痛苦。實際上，她是考慮過這一點才下的指令。

但喬不知道這件事，當然他也不需要瞭解其中的道理。有些決定就是只有自己可以決定。

「過來幫我。」她又要求了一次。

他們把魯本翻過身來。這名亞美尼亞人放聲尖叫，聲音十分嘶啞。他身上的皮膚燙傷面積超過四成以上，破壞到了脂肪層的位置。整個背部幾乎所有的末梢神經都毀了，但在衣服聚酯纖維滲透進皮膚的外部區域，仍然可以感受到疼痛。這種痛覺就是剛才安東妮娜對喬使用的按壓術，只是痛上好幾倍。此時，魯本的神經會同時放電，向大腦發送數以千萬計的警告信號，心律加速好擴張受損的通道，如此雖能繞過對頭部外傷的傷害，但他的壽命也可能從原本的七分鐘，縮短到幾秒鐘。

安東妮娜努力想要搶救他，即使他的皮膚已經傷得不成形，但她仍按住他的手，觸感十分噁心（外層像乾水坑一樣裂開，又脆又熱又粗糙，裡面摸起來很滑膩）。

「不要擔心，烏斯蒂安先生。」她安慰。

「我是無辜的，我是無辜的。請轉告奧爾洛夫，我真的是無辜的。」

「救護車已經來了。您放心。」喬說。

大樓的外頭，可以聽見警方的叫喊聲。古鐵雷斯警官起身，雙手舉高，並亮出自己的官階和職位，因為他可不想因誤會而被槍擊。

「這一切都是他幹的？奧爾洛夫？那女的是他派來的？您知道她的名字嗎？」

魯本不停喘息，咳嗽著，用力吸盡每一口空氣，奮力發出最後的聲響。「**喬爾納亞·母狼**。」

14 餘震

羅梅羅局長並不開心。

她是個內斂、保守的女性，情緒鮮少外露。但喬就算離她有兩呎之遠，她臉上生動的狀態，嘴巴不停大喊大叫，唾液飛濺等情況，他還是能感受到局長的不悅。

「我說過要行事謹慎。不要捅蜂窩，竟然製造這麼大的麻煩？」

喬坐在魯本的辦公室裡，聽著局長無情地朝著他怒吼。他並不回嘴，一方面是他從事警察工作二十四年來，早就習慣這種責罵，他知道最好的處理方式就是讓長官盡情展現自己噴毒的能力。**真會噴**。喬暗忖，他鬆開手臂，擦掉臉頰上的口水。另一方面，他不反擊，因為知道是自己的錯。

這些日子以來，他一直在搜集局長的事蹟。效率最高，安達盧西亞第一名警察局，不管是攻堅突襲，或是逮捕、扣押嫌犯的紀錄，都是一等一。根據《南方報》的說法，表示她是下一任市長人選。之後，一定還會到馬德里發展。

女性要在警察這行出頭，一定要比別人更猛才行，至少是別人四倍的努力，沒有家庭小孩，不能有固定伴侶，態度還要更加強硬。

這天應該是她的休假日，因為她身上穿的不是制服，而是牛仔褲和襯衫，並且她是綁馬尾出現（一樣乾淨俐落，這讓喬不禁想問那是不是一頂假髮）。全身散發出一股怒氣，使勁地踩踏在這場突發其來的火災現場。

「商場上死了兩個人。」她重申，就像要把每一個人頭都怪到喬身上一樣。「貨櫃有八個死人，一個躺在醫院。這裡今早死了兩個。」

貝爾格拉諾低聲在她耳邊說了幾句。

「是三個了，烏斯蒂安在去醫院的路上也死了。所以現在總共死了十三個人。」

「十四個。別忘了把瑜利加進去。」安東妮娜打斷她的話。

喬伸手摸自己的頸子，不禁覺得剛才被那神祕女子鎖喉的部位，越來越刺痛。他不知道該如何警告安東妮娜現在最好低調一點。也許不警告才是最好的，上次她要求他同樣的事情時，他最終甩了上級長官一個耳光。八臘隊長的那一巴掌所發出的聲響，喬至今在晚上仍感到很羞愧。

「我沒有忘了他。」羅梅羅回答，眼睛直瞪著喬。

「局長，但您卻沒跟我們說他是線民，而且還是個做人口走私的線民。」

別再說下去了。喬在內心拜託。

「您只是調查人員。」她轉向安東妮娜，彷彿才剛注意到她的存在一樣。「安東妮娜・史考特。」她回答。局長雙手交叉靠在辦公桌上，只是雙腿是懸空的。「貝爾格拉諾曾向我說過您的事情。他說您在現場表現得很出色，觀察仔細。您辦過瓦倫西亞的案子？」

安東妮娜沒有回答。

喬盯著她那雙抖個不停的手。

「您也能在這裡大顯身手囉？」羅梅羅問了一次，指著她背後的辦公室，斷斷續續地被鑑識科同事的閃光燈拍得閃閃發光。「好讓我們知道這裡到底發生了什麼事。」

「我不是隻受訓練的猴子。」

羅梅羅剛正不阿的臉色變得更加嚴肅。

「史考特，容我提醒您，這是一件相當嚴肅的事情。我們追奧爾洛夫的案子有整整四年的時間。在這四年裡，我們還得要清查一百五十公里長海岸線的走私案，以及處理十三個黑手黨組織的事務。每一天我們就算努力逮捕一些人，還是有人喪命。所以如果妳能有貢獻，那就請展現出來。否則……」

儘管安東妮娜四周都是鐵絲網，警察也配備著武裝，氣氛相當肅靜，但她的態度仍不為所動。

我得跳出來救她。

「局長，請容我說句話，」喬打斷她們的對談。「我能向您解釋這一切。我們是循著貨櫃的線索找到這家公司的，就是這間公司把那些女人關在裡頭的，而做販賣人口這檔生意的，就是那位烏斯蒂安先生。我們來此，是為了打探蘿拉的下落。不幸的是，竟然有人決定在我們抵達前，清理掉這個地方，所以文件跟電腦全都燒了。」

「而那兩名死者，以及一個有俄羅斯口音的神祕女子在黑暗中攻擊您們。不過，誰也沒看到那名女子的長相，所以也沒辦法形容她的外貌。」副警官插話。「這些事我們都知道了。」

「我們不清楚的是，她怎麼殺掉那對兄弟的。」局長回答，眉頭深鎖。「那兩人的前科比我的胳膊還長，都有軍事經驗，但連把槍都找不到。」

「事發突然。」安東妮娜回應。

「什麼意思。」

「很迅速地解決掉他們。」

羅梅羅轉頭看向貝爾格拉諾。

「在科學檢驗報告出來前，我們現在只能先猜想成是福明兄弟互相殘殺。」

「好的，局長。」

喬壓抑住自己的反應，努力裝成跟局長一樣正經的態度，但他直覺性地知道自己的臉上，一定會被看出帶有一絲不合時宜的輕蔑感。那是畢爾包人天生的神情，他們天生頭顱較短，血型都是ＲＨ陰性，只要有人侮辱自己的同伴，雙眼一定放箭。但此時他沉默，一切以大局為重。

不能搞砸。

儘管最終還是會搞砸的。

「警官，屋裡不可能找不到槍的。」局長向他們道別，走向辦公室，要與鑑識科交談。「如果您或那位**怪人**找到什麼，請向我們通報。」

局長發出「外」的時候，卻多發了喉嚨音，所以聽起來像「怪」。真是罵人不帶髒話。

「局長，如果您以為我不是公務員的話，那您搞錯了。」安東妮娜反駁。

羅梅羅轉身。兩人之間的空間瞬間降到了冰點。

「是嗎？那是在哪個單位服務？」

「我的資訊高過於您能知的權限。」

局長的臉一下子就刷白了，鼻孔微微撐大，而也僅只能看到她的這些反應而已。她是個自制力超乎常人的女人。

喬的臉色此刻又是如何呢？他完全無法泰然自若。他得證實安東妮娜剛才說的內容的真實性嗎？喬甩八臘那一巴掌，更像只是在拍馬屁。

「你們的任務是找到蘿拉·莫雷諾。」她的聲調非常冰冷。「然後就快點離開這裡。」

15 建議

他們已經在車內了。

「能說一下剛才是怎樣嗎？」喬詢問，並對著後照鏡看看自己受傷的程度。他的嘴唇腫脹撕裂開來，四周就連能好好冰敷的瓶罐都沒有。「妳明明有機會可以跟她一起釐清犯罪現場的問題。」

安東妮娜繫上安全帶，但過程困難重重，因為她的手抖個不停，而她的同事再次假裝沒有看見。

古鐵雷斯警官開著車四處亂竄。為了離開火場，他得避開警車，還有一輛沒有在執勤的救護車，另外還得聽從一位交警的指揮，才能通過人行穿越道。不過，這裡的行人指的是媒體，是當地唯一一家電視臺，他們派出攝影機不斷拍攝，收集新聞資料。今天新聞內容將會是大樓坍塌、瓦斯汽爆、火災，造成三名罹難者，但並沒有任何財產損失。

「我覺得她一點都不信任我們。」安東妮娜回答。

「妳說得沒錯。」喬認同，摸一摸自己的脖子，仍覺得有些疼。「真不曉得她從哪冒出來的，明明在檢查屍體前，我就用手電筒整個房裡照過一遍了。」

「你說從左到右的角落，然後另一個角落，最後是門後？」

「這是正常程序。」

「我知道。而且，看起來，她也知道這事。她爬到檔案櫃上。」

檔案櫃。五個大金屬櫃，每個都有一呎半的高度。喬回想起自己一進門所做的事情。瞄準每個角落，以及角落與地面的接點。這就是在學校裡學到的，因為沒人會預期自己會遇上蝙蝠俠。

「那女的是何方神聖？」

「職業殺手，危險人物。」

這還用妳說。

「那我們不該先問問看她是否在局長的名單內？」

「鑑識人員會向她說明一切，是那個女的殺了福明兄弟。不過，整個犯罪現場沒有什麼線索。我們不必去找誰攻擊你。我們要找的是蘿拉・莫雷諾，局長說得很清楚了。」

「妳也沒有別有退路了。」

安東妮娜把頭靠向車窗，一副筋疲力盡的模樣。

「我受不了她竟然要向我們追究責任，甚至把那些女人的死都怪罪在你頭上。」

「小妞，聽我一個建議。不管再怎麼生氣，也不能，我再說一次，絕對不可以對長官說：『我比你更會指揮。』就算是事實也不可以。」

她用拇指和食指捏著鼻梁，雙眼緊閉。

「我……我不知道怎麼說才好。」

「說什麼？」

「那種感覺。有人暗地傷你，故意要激怒你，然後偷偷期待你表現不好。一定有什麼語言中有為這個感覺創造出一個詞來表達。」

他們停在紅綠燈前。喬趁機打量著她，一副興致盎然的樣子。

「小妞，努力用**那個**語言來解釋看看。」

安東妮娜木然了三十秒，她在那段時間裡在想該如何表達。但又過了三十秒，接著又一次三十秒。他們已經可以通行了，但仍沒有啟動。在這個偏僻的地方，街道空無一人。喬熄火，看著紅綠燈的變換。

綠燈。

紅燈。

再一次綠燈。

生命如此流逝，等待著這個女人再次開口。喬暗忖。

「有時候……有時候我會在別的語言找字。有些字是沒有辦法翻譯的。這曾是……我和馬可士的活動。我們抓住感覺的方式。只要我們找到特別的字，就以此贈送給對方。當然，我找到的字比他的還多。他得把那些字都記下來，全都記在紙上才行。」

喬很有耐心地聽著，沒有做出任何評論的姿態。這對於像安東妮娜這種精確度病態的人來說，是十分重要的。無須評論，但要記住。她已經越來越用過去式談論自己的丈夫。喬不禁（暗自，關起燈時）自問，何時是與她談這件事的時機。

並不容易。

與安東妮娜交談的禁忌清單中，馬科士的昏迷，就等同於在祕魯叢林中一座失落的廟宇中心，被狼蛛、長矛和一塊巨石封印住了。

「給我個例子。」只要她明顯又困在內省之中，不知如何開口時，他才會鼓勵她繼續講下去。

「特別的字？我不知道要講哪一個。」

「妳腦袋現在閃過的那一個。」

顯然她不理會他的提議，因為她開始尋找字彙了。或許，是想剔除掉一些太過私人的單字。或許，是想找個很具代表性的字。

「**Boketto**。」她終於開口說了。

然後沉默。

「當然，**Boketto**，我很常這樣。」

「沒有，妳不曾做過。」

「你怎麼知道？」

安東妮娜忽然意識到這場對話要如何進行下去了，她還得給一個足以瞭解詞彙的意思。

「那是日語，意思是『凝視遠方的時候，無緣無故地感到迷惘。』」

「妳很常這樣。」喬回答，努力不露出笑容。

安東妮娜也試著不笑出來。

「等一下。我想到有一個字你會喜歡了。你猜猜看，我的心裡在想誰。**Backpfeifengesicht**。這是德語。」

「什麼意思？」

「有一張得馬上甩一巴掌的臉。」

他一動不動地，張著大嘴，眼睛直盯著安東妮娜。最後，兩人同時回答：

「曼多。」

兩人放聲大笑。

「現在我懂為什麼妳會愛上這個遊戲了。」

「這不只是個遊戲，還有……別的。但我不知道怎麼解釋。」

那就是個問題。喬思索著。

像安東妮娜這樣的人，她的生活就被關在自己的腦袋裡。她比任何人都更加清楚地感受到那無法辯駁的真理。語言的界限就是世界的界限。一個人即使沒有用這些精確術語可以表達，任何閱讀的愛好者都只是很直觀理解內涵，所以有很多書可以讀。

安東妮娜把這個概念推到極限，學習上百種語言，尋找一個自己語言之中無法找到的表達方式。

喬既不太愛看書，對語言的學習也興致缺缺。他就愛影集，舉大石。因此，以上的一切，他用一個蘇格拉底式的概念總結：

這女孩得要更認識自己一點。

「好的，可能不是玩遊戲，但有可能不局限於一個字嗎？」

「慣用語都可以。」

「什麼？」

「句子也可以。只要是某個語言特有的表達意義就可以了。」

「那樣的話，我有一句話可以表達妳對羅梅羅的感覺。」
「什麼？」安東妮娜把頭傾向他，睜大眼睛，一副十分期待的樣子。
「臭雞巴。」
安東妮娜一時不知如何反應，那句話，太粗暴了。
「怎麼了，妳不喜歡。」
「我不喜歡髒話。」她回答，嘟著嘴巴。「太貧乏了。」
喬翻白眼，這完全是她的偏見。這個女人真該到畢爾包待上一陣子，每天在老街上喝幾輪波特萊爾的紅酒，吃鮭魚配燉彩椒，保證腦袋中的怪念頭全會不見。
「小妞，髒話可是文化的一部分。短短幾個字就能把情緒表達出來。例如，妳現在想想那位羅梅羅局長的樣子。」
他看著安東妮娜，然後她才意識到他認真地要求她想想局長的樣子。
「想像她現在就站在妳面前。現在就說：『妳這個臭……』」
她滿臉通紅，用力搖頭拒絕。
「我不會說出那樣的話。我覺得很丟臉。」
喬靠向對方，碰她身旁的車門，並把門打開。
「妳說，不然就下車。」
她看著他，猜想他的威脅有幾分認真。她發現他很嚴肅。她看向淡淡柚子色的天空，像又要鳴雷一般。她決定不要冒險，放手說說看。
「好吧。」
然後：

「妳這個臭雞巴。」音量說得很小。

說得不到位。喬心想，並搖搖頭。

「大聲點。妳得把話說清楚。不只是在說妳的感受，妳是在畫清界線，築起柏林圍牆，鄭重聲明：『別越線，爛貨。』再說一次。」

安東妮娜以一種要獲得奧斯卡的樣子，深吸一口氣。最終：

「妳這個臭雞巴。」她一字一句說得非常清楚，尤其是巴字很接近怒吼。

喬聽得十分稱心，鼓掌叫好。不過在他內在更開心的事，他覺得自己辦到了什麼事，儘管不清楚是什麼。

「就該這麼做，現在覺得如何？」

「好像抓到感覺了。」

還用你說，心情暢快到像根螢光棒一樣閃閃發光。

但很好，你的確要說出來。

「替妳開心。」喬回答，再次發動車子。突然，他意識到根本沒有目的地。「現在要幹麼？」

安東妮娜的神情再次回到以往的陰沉，現實世界一下子就不再存在那位《窈窕淑女》。

「追蹤錢的流向是我們唯一的選擇。而且那條路是燒不掉的。」

「一切都是為了找到蘿拉·莫雷諾。我開始懷疑她是不是早就被埋了，或者早就被抓到了。」

「我思考過這個問題。俄羅斯人監視她媽媽的美容院，這讓我不禁懷疑他們抓她並不單純只是在制裁瑜利的背叛，背後應該暗藏著其他企圖。」

喬用力抓了一下脖子，他想知道一個人想事情的時候就會抓癢，有沒有字來描述這種無法翻譯的感覺。他沒開口詢問，他不覺得有那樣的字。

「我不知道。有時候事情就是那麼膚淺。」

「沒錯。」她回答得很慢，但肯定。「有時候。」

小妞，我懂在妳的世界裡真正想說的是：不對。但現在妳進到我的世界裡頭，就得要讓妳吃點別的。喬思索，並警覺到自己肚子咕嚕咕嚕響，而這是一件刻不容緩，不容推遲的事。

「先吃午餐，然後妳愛在路上怎麼繞都行。」

「我不餓。」安東妮娜說謊。

「該做的事就得做。」

「有道理。該做的事就得做。」安東妮娜停了約兩秒後回答。

喬轉頭看向她，在看到她的臉前，似乎就明白話中的意思。

「拜託，別擺出那張臉。」

「什麼臉？」

「妳臉上寫著『就算你話中沒有深藏任何涵義，但你的話給了我主意，現在我要開始全心全意想這件事，所以不要跟我說話，我是不會費心向你解釋的。』妳現在的臉真的很令人討厭。」

安東妮娜露出意味深長的微笑，好似證明喬想錯了。不過，那張臉的確是很惱人的。之後，她拿起電話，打給厄瓜朵法醫，唸了一長串她想要的物品。喬雖然聽不見醫生的回答，但語氣聽起來十分倉促，看來打電話的時機並不好。

「還有一件事。」安東妮娜在掛斷電話前又說。「要找個人，幫我查她一切的資料，名字是：**喬爾納亞・母狼**。向國際刑警組織、歐洲刑警組織與俄羅斯聯邦安全局查這位黑狼后。」

沉默了一會，接著回答的語氣一樣倉促。

「我懂。請您盡力調查，後果由我來承擔。」

當時她所發生的事情

在紅皇后計畫的觀察研究的監控室裡，曼多正與一位身穿蘇格蘭格子花紋外套的長者說話。老人年近九十，頭禿，眼花，身體不時微微顫抖，整個外表看起來很糟。若說得更準確一點，他有一隻腳已踏進棺材，另一腳也踏在香蕉皮上準備滑進去。

不過我們可能都活不到他那年紀。他應該是上個世代中最偉大的神經化學專家。假若他不是那麼怪誕，他的名字可能會出現在諾貝爾獎候選人名單上。

「努諾（Nuno）醫生，她還沒準備好開始。」

玻璃的另一邊，是年輕時的安東妮娜·史考特，當時的她還不知道將來自己會失去丈夫，也不曉得自己的孩子會被帶走，此時的她，只是一心一意把所有注意力都放在按邏輯順序排列一系列的數字。在她的頭上戴著電擊器，身上穿的是醫院的袍子。

「她訓練多久了？」

「比任何其他候選人都久，但我還是沒辦法讓她離開舒適區。真的很挫敗。」

「對藥丸的反應如何？」

努諾醫生伸出手，手上一條條明顯的青筋彷彿一場紫色閃電的風暴一樣，拿起曼多遞給他的文件。

「數據顯示反應良好。事實上，是非常優秀。其他的候選人都沒有她的分數高。」

「但我看的不是結果。在她身上運作的效果不是太快，就是太慢。紅色膠囊雖讓她聚精會神，但時間太短。」

努諾清了清嗓子，深吸一口氣。曼多知道接下來他要開始長篇大論了。他真的很想叫保安把他帶到外頭的黑暗小巷子裡，一聲不響地做掉他。事實上，就算真的這麼做了，也沒有人會哀傷的。

「曼多，您知道我們與動物的差別在哪？」

「預知能力？」他不經思索就回答了，因為就算答錯了也沒人在乎。

「有邏輯性的分析能力。看到一地的花瓶碎片，就能知道花瓶原本的模樣，而且是放在櫃子上，從一旁的一顆皮球就知道碎片的肇事者。如果你偏好屍體，也可以把碎片說成是屍塊。」

「說花瓶碎片就行了。請說下去。」

「研究員一直很努力地想從動物身上找到能合理推斷的跡象。我們實驗對象先找黑猩猩和倭黑猩猩。最後，有人突發奇想把觀察對象換成烏鴉，首先把一塊肉放在玻璃試管裡，然後就開始觀察。烏鴉知道得要透過工具才能拿到那塊肉。為了拿到肉，得不讓管子失衡，如此肉塊就不會掉落。」

「說的不就是章魚試驗嗎？」

「當然不是。章魚用觸腳就能拿到食物了。觀察員發現烏鴉為了取得食物，能夠做到改變試管口的位置。」

終於要進入正題了。曼多暗自鼓舞自己。

「人類並不擅長做出理性判斷。我們的人種就是如此，所以大腦結構十分發達，運作複雜，想著尋找各種捷徑。因此，我們常講故事來簡化一些理性的邏輯推理，以此保存各種原理。因此才會出現地平說……」

「政府成立了一個天才智囊團的單位……」曼多表達意見。

「所以你剛才也完美表現出這樣想法有多麼庸俗。我們在這裡所做的事情，已經超越了神經科學領域的範圍了。」

「不必提醒我，我很清楚目的是什麼。」曼多回答。「我只要您協助我突破史考特身上的難關。」

「只要把我的話聽完……」

「我期待您說點有用的。」曼多靠著玻璃，要求。

努諾再次清了清嗓子。「為了證明那些理性判斷的重要性，我要告訴你一個故事。」

在納粹德國，曾經有一家猶太人開的商店。有一天早上店主人到店裡的時候，發現櫥窗上滿是納粹標語，以及寫滿了種族主義的侮辱文字。他花了很大的心力洗淨那些塗鴉，然後才開門營業。但隔天店門口又是一樣的情形。因此，店主決定當天晚上徹夜留守在店裡。當他一看到一群黑衣人，手裡提著油漆罐出現，他便對他們說：

「我給你們十塊錢，請幫我油漆這面櫥窗。」

這群黑衣人很樂意接受這份工資，況且他們本來要做的事可是連一毛錢都沒有。然後，當黑衣人離開後，店主人便開始清洗櫥窗。隔天晚上，他又再次等著他們出現。

「我給你們十塊錢，請幫我油漆這面櫥窗。」

如此周而復始，夜復一夜，一直到最後，他只願意付他們少少的一塊錢油漆費，但那群黑衣人卻拒絕了。他們才不要為那麼少的錢工作！

他們離開，並且再也沒有回來騷擾他了。

「這個理性判斷的故事，告訴了我們什麼事？」

「店主大可在那群納粹不想畫之前，就買張火車票，拿著自己的五十四塊錢，遠走高飛。他最後讓自己被關進了集中營內。」曼多回答。

努諾驚奇地眨了眨眼。

「正確，沒錯，店主理性判斷不足。不過我想說的是，人類很容易被誤導。黑衣人忘了自己真正的目的，他們直接用簡單的結果，用算數代替了理由。」

「這和安東妮娜·史考特有什麼關係？」

「足球明星C羅射門時會做什麼事？他會是在考慮這時要把腳往後抬，舉起手保持平衡，收緊腹肌，背脊挺直？」

「只想著踢進一球。」曼多回答，他已經聽懂努諾要說的道理了。

「這個女子是人類史上驚人的奇蹟。」努諾一邊說，一邊用他那又長又硬又黃的指甲，刮著曼多給他的資料。「如果你沒有引導她，讓她充分發揮潛力，那是因為你在教她用固定模式做定向思維的判斷。」

「拜託，請告訴我該怎麼做才好。」

「您得幫她找到她自己的敘事。」博士回答。「只要她有敘事，就能讓她只想著如何射門的事。」

努諾把手上的文件撕成碎片，拋向天空。

「到時就，砰！」

16 清單

安東妮娜要求厄瓜朵法醫的清單如下：

◆蘿拉・莫雷諾在臉書與 Instagram 社群媒體的追蹤名單，每個人都要有姓名與地址。

◆以及她過去十五天內傳送出去的消息文件，內容包括已被她刪除的消息（平臺其實會永久保留用戶的資料）。

◆進到蘿拉的電子郵件內，特別注意她近日所做的所有活動。

只剩兩個選項：第一個，有人在幫她，所以在她的社交網路應該可以找到資訊。事實上，就算安東妮娜盡全力在這些訊息中尋找，也很有可能一無所獲，但至少她還有第二個選項。

要麼她有某個不為人知的親近朋友，能夠保護她，要麼就是她在街上乞討。安東妮娜暗忖。**那樣的話……**

「我需要您監聽馬拉加地區報警的內容。」

「只要我們結束通話，我馬上就能把音檔傳送過去。現在正在進行數位處理，不過，檔案真的太大了。」

安東妮娜沒有回應。

她右手抖動得越來越厲害，因此她將手塞進大腿和座椅之間，以免喬瞧見。

「史考特？」

對紅膠囊的需求變得十分急迫，需求如浪一樣退去又湧了上來，只是一次比一次更加波濤洶湧，每回都只能直挺挺面對強烈的衝擊。

可能跟受過訓練有關，只要在犯罪現場，或思考案件新的方向時，腦子裡的猴群就會變得更加瘋狂。

此時此刻，安東妮娜腦子轉得太快，身體承受著極大的壓力。

兩頰凹陷，眼袋很重。

今天早上她照鏡子時，幾乎都快認不出自己來了。

她需要一顆紅膠囊，但她硬挺著不屈服。

「能透過關鍵字篩選嗎？」安東妮娜片刻又再次回到對話上，她探問。

「可以，應該可行。想鍵入哪些字嗎？」

「年輕，害羞，偷竊，藥局，當鋪，醫院，超市，食物。任兩組情形出現都行。」

「還有一件事。」安東妮娜在掛斷電話前又說。「我要找個人，幫我查她一切的資料，名字是：**喬爾納亞·母狼**。向國際刑警組織、歐洲刑警組織與俄羅斯聯邦安全局查這位黑狼后。」

喬聽到最後時，不禁挑起眉毛。

俄羅斯聯邦安全局可不會樂意向歐盟分享情資的。

「現在不是擅闖俄羅斯數據庫的好時機。」厄瓜朵表示。「他們一旦發現我們，我就得為此負責。」

「我懂。請您盡力調查，後果由我來承擔。」

蘿拉

女孩曾經十分富足。

她曾對瑜利說過這事。不是在他死掉的那個早晨，不對。失去摯親之前，一定會發生重要關鍵的事情，那些事絕不會隨著摯親離開而消失在世界上。在小說中，父親得把真相告訴兒子，才能在頃刻間心臟病發，或被龍捲風捲走。

真實世界的情況，蘿拉對瑜利說的最後一句話是：

「我要去購物了。」

瑜利遠遠地對她說了幾句難以理解的話。因為當時他人在客房的廁所裡拉肚子，所以蘿拉不准他用臥房的浴室。

這就是全部，既沒有深情的吻別，也沒有說「我愛你。」

事後看來，瑜利的謀殺案似乎是可以避免的。不過，預測過去本來就很容易，就像每個經濟學家、專欄作家與家裡的姊夫一樣，個個都愛表現得像料事如神一樣，把昨日的標題補上一句「早知如此」。

不過，那是因為蘿拉時常提醒瑜利。

「該有的都有了，你還想要什麼？」

瑜利不曾回應過。

什麼是一個什麼都有的人，還想要的呢？

跟大家一樣，就是要得到更多。

蘿拉的知足也非始終如一，而是偶爾想到才會表現出來，就像學英文，節食或上健身房的運動，都是一時興起才會做的事。這些上進的態度有九成五都會落在「明日」的行程裡，所以實際上，蘿拉並不是非得要瑜利如此不可。

蘿拉的天真，就在於相信自己愛上了他，或許算是真的愛上了，反正關於愛情，以為自己戀愛了與真的戀愛了，兩者是沒有差別的。

蘿拉以為自己戀愛了，以為他們的人生會有所不同。或許，也許就是為什麼她把避孕藥扔進垃圾桶，然後用一根細針刺穿屋裡每一個避孕套，因為她不知不覺就是想懷孕。

她懷上了。以為瑜利會為此興奮許久。

當然很開心，只是他是個不懂表露情緒的混蛋，做事從不會把她考慮在內，每件事都以為是個好主意。

此刻的蘿拉，她其實也變得和他相似了。

貪婪，永遠不滿足，最終成為蘿拉受到迫害和威脅的原因，但這同樣也能是救她的關鍵。這並非意味尋找生活中的諷刺的隱喻，因為那太容易了。真的很諷刺。

午后，時間過了七點，太陽正沉睡在大海的搖籃裡。蘿拉從堡安奎街往下走，抵達拉蒙與卡哈大道上，接著左轉，走過三家手機店後，到了艾迪・古謝夫（Edik Gusev）的店門口。

外頭招牌名稱是「套現」，但大家都曉得裡頭真正的營業項目是什麼。古謝夫是個收購贓物的爛人。他這兩種身分都表現得相當傑出。瑜利跟他也很熟，但稱不上是朋友。瑜利待他親切，但不親密。就算是瑜利（常會在街上招呼幾個講俄語的社會敗類）都把古謝夫視為惡毒的人，必定糟透才會跟他有掛鉤。

開門聲伴隨著一聲「叮咚」的音效，一點都不引人注意。蘿拉眼睛掃過烤吐司機，「**半新！**」。咖啡機，「**二手！**」。甚至在一臺CD燒錄機旁，十分樂觀地寫著：「**機會難得！**」

此時，古謝夫走出來。花了幾秒才認出她。蘿拉素顏好幾天了，而且頭髮又油又髒，黑眼圈很重。

「很高興見到您，沃羅寧夫人。」他遲疑了幾秒才說。「您真是美出另一種高度了。」

古謝夫身材矮胖，那張臉像之前做過射擊場上的箭靶，有很多坑洞、膿皰。

「您好，古謝夫。」

兩人注視著彼此，頓了幾秒。蘿拉知道他已經同意自己未預約就擅自進到店裡。

「我們在您丈夫的葬禮上很想念您。」

「我不可能到場的。」

「到場人數很多，沒人缺席。」

蘿拉不想要再閒聊下去了，古謝夫該做的就是通告奧爾洛夫，說他見到了她。或許，這事還能讓他獲得額外的獎賞。不過，古謝夫不是個笨蛋，而且他知道蘿拉也懂。所以倘若不夠吸引人，他就不會冒險。

「突然……訪，有什麼要效勞的事嗎？」

古謝夫的西班牙語雖然有些小錯誤，但已經講得比很多西班牙人都要好。他講得很小聲，言語間透露著令人不快的感覺。

「我得快點變賣一樣東西。」

「請拿出來看看。」

「這裡不行。」蘿拉回答，並側身看著街道。

古謝夫點頭，走到門邊，鎖門並把關門的牌子向外翻。

「跟我來。」

店的後面是一個狹窄的房間，四處擺放著盒子，四周也裝上幾臺監視器，大小總共是四平方公尺，不過雜物很多，有娃娃、手錶零件、圓珠筆芯，以及沒人想玩的舊款電動遊戲。

蘿拉非常清楚，古謝夫的倉庫在別處，在讓人無法窺探的地方。他真的生意在晚上才開始，什麼都買，什麼賣。真的什麼都不挑。

「他連小孩的肝都賣過。」瑜利曾經在酒吧裡吃東西時，說過這件事。

「你少騙人了。」

瑜利無所謂地聳聳肩，繼續吃著炸培根。

蘿拉當時不相信這事，不過現在她信了。一個密閉空間裡，會讓人開始相信很多世界的黑暗面，尤其是她現在離古謝夫非常近。

「請拿出來給我瞧瞧。」古謝夫帶點不安的口吻要求。

蘿拉蹲下，就像在綁鞋帶一樣，但她實際上是在解開腳踝上的手鐲，她套在腳上，是因為那是她的全部了。

那只手鐲是瑜利送她的禮物，因為她時常抱怨自己的粉金手鐲，搭什麼都不配。而瑜利就傻笑著，為她買副手鐲，一個她根本不需要的手鐲，一個荒謬的浪費，一個被寵壞的孩子的心血來潮。

現在就成了她的救命物。

這也是她唯一擁有瑜利的一樣東西了。

任何情況下，她都不想和手鐲分開。

首先，因為沒人想買一個沒有證明書的東西。其次，因為手鐲是她的貼身物品。就算亟需錢的當下，她仍瘋狂得不想賣掉，可是辰亞並不接受把此當成預付款。她實在是走投無路了。

她把手鐲交給古謝夫。

他把手鐲放在光下照射，鑑賞著。半閉著一隻眼，嘴裡唸著商品的優點。

「這是高級鑽石首飾，戴比爾斯品牌的飾品。18K白金，鑲嵌三十顆鑽石，價錢大約……」

「兩萬五千歐元。我知道，這是我丈夫送的禮物。這個東西就算買給自己都覺得對自己太好了。」

他放在手指上轉了幾圈。

「可能價錢還會再高一點，狀態保存得很好。今年鑽石價格漲了許多。」

蘿拉雖然感覺古謝夫並沒有要砍低珠寶的價錢，但她仍然無法鬆一口氣。

「我需要五千歐元，如此而已。給我錢，手鐲就是您的。這生意不虧本。」

古謝夫微笑，他把手放在襯衫上擦拭，那件衣服已稱不上是白色的了，上頭沾滿了男性的精液。

「沃羅寧夫人，恐怕我無法付這筆錢。」

蘿拉臉上的笑容瞬間消失。

「多少……？您願意付多少？」

「一毛都不會付。」古謝夫搖晃手指，回答。

「好吧。」蘿拉說，伸手想要拿回手鐲。「我再找其他地方。」

古謝夫笑得更加誇張了，他那一口潔白的牙齒都露了出來。雖然牙齒看起來十分健康，但感覺卻更為詭異，更符合一個沉溺在卑鄙下流手段的爛人。

「您還不懂，」他轉身在抽屜裡翻找東西。「手鐲是我的，而且我不打算付錢。」

他從抽屜裡拿出一把槍，對準蘿拉的頭部。蘿拉害怕地往後退了一步，背部靠向堆滿箱子的架子上。

「請不要這麼做。這……很沒有道義。我們不是陌生人，瑜利也曾在您需要時幫助過您。」

「您又錯了。我這麼做，因為我有權這麼做。還有別跟我提那位白痴。他是個背叛者，我本來就能隨便處置您了。事實上……」

古謝夫細瘦的手臂把蘿拉扭過身去。一隻手把槍抵在她的臀部上，另一手拉下褲頭的拉鍊。

蘿拉只有尖叫，但沒有哭泣，她不想哀求，她無處可逃。

他的手指想辦法解開褲子的扣子時，扣子卻被內褲的鬆緊帶纏住了。他硬扯掉褲子時，指甲刮傷了她的身體，蘿拉感覺到皮膚隱隱刺痛，這讓她開始喘不過氣來。

古謝夫努力脫掉自己的褲子。兩人都是站著，而蘿拉高出他一顆頭，因此要插入是不可能的，況且他的陰莖還很軟。

「如果知道妳要來，我會先吞幾顆，再來讓妳享受一番。」古謝夫說，並且同時不斷用他鬆垮的身體，摩擦她的大腿。「妳跟妳先生總以為比大家都高一等，對吧？現在你們什麼都不是。」

他抓住蘿拉的頭髮，把她拖到門邊。

「快跑啊，賤貨，快逃。或許我不會告訴奧爾洛夫，畢竟發生這種事，就像妳說的……太不道義了。」

錄音檔 06 十個月前

貝爾格拉諾副警官：「我們給你太多時間了，現在沒時間讓你耗下去了。」

瑜利：「請再給我一點時間。」

羅梅羅局長：「太遲了，沃羅寧。我們說過了，明天我們就要把證據送給檢調。對您不利的證據早就足夠抓您了。」

蘿拉：「我說了，我可以幫忙。」

副警官：「太太，您說會給點內幕，但我們只收到垃圾。」

蘿拉：「您們想要的，我們也幫不上忙。只要是別的都行。」

（翻紙的聲音）

（暫停四十一秒）

局長：「這些全都缺日期和船名。」

蘿拉：「我會補上。我得知道我們不會跟這事有關。」

副警官：「太太，如果您想丟坨屎來就沒事，那實在太天真了。」

瑜利：「總共四百公斤。」

副警官：「那只是大麻，沒人鳥大麻。」

局長：「貝爾格拉諾，請注意自己的言辭。」

蘿拉：「局長大人，共四百公斤，有一個很大的毒窟，全是摩洛哥那群壞人在操作。」

局長：「莫雷諾太太，那艘船就當成是起點，我收下。當作您們有合作的意願。數量並不重要，我們在乎的是內容。」

蘿拉：「什麼才是重要的？」

局長：「就算我們明天搜獲六噸大麻，中央新聞頂多報六秒。」

副警官：「而且有半數的人覺得無所謂，還會說：『應該要合法化才對。』說得好像那些爛東西真有什麼好處一樣。」

蘿拉：「所以呢？」

局長：「我們要海洛因，古柯鹼。」

副警官：「別再拿大麻了，那太小兒科了。」

瑜利：「我保證會給……」

局長：「我們也懂摩洛哥那群罪犯手段有多殘暴與惡毒，但頭條新聞就是不買他們的帳。」

副警官：「俄羅斯人，那才養眼。」

局長：「您要麼就直接讓我們抓到奧爾洛夫，不然就分批送點什麼過來。」

蘿拉：「您要我們替您做事。」

局長：「我只是在淨灘，掃掉沙灘上的垃圾。但問題是，莫雷諾太太，這其實無關我的意願。只是若您們不照做，我會讓您們吃不完兜著走。」

蘿拉

從前從前有個女孩，她勉強才從骯髒噁心的食人魔手中逃脫。

蘿拉走到街頭，街燈昏暗，光線飄忽不定，她站在其中，衣服破破爛爛的，運動衫的領口已被淚水浸溼。人看起來十分虛無，彷彿要隱沒在黑夜中。她邊走邊扣上褲子的扣子，走得跌跌撞撞（她一點都沒有注意到自己內褲捲在臀部中間）。她幾乎沒能感覺到自己的腳是否踩在地上，她整個人輕飄飄的。有個婦人走過來關心她，但聲波在到達她的耳朵之前，就消失了。

一切都不是真的。

什麼都沒有發生。

蘿拉覺得自己只是被一根像棉花糖一樣又細又脆的線綁在地上，但只要有一陣風吹過，就會完全與她脫鉤。她會飄升起來，如同蒲公英隨風而逝。

一切都不是真的。

不該奪走我唯一的希望。這樣不對。

蘿拉是個永遠知道該做什麼事的人。她內心一直都像是墓地上的土壤，冷漠艱澀。她從小做事都要照著計畫，一旦沒有計畫，她就會不知所措。或許，正因如此，她失魂落魄，不知道自己在幹什麼，步履蹣跚地走進街邊的餐廳。二月份的這個時間點，只有幾個無聊的領退休金的老人在。她走到第一張桌子，拿走一把刀。

「太太，太太。」

她就像聽不到街上那婦人的話一樣，也聽不見服務生的叫喊。

「太太！」

服務生第一時間並沒有跟在她身後，因為他正在送餐（沙拉、炸魷魚）。當他追上蘿拉時，他看見她打開「套現」的店門。服務生便停下腳步，盯著她走進去，直覺地認為（當然，他是哲學系畢業的）最好報警。

一切都不困難，不就是在圖一條命，不然就圖個痛快。蘿拉想著，直接衝進店後，撲向毫無戒心的古謝夫身上。

她衝進去的時候，他正忙著看螢幕，摸索著自己的胯下。蘿拉看不到他在做的事，她只是用力把刀插進他的手臂與後背之間，並不斷磨蹭。那把刀就只是那種拿來切牛排的小刀，所以如果真的想要切斷東西，一刀下去還得要來回刮幾次，才能割破那沾滿精液的白襯衫，再切進古謝夫的皮膚裡。

第二刀，她刺進他的肩胛骨，刀尖有些彎曲，所以刀片切出骨骼和肌肉之間的縫隙上，撕裂約六釐米的傷口。他的喉嚨發出一聲痛苦的哀號。接著，她拔出刀時，彎曲刀尖又順勢切斷了幾條肌肉纖維。

第三刀，她插到了椅背。

第四刀，她劃到了自己的手臂上，因為古謝夫突然撲了過去。兩人同時在地上翻滾了幾圈，此時蘿拉發現古謝夫的尿液灑在她身上，那個當下她才第一次真正感覺到無情與殘酷。

她內心還有一股恨要發洩出來，她把刀刺進古謝夫離肚臍很近的肥厚肚子裡。蘿拉看得出古謝夫眼神中的意思，因為那道神情幾分鐘前才出現在她臉上而已。

「我已經通知奧爾洛夫了。Suka（註17），賤貨，妳死定妳，臭婊子。」

蘿拉起身，握著自己受傷的手臂，但當她捲起袖子，發現那一刀幾乎沒有割破皮膚，只是隱隱作痛，沒有立即的危險。

相反的，古謝夫就沒有那麼幸運。一把刀直挺挺地插在他的肚子上，就像阿姆斯壯插在月球表面上的美國國旗一樣。他抓住刀，想拔出來，但肉體再次遭受刀面三角鋸齒的切割，痛得讓他再次發出吼叫。傷口的邊緣滲出鮮血，往下流淌，迅速染紅了整件白衫。

「是我就不會把刀抽出來。你沒看電視嗎？刀子抽出來後，你就會失血身亡。」蘿拉告誡他。

她拿回桌上的手鐲，放進口袋中，然後取出放在抽屜裡的手槍指著古謝夫，跨過倒在地上呻吟的他，四處翻找了一會。

「保險箱在哪？」

他一定有很多現金，那可是他的生財工具，但古謝夫卻不打算配合。

註17 Suka是俄語中問候別人母親的三個字的粗話。

「妳連槍膛都不會開，賤貨。」

蘿拉把槍翻面，研究了幾秒，最終覺得在天平上的槓桿應該是她要找的東西，她慢慢的推了一下，聽到正解「咔」一聲。她對準古謝夫的臉之後，又聽見他發出驚慌的**呃**聲。

「謝謝提醒。保險箱。」

「我什麼都不會講的。」

蘿拉抬起右腿，鞋尖稍稍碰了一下刀柄，立即爆出嘶吼。

「這事我能做一整天。」

當然，她做不到。事實上她覺得自己快要昏過去了，口乾舌燥到她根本無法開口講話。她得快點注射胰島素才行。況且這頭豬已經通知奧爾洛夫了，而且服務生應該也報警了。她早就該走了。

但不行，她沒有胰島素，也沒錢買，沒錢付給辰亞。這個龜兒子現在也痛到命根子了，所以沒拿到自己要的，絕對不能走，最糟也只是坐進警車內。

也可能是靈車。蘿拉想著，並再次把腳抬起。

「我說，我說。就在後面。」古謝夫把手指向櫃子後方。

蘿拉移開櫃子上老電影的錄影帶後，便看見了保險櫃，但要密碼解鎖。所以，她踹了古謝夫的助骨三下後，才得到了數字。

對蘿拉而言，每一分鐘都是很寶貴的，因為她可能為了這幾秒而付出極大的代價。

打開保險櫃的門後，一股土味衝向蘿拉的臉。

土味的罪魁禍首，就是在架子的一堆文件上，有一袋網球大小的古柯鹼袋，底部有用橡皮筋捆綁著五十歐元的鈔票。

橡皮筋和紙鈔間夾著幾張紙條，上面手寫標記寫上每捆紙的數量。

蘿拉一邊把錢塞進口袋內，一邊享受地聽著古謝夫痛苦的呻吟。搶劫古謝夫似乎比拿刀刺進他的肚子，更讓他痛心。

「妳死定了，臭婊子。」他不斷虛弱地重複著同一句話。他看起來就快昏了過去，壓住肚子上的力道也越來越小。

他不斷地失去更多的鮮血。

損失慘重。蘿拉邊想著，邊走向門口。

當她右腳才剛踏進店內，那一刻一名警察也剛好出現在店門口。一個高大又留著絡腮鬍的疲憊男子，一隻手撐在皮帶口上。當他從玻璃反射中看到蘿拉手拿著槍，他那張疲勞的臉瞬間就變成戒備狀態。

那一刻古謝夫還是躺在地上，但他決定要出手抓住蘿拉的左腳踝。基本上，他根本手無縛雞之力，所以蘿拉只是稍稍踉蹌了一下，但這也嚇到她了，身體抖了一下，右手指反射性縮緊。

砰！

槍口朝著警察，子彈擦過他的頭部，店門的玻璃碎了一地。警察雖然有點娘娘腔地失聲叫了出來，但他快速閃過去了。不過，這是三秒內所發生的事情，任誰在那種情況下都無法表現出陽剛的。

蘿拉靠向牆邊，撐住自己，把槍口對準古謝夫（他看起來已經昏過去了），然後她不解地看向自己手上那把槍。

警車上閃爍的藍燈不斷映在她眼眸，耳邊響起外頭的喧鬧。

媽——的。

17 大道

「最終，還是現身了。」喬下車，並說話。

「這事是你說的。」安東妮娜回答，並跟他一起走向警戒線。「該做的事就得做。」

喬與安東妮娜遲了約半小時，才出現在熱鬧的案發現場。通知他們蘿拉所在位置的人不是局長。可能是因為當時局長很忙，她得發號施令：切斷拉蒙與卡哈大道的交通，並周旋於警車與貨車之間，還有安排六個警員全副武裝，把槍口全都對準在三呎外的櫥窗。

安東妮娜一收到厄瓜朵發送一一二的報警系統檔案到她的 iPad 上時，她就會很專注分析內容。她的直覺都不會是無來由的，常常很準。那種直覺就是讓警察躲過蘿拉的那顆子彈。運氣跟命運常常是緊緊相連的。

誰都沒有通知他們到場。這便激起喬的勝負欲，而這從他彷彿要踩破柏油路面的強勁步伐，以及一臉氣勢凌人的模樣，便可以看出來了。不過，在有人質的情況下，並不適合表現得那麼誇張，更何況在場的，還有數十名住在附近的退休人士，他們正從自家的陽臺上用手機拍攝過程，而且與此同時，貨車上的擴音器不斷放送，請求大家關緊門窗，回到屋內。電波持續劈啪響，宣告這是一則警察總署的速報，電波持續劈啪響，持槍歹徒開了一槍。

人類真的很白痴。喬想著，並覺得自己說得一點都沒錯。

當貝爾格拉諾與局長見到安東妮娜與喬時，臉像勞改營裡的人一樣，非常「親切」。

「誰通知您們的？」副警官發問。

「在社交媒體上看見的。」喬回答。

「這裡沒有您們的事。」局長下令。「我們已經知道嫌犯的位置了。」

「嫌犯叫蘿拉・莫雷諾，一名家庭主婦。她是恐怖分子嗎？」喬詢問，並把手指向那群躲在車後，拿槍指著前方的警察。

「她有槍，而且對一名警員開槍。他是去處理民眾的報警。她把自己關在店內，威脅槍殺店主。」副警官查看了一下手上的資料。「他叫艾迪・古謝夫，有西班牙居留證的俄羅斯市民。」

「我們很感謝您們到場幫忙，不過這裡我們可以自己處理。」局長語氣十分冰冷。她準備在制服外穿上防彈背心。

「局長，我們很希望能觀摩逮捕的過程。」安東妮娜很客氣地表示。「當然，這還是要您同意才行。」

羅梅羅驚訝地看向安東妮娜。她原本以為她會抗議，沒想到卻表現得如此謙虛。由於她同時有太多事要考慮，而且在眾目睽睽下，她也不好拒絕。

「請不要過多干涉。」

喬與安東妮娜往後走幾步。

「看來我教你的公民課還滿有用的。」

「此刻不是發表個人想法的時候。我們最好待在這裡，看看有什麼需要幫助的事。現在，情勢太緊繃了。」安東妮娜回答，環顧四周焦躁的氣氛。

警方個個都很緊張，槍全都上膛了，似乎非開火不可，看來交戰是必定的，而且絕不會只開一槍示意。原本開槍的沉重感，在群體中被稀釋了。裡頭有個女人對同事開槍，同事受了驚嚇而送往醫院。其實這是最普遍的情況，只是電影不這麼上演罷了。焦慮並不會隨著救護車的消失而變淡，反而會留在現場的同事身上，他們的不安會倍增，盤繞在背脊上，毒氣隨著呼吸滲透蔓延到肺部，掠過心臟，壓迫食指扣下扳機。

「得讓她離開那裡。」喬說。

「她已經朝一個警察開槍。」安東妮娜說。「如果她不能屈服，那麼很快就只有一個下場。」

蘿拉

從前從前有一個女孩，因為別人的惡毒，而落入陷阱。

蘿拉背靠著店後方的架子。古謝夫昏厥中，呼吸極為緩慢。空氣中瀰漫著血尿的腥臭，飄散著一股頹敗的氣息。

「雙手高舉，出來。」聲音從擴音器高聲放送。

「少煩我，通通滾開！」

頭痛欲裂，脹痛從左眼後方延伸到太陽穴的位置，就如同有根鉗子在頭殼裡攪動。

非常口渴。口水跟膠水一樣黏稠。喉嚨像在陽光下晒乾的舊皮革，喝水的慾望變得迫切而絕望。古謝夫的辦公室內只有一小罐水，裡頭的水十分稀薄。儘管她對喝到那爛人的口水，覺得十分討厭，但蘿拉不得不滿足人類原始的需求。她將瓶子平放，讓珍貴的水落在她的舌頭上。這種短暫而沒有多大效果的救濟，讓她只覺得噁心。

蘿拉從瓶口看到瓶底，彷彿如此做就能奇蹟地把水變出來，但她唯一看到的，就只是垂死的古謝夫變得六倍大。

蘿拉負氣地把瓶子丟到古謝夫的胸上，瓶子從他身上滑到下顎，在那裡停留片刻後，才掉落到地面上。

我會死在這裡。

我會和這頭噁心的豬頭一起葬送生命在此。

隨著血液中的葡萄糖不斷增高，高血糖症的症狀越來越明顯。她很虛弱，意識不清，視線模糊。肚子更加突出，與懷孕沒有什麼關係。

太渴了。

她有錢能買很多胰島素了，但卻無處可花。她想著四周的商店，到處都有罐裝水和冷飲。她想著能穿牆的水管，但她卻觸碰不到。

這裡是我的葬身之地。

或許我該投降，自作自受。

她的手裡仍緊握著手槍（一切的惡夢都始於此）。有一瞬間，她想開槍了結自己，但她不禁笑了起來。她的笑聲非常尖銳刺耳，就像犯人刑滿出獄的笑聲。那種笑聲帶著蠻橫，硬生生穿過四周堆滿的果汁機、用過的內褲與壞掉的除溼機，從架子上蹦出來。這裡所有的東西都只是社會上的廢物被消費後，沒用卻拒絕死去。

我絕不會像優格機一樣葬身在此。

活下去。原本是每天命定的事，絕不是難事。

最好是知道該怎麼活下去。

那時，電話響起。

魯莽的鈴聲突然衝出來，在瀰漫著灰塵、古柯鹼與血尿氣味中，直接侵占四面牆壁之間所散發的所有頹喪氣息。

蘿拉嚇了一大跳，她厭惡地盯著電話，就像是在雞蛋中看見了蠍子一樣，只想任鈴聲響起到斷掉。然而，又再次響起。

她伸出手，膽怯地拿起手機，謹慎地靠到耳邊，彷彿武裝刑警或奧爾洛夫派來的殺手，會衝破話筒出現。

「聽好了。」一名女性的聲音。「說俄語嗎？」

「一點點。」

「照我說的做。拿著槍。Ponimayesh？」

Ponimayesh 是瞭解的意思。蘿拉聽得懂，但無法理解。

「妳是誰？」

「沒時間。妳要活？想活？」

蘿拉深吸一口氣。**是的，非常想活下去**。她在心裡回答。

「照我的話做。」

18 出口

羅梅羅對她的下屬發號施令。車子直接橫放在馬路的中間。路很寬，古謝夫店門前方，空無一物的人行道上唯一的障礙物，就是有六棵樹。轉角的餐廳已經清空，漆黑一片，電信公司也關門好一陣子了。四周只有「套現」亮著。

「談判人員在哪？」

「人在加的斯城處理一起性騷擾案。」貝爾格拉諾回報。「總部回覆約三個小時後才能趕到。」

「三個小時。」羅梅羅不悅地重複。「三個小時，那位專家就只是來清大便。」

喬穿上防彈背心，他也「順利」讓安東妮娜穿上一件。在場只有他們和局長，以及副警官等四人穿上背心，其他人因缺乏預算，所以很神奇地就不穿了。喬在幾個月前，才看過一次攻堅行動，警察進入哥倫比亞人的毒品加工廠，在裡頭發生衝突。過程中，毒販人人身穿防彈背心，拿著阿瑪萊特AR—15型步槍，但警察一身輕便，帶著手槍就上門了。

那次沒人身亡。

只是問題依舊。

「我們該怎麼辦？」副警官問。

「不可能等三個小時。我們自己把嫌犯趕出來。」

「根本不必要。」安東妮娜回答。「她要出來了。」

「局長，有動靜。」躲在巡邏車後面的其中一個警察大叫。

門口出現一道陰影。

「不要射擊。重複，不要射擊。」局長說。「不要輕舉妄動，好嗎？」

「雙手高舉，慢慢走出來！」副警官用擴音器大聲警告。擴音器讓他那帶著濃濃南部腔的話，聽起來更含糊，大大降低了原本該有的嚇阻氣勢。當然，這對瞄準的槍管還是一道很正經的指令。

「我要出去了！」有個聲音回答。聲線甜美，但帶點沙啞、恐懼與感性。「拜託，別開槍。」

蘿拉整個人真的看起來非常糟糕。頭髮凌亂，很重的黑眼圈，雙唇乾裂。皮膚在熾熱車燈照射下，顯得更加乾枯，影子打在商店的牆壁上，切成了上下兩道黑影。

還是個美女。喬自忖。他是在場唯一一個沒有伸手碰槍的人。副警官左手拿著大聲公，而右手摸著在皮帶的槍套上。

「她不具威脅性。」安東妮娜告知。「請勿開槍。」

蘿拉用食指與大拇指拿著槍，雙臂高舉，弓背，緩步走出店門口。

「莫雷諾女士，」擴音器喊。「請丟掉手上的武器。」

「那是個意外！」

「女士，請馬上丟掉手上的武器。這是最後一次警告。」

蘿拉睜大眼睛，害怕地看著他們。她在找他們之中某個東西，她的眼睛從一邊移向另一邊，並等著。

「有點不對勁。」安東妮娜說。

她還是一直站著，然後慢慢蹲下去，讓她的體積縮小許多。

有一隻手勾住了喬的防彈背心邊緣，讓他跟著蹲下去。

「女士，我說最後一次。丟掉武器。」副警官又說了一次，徹底毀了剛才建立的威信。

「是個意外，我發誓真的不是故意的。請放我走。」蘿拉邊說邊啜泣。

她往右走了一步，離店門口更遠了一些。

「女士，不要動。請丟掉武器！」

局長拿起對講機，按下通話鈕。

「勇士一號，允許對空鳴槍。」

「不行！」安東妮娜試圖加入對話，但他拉住了她的腰帶。

「勇士一號，聽得到嗎？」

雜訊。

無聲。

「索列（Soler），搞什麼鬼？」局長又說了一次，不停反覆按對講機的通話鈕。

「叫妳的人走。」有個女人回答。局長從耳機聽到了這個聲音，副警官的耳機與六個警察的耳機也全都聽見了。

「這是警察專用頻道。」局長不屑地回答。「請離開，不然……」

「叫妳的人走。我用這個頻道。」

警察面面相覷，一副無法理解的樣子。局長和副警官彼此交換了眼神。

「誰在講話？索列去哪了？」

局長向副警官點點頭。副警官隨即丟下手上的擴音器，示意一個在車後的警察。

「好傢伙，你別動。」

「聽著，我不知道您是誰，但……」

「右輪。」所有人的耳機都聽到她的話。

子彈以每秒八公里的速度射向雪鐵龍C4車款的輪胎，瞬間就爆裂，而槍聲甚至都還沒傳到聚集在「套現」店門口外的警察耳裡。只不是聲音一旦被聽見，已經與車輪爆炸聲融在一起，變得震耳欲聾。巡邏警車翻覆到一邊，與此同時，所有警察全都趴倒在地，一邊尋找著槍聲的來源，一邊盡快找到保護自己的障礙物。

喬也同樣撲倒在地，只不過他的身體把安東妮娜壓在下方。而她正在努力翻身，探出頭來。

「那裡，在上面。」安東妮娜說，並指向大家身後的屋頂。

局長知道射手在哪裡，因為那裡就是索列工作的地方，最佳射擊位置。那人攻擊大家的槍，就是索列手上拿的PSG1狙擊步槍。索列雖然才二十四歲，但十分擅長使用武器，能在六百公尺遠的位置擊中西瓜。說得確切一點，是能夠讓西瓜四分五裂，因為狙擊步槍是七・六二口徑的彈藥，所以子彈足以穿過五公分厚的水泥塊。

太陽海岸的防護設備能用上那麼好的武器，是一項大勝利。那是局長不斷堅持向馬德里中央要求的成果。一般而言，這類型的精密狙擊步槍，只有特別維安小組或是像畢爾包或巴塞隆納等大都會區才會擁有。**要拿一樣的武器，才叫打仗**。這是槍械送到警局時，局長的發言。喧騰一時。

此刻喧囂少了一點。

「你們得想辦法上到索列那裡。」局長趴在路上，面對副警官下令。

副警官趴在地上，往貨車的方向匍匐前進，但還沒爬多遠，對講機再次傳來。

「大車左輪。小車後輪。」

爆炸聲立即響起，整個拉蒙與卡哈大道上都在轟鳴。警戒線邊上圍觀群眾、記者，以及陽臺上悻悻然的退休老人，也全都逃開來，消散不見。爆裂的汽車輪胎屍骨無存，噸位較大的貨車輪胎四分五裂，黑色橡膠到處飛散。

「局長，嫌犯逃走了。」其中一名警員通知，他從警車的車底發現蘿拉的腳正在逃離他們。

「逮捕她。」羅梅羅下令。

警員準備動作，拿起手槍。

子彈從後方射中他的左大腿。衝擊力道很大，射穿他骨盆腔內三根骨頭。地面散落一地的骨頭碎片，對比柏油路的黑，鮮血的紅，碎骨就像隨機投擲的白色骰子。

第四次爆炸聲消失後，有片刻寂靜無聲，但無法安心。驚恐仍凍結在每個人的臉上，那是一種勇者被扇耳光後的震驚，獵人成為獵物的慌張。

搞砸了。喬總結。

一名受傷警官打破寂靜，痛得不斷哀號。他試圖用雙手抓住自己斷掉的腿。另一名警員跑向他，解下腰帶，繫在他的腿上，紮了一個止血帶。

「別動。」對講機重述一次。

與此同時，蘿拉已經走到街角。但當她到那裡時，卻發現電視臺的攝影機堵在街角邊上。攝影機與記者兩人全盯著她看。蘿拉對空鳴了兩槍，攝影機與記者瞬間就逃走了。

蘿拉也是。她頭也不回地跑進了一旁的公園內。

與此同時，局長的臉貼著柏油路，咬牙切齒，攥緊拳頭，滿腔怒火。她所有的克制力與僧侶般的節制能力，現在全都用在強迫自己貼緊地面，壓抑住拿槍反擊回去的衝動。

「多少顆子彈？」安東妮娜低聲詢問，至少她已經讓自己從那一百一十公斤的畢爾包人身上探出頭了。

「什麼！」

「彈匣有幾顆子彈？」安東妮娜又問了一次。

羅梅羅努力回想，卻想不起來。她的部屬在地上打滾的哀號聲，讓她無法專心思考。那人是巴斯克人，家裡有老婆和一個兩歲的女兒，她們曾到過警局看爸爸工作的樣子，認識自己的父親如何抓壞人。

「型號，說型號。」安東妮娜再問了一次。

「PSG1。」羅梅羅脫口而出。她可是為此填滿了十三張申請表，所以一點都不可能會忘記。

「那就是五發子彈，她已經射了四發了。」安東妮娜回答。

她在喬的小腿上踢了一下，使他鬆開抓住她的手臂，她從左邊滾過去，站了起來。

子彈立即在她站起來的一秒鐘，劃過她，射進巡邏車的車門上，在金色的線條上炸出了一個圓圓的洞。

「五發。」安東妮娜吐了一口大氣，說。

羅梅羅終於反應過來了。

「她得再裝彈匣！快動起來！」

得走了。

她從來就沒用過PSG1，但讀過這支步槍的效能，是一支具有強大威力的武器。是德國人設計的。在慕尼黑慘案後，他們設計出這款步槍，好在遠距離狙擊武裝敵人。

遺憾的是，無法非常迅速地裝彈匣。那矮小的女人嚇了她一大跳，她沒想到有人會突然起身，而受過訓練的身體出於本能，便扣下扳機，所以彈匣也就空了。她退到屋頂後方，跨過昏迷警察，蹲下身子，開始更換彈匣。

她懂規矩，不殺警察。她輕而易舉便接近到這個警察身邊，但是小小教訓一下，目的僅為了讓他不妨礙自己的任務。

人逃不久的，更別說殺了警察之後。

她能聽到電波通訊的內容，瞭解他們行動模式，但不能全都聽懂。所以，她扯掉耳機，丟到地上。大樓的電梯已經被她弄故障了，所以爬六層樓到屋頂約要花四十秒，另外再花七秒破壞頂樓的大門，她已經用電纜線鎖上那裡了。

這些時間正好供她順利逃脫。

屆時，她人就已經跑在大樓的西牆邊上，從自己預先放置的繩索和鉤子往下滑。那兩樣東西是在兩條街外的體育用品店裡買的，總價不到四十歐。假如警察查看那裡的監視器畫面，她的外貌就會曝光，所以不算是個理想的解決方案。但她實在不得不即興發揮。奧爾洛夫發到手機上的訊息，就只有一行地址。

騎摩托車六分鐘。

她只花了三分鐘。

無論如何，蘿拉・莫雷諾不能落入警察手中。她先解決掉她，之後警方要幹麼都可以。

她戴上安全帽和手套。她只夠時間檢查鋼鉤的狀況，沒空再看登山扣、安全帶的情況，她快速地把繩子繞過一條大腿後方，再拉到胸前，並固定在肩膀後方，然後就開始往下降。有些技能從上世紀就被棄置不用，是有其道理的。這個方法摩擦力太大了，要能好好操控技術，最好是穿皮衣和皮褲，但就算如此，她還有脊椎的問題。所以，每跳下一步，就會產生劇烈的疼痛。她真的是咬緊牙根苦撐，腿用力使勁往外蹬的同時，手就鬆開繩索。然而，當她慢慢接近建築物底部，她的靴子只能稍稍碰到大門時，她如果沒有做出很大的屈膝動作，就無法用力蹬起，但如此一來，她的脊椎也開始像受到鞭笞一樣，電擊的刺麻感使她失聲叫了起來。在離地三呎高的地方，她感覺自己要吐了。她沒有真的嘔出來也算是奇蹟了。接著，她聽到警察在頂樓的叫喊聲，但應該還沒有發現她的位置。

她的手臂在最後倒數第二次往外蹬時，沒抓好，疼痛讓她失了力量，身子悠轉了一圈，身體與繩子交纏，就像一個笨手笨腳玩溜溜球的小孩。

在腎上腺素爆發下，她克服背部的疼痛，直接翻了個身，讓自己身體緊貼門面，屋頂上的警察幾乎看不見她的存在。

摩托車就在附近，垃圾箱的後方。

只差一點點，只差幾呎。

她痛苦不堪地走向重機。一踩下引擎，三百一十匹馬力轟鳴一聲。

她聽見身後的槍聲，但沒有一發擊中。

幾秒後，她已經不知去向了。

亞獅康

亞獅康內心十分困惑。

但外觀看不出來，他仍坐在海岸步道的露臺上，享用自己最喜歡的早點：溼嫩的炸蛋，硬的厚吐司，冷香腸。這些揭示了一個真相：八成油脂，兩成蛋白質。

亞獅康甚至連餐具都沒有碰，他坐在那裡一個多小時，努力理解事情的變化。他下令之後，蘿拉竟然還能活到現在，為何黑狼后不一槍斃了她，而是幫助她從警方手中逃走。

他掌握了所有的細節，就連最無關緊要的事情都一清二楚。猛獸知道這會在幫裡引起極大的騷動。他在瑜利葬禮上的話，表達得十分明確了：沒人背叛了亞獅康還能繼續活著與他對抗。據他最信賴的左右手欽磷所言，他說大家都在傳她是要來報仇的。

現在，一切都成了笑話。

亞獅康在椅子上反覆想了一個多小時，就連舒服的柳條藤椅，都開始讓他覺得不舒服了。這位骨瘦如柴、領養老金的大爺不管怎麼變換姿勢，仍坐得不自在。他得致電到聖彼得堡，說明事情的來龍去脈，並且再要求那邊交代清楚黑狼后的所作所為。

電話響了好久，對方才接起，聲音聽起十分粗糙沙啞。

「老大。」奧爾洛夫恭敬地向他問好，並直接稱呼教父裡的地位。他能想像得到在電話的另一頭，是一個杵著銀色手杖，一雙眼睛空洞的瞎子，而且身邊的桌上一定有一本打開的書。

「有什麼事？」

亞獅康向他解釋情況，告訴他昨夜的慘敗，包括一名警察受傷了，這已經壞了幫規。老大不慍不火地聽著，沒打斷他的話。

「一切都按計畫進行。」奧爾洛夫說完之後，長者回應。

奧爾洛夫一頭霧水，歪著頭，狐疑地看向兩旁。他不能理解。他在組織裡那麼久來，謹記在心的一件事：看不懂事態的發展，就必死無疑。

「老大……」

「別煩了，亞獅康。我知道你不甘心。」

「我不懂為什麼會發生這種事。那女的為什麼活著？」

「律賊，我叫你去那裡做什麼？」

「你派我在此洗錢，分擔你的工作。」

「那就做我交代的工作。」

「啊，但困難就在此，因為不是你實際在操作，而是瑜利。一個小小的財務長，在短短幾年就賺了那麼多錢，好到不像是真的，但他真的辦到了。」

一道陰影出現在奧爾洛夫身後。他猛然回頭，嚇了一大跳，感覺對方正衝過來殺他。這是正常的猜想，活在黑暗之中的人，恐懼是時時刻刻包圍著自己，所以忽然見到有人冒出來，必定認為那人會拿著刀插進自己的喉嚨裡。

不過，這次的刀鋒是一大堆紙本。

「好好讀一讀那些剛剛交到你手上的文件，看完你就會懂了。瑜利真正的背叛，不在於跟警察說話，而是他做了更糟的事。他幹了相當嚴重的事。」

奧爾洛夫翻閱著欽磷遞給他的俄語文件，完全無法相信自己所閱讀的內容。

「這意味……」

「這意味著他挖走你的錢。亞獅康，他當著你的面偷走組織的基金。如果這事傳出去……」

奧爾洛夫背後冒出一身冷汗。幫派裡有報馬仔很危險，但有小偷卻會釀成一場無法想像的災難。如果醜聞傳出去，被人知道坦博夫幫中出內賊，那等同於在自己頭上畫箭靶。這是個狗咬狗的世界，只要顯露出一丁點軟弱，就等著喚叫眾人過來分食自己。

「亞獅康，在你發出聲明的一週前，我就已經派黑狼后過去了。所以她不是遵照你的指令，而是聽我的意思行事。」

「如果我早瞭解的話……」

「可能你就不會派人去燒掉瑜利的資料。那是個錯誤的決定。現在錢的下落更難找到了，不過這也是你還能活著的理由。」

「瑜利的女人知道錢在哪。」奧爾洛夫回答。

「黑狼后會把錢找回來的，不過一旦她完成任務，你可能還能繼續做你的律賊，也可能不行。」

通話結束好一會兒，奧爾洛夫才把耳機拿下，丟在桌上。

他並沒有因為自己的錯誤，而逃過死刑，只是推遲了死期而已。

一等到錢找回來。如果找得回來的話。

他再次把目光轉向文件，每個戶頭流向都很清楚。不管瑜利多麼狡猾，哪怕是死路一條，終究還是會留下痕跡，水落石出。

上百張信用卡，好幾個月都在支付同一筆金額龐大的款項。奧爾洛夫最後咒罵了一聲，自己就是太蠢才會信任瑜利，他竟然會盡了一切努力來幫助那個混蛋。

他膽敢騙我？

是吃了什麼熊心豹子膽，竟然花了六億五千三百萬？

第三部分　蘿拉

我們處決一匹狼，並不是因為牠的本性，
而是因為我們的感受。

法利・莫沃特（Farley Mowat）

1 履歷

喬・古鐵雷斯仍在痛。

不是小腿痛。安東妮娜可能得拿一根錘子，敲打半個小時，他的腿才會出現瘀傷。是心，唉，他的心。喬天性就十分柔軟脆弱易碎，安東妮娜成功地騙過他，輕易地避開他的耳目，知道這個事實讓他十分羞憤，心情極差，尤其是今天整個行程根本不會幫助他情緒變得更好。

其實今日只須做一件事。

與曼多通話。

他召集兩人下午做視訊會議，要求在會議前不要離開旅館。

喬趁在開會前，就先做完兩件待辦事項。一個是確認Grindr交友軟體上的小夥子是否有回覆他的訊息，結局是他對那無情的人詛咒了一聲。另一件事，打給老娘，聽她不斷抱怨二樓長舌多嘴的鄰居，時間約三十多分鐘。當然，他一耳進一耳出，他已經不再像以前那麼愛批評別人，對此樂此不疲了。冷水澆熄了大火，歲月撲滅了熱情。持續半輩子的鄰里仇恨，今日在他眼裡，只是浪費時間。不過，他馬上就後悔自己的想法，因為不關心維護我們的人，那也是不對的。

不是沒有老娘的允許，一切就沒問題了。

喬一掛上電話，心情變得更差。最近這幾次和母親通話，都只是義務性的，回應變得制式化，反應很老套，不帶有情緒。人不該如此。喬終於在四十多歲獨立了。而他不喜歡此時內心湧起的感傷。

喬是她僅有的一切。

但我怎麼辦？什麼是屬於我的？

如同任何（非常）不對等的關係，兩方其中之一會要求的比另一方多。天平傾斜於較重的一邊，有更多的米粒倒入的碟子之中，當鍊條無法承受而斷裂，碟子翻倒，米粒全都撒了。

忽然，喬覺得自己反省的，不僅僅是與母親的關係。

安東妮娜在十二點五十七分進入他的房間。到十三點十一分，曼多仍未來電。他們在房裡，各自坐在單人沙發上，沒人開口。他滑手機看新聞，她在讀一本書，但閱讀節奏相當驚人。

「在看什麼？」

這不是第一次見她那麼著迷於一本書中。她讀的書，幾乎都是犯罪學手冊，每一頁的字都寫得密密麻麻的，像是用其他語言書寫的血清學，或精神病理學等精確分析方法。每一本書名都有著一個非常不可思議，極其冗長乏味的標題。喬會替每本書取上更為適切的西班牙語名稱，例如：《我的鄰居愛打招呼》，《如果知道了，那清洗大片血跡也輕而易舉》，《春秋大頭夢，謀殺能致勝》。

不過，她現在手上拿著的那本，看起來跟以往大不相同。

「我跟你說，但你不准笑。」安東妮娜要求。

喬很正經地表示不會，並用老娘、牛排佐馬鈴薯與橫條紋西裝來發誓。

安東妮娜讓他看書封。有一張照片，上面有一隻被丟在地上的帆布鞋。書名相當考驗男子氣概，以及古鐵雷斯警官的沉著狀態：《男孩：使用手冊》。

喬面無表情地起身，望向窗戶，窗外對著中庭美麗的風景，牆面上淺紅色的水磨石上有一道深紅色的水痕。

「你最好在臉裂成兩半前，保持微笑。」安東妮娜說。

「我背對著妳。」

「玻璃是個反射面。」

喬只能承認了。他轉過身，露出那張證據確鑿的臉。

「好吧，書上給了什麼有用的建議？」

「講真的，沒有。只是給出『傾聽、盡己所能』的變化句型。」

「這我早就告訴過妳了，而且還不必花二十歐。」

「沒錯，但書上每一頁都有一張嬰兒的圖片。」

「所以我說的就更有理了。」

當曼多出現在 iPad 的螢幕上時，幾乎晚了約一個小時。他的精神狀態看起來很糟，就連不注意別人外表的安東妮娜，都有所察覺。

「發生什麼事？」

曼多清了清喉嚨，甩一甩雙手。

「史考特，事態嚴重。死了兩個紅皇后了。」

喬與安東妮娜緊張地看了彼此一眼。

「哪幾國？」

「英國與荷蘭。」

「所以你才去布魯塞爾？」

「我們不在布魯塞爾了。我無法跟妳說我們的所在位置。」

在他的身後是一面白牆，沒有任何裝飾物。LED燈打在他的臉上，疲憊的五官顯得更加突出，鬍子好幾日沒有刮了。

「不過沒錯，正因如此，組織裡的頭頭全都聚在此開會。情況很複雜。」

「怎麼被發現的？」

「我不能透露細節。」

「要我們去那裡嗎？」喬詢問。

「不用！」曼多嚇了一跳。「不必，不需來這裡。情況尚未明朗前，並不需要。我要您們待在現在的地方，離馬德里越遠越好。」

「一定是在做什麼見不得人的勾當。」安東妮娜說。

「史考特，我不打算向妳透露任何事。別想刺探我，妳明知妳會的那些伎倆都是我教的。」

安東妮娜不悅地往後靠向椅背。

「這裡的狀況也不簡單。」

「我知道。我這裡有妳向厄瓜朵要的資訊。」曼多回答，並把資料靠向鏡頭。「史考特，我們已經講過如何得到資料。妳這麼做很不負責任。我現在有更麻煩的事要處理，你們也得自行解決。」

「關於那女人，知道些什麼？」

「當然，而且妳看了會很開心。」

然後，曼多開始把資料唸出來。

「歐倫娜·喬沃諾維奇（Olena Jovonovich），又名**喬爾納亞·母狼**。俄羅斯防身術冠軍的女兒，母親是西洋棋特級大師。一九九〇年出生在俄羅斯中部，一個叫克斯托沃的城市，就位於伏爾加河畔。她一出生時被人搶走，別人告訴她的父母說嬰兒死了。」

「真棒的故事。」

「這種事，不久前在西班牙也有，沒什麼好驚訝的。」安東妮娜回答。

「小女孩進入前蘇聯的祕密單位裡生活。那是個在人們發現可以用電腦控制世界之前的一個瘋狂時代。人們想要創造出終極人類武器。先是納粹和美國人做過類似的實驗，但成效不好。俄羅斯人從對手的失敗中開始，決心要成功，所以綁架數百名嬰兒。有些失敗被丟掉。倖存下來的孩子，全都有非凡的智力和身體素質，而她就是其中之一。」

喬覺得自己從曼多的聲音中，聽出一種懷舊與嫉妒的心情。

最好是在新生兒時就帶走，這樣才不會自己決定要脫離單位。喬暗忖，並看向安東妮娜。

「柏林圍牆倒下後，特殊兒童計畫案就落到外國情報局手上。小孩長大後，情報局的董事為了讓鄉村的別墅、車庫裡的賓士一直待在名下，而且自己還能不斷地隆胸美容，開始接受賺錢的任務。」

「所以在亞洲和非洲，到處都有自動手槍、地對空的導彈。」安東妮娜說。「人口販子收獨裁者和恐怖分子的錢執行殺人行動。」

「沒彈藥，就賣小孩。」

「恐怕就是如此。只是，警官，他們不是小孩，他們是武器。我們沒有辦法掌握外國情報局賣給俄羅斯黑幫多少孩子。每份報告都顯示出不同數量，半打、一打都有可能，而這些人幾乎在俄羅斯情報局的數據庫內，已列為死亡。」

「幾乎。」安東妮娜說。

「幾乎全部，唯獨她沒有。」

「有前科？」

曼多點了一根香菸，翻閱手中的文件。

「多是未證實的猜測。有多起跟她有關的命案，有兩人在阿姆斯特丹喪生，四人在貝爾格萊德，一名在莫斯科被暗殺的法官，還有一名在達吉斯坦被殺。這些人全都是坦博夫黑幫的敵人。」

「她是個肇事者。」

「她不是肇事者。」曼多回答。「黑狼后是派去殺那個肇事者的人。」

喬的雙臂交叉，把臉靠在手上。他看來真的像是個鄉巴佬。

「媽呀。怎麼那麼多人要來搶那女人。你不是說俄羅斯黑幫都很無趣嗎？」

2 通知

「還有一件事，」曼多在掛斷前說。「因為以上的情況，我決定終止你們參與蘿拉·莫雷諾的案件。」

安東妮娜像迷失在自己腦海中，用一種很奇怪的方式站起來。喬也緊張地跟著起身。他們三人都知道接下來會發生什麼事，正在等著安東妮娜會用什麼字眼，叫他去吃屎。

「辦不到。」

曼多不再回話。螢幕好像斷訊了一樣，但沒有，他只是選擇不回應。喬也是緊閉雙脣。他還記得幾個月前曼多說過的故事，他養的那條狗，因為自己沒有善盡控制能力，而不得不處決掉狗。所以，此刻他滿是驚訝，因為曼多明明很瞭解史考特，卻選擇用這種不討好方式傳達，手段相當不高明。

緊繃的氣氛一秒一秒流逝，就像秒數器的標籤下寫著「先說話的人就輸了」。

「古鐵雷斯警官……」曼多呼喚。

「別指望我。你明知會如此。」

「現在情況過於複雜。變化過多，太危險了。您們隻身在那，沒有法醫的支援。馬德里團隊又忙著處理好英國和荷蘭發生的事。我不把您們叫回去，也是怕這裡會出事。」

「我們待在這裡，我可以接受。所以我在這裡的時候，會善用時間。」

「史考特，妳已經見過那女人兩次了。慶幸沒有發生更糟的事。妳的身分不可以被發現，妳的能力只能在特定的時候才能發揮。」

「沒問題，最多就像瓦倫西亞那次。」安東妮娜回答。

「妳跟我對瓦倫西亞那次事件的記憶有很大的落差。」

「可能。但我們會找到蘿拉・莫雷諾，會知道事情的來龍去脈。」

「史考特，為這種事喪命不值得。」

「值多少？」

曼多驚訝地看著她。

「我聽不懂。」

「值多少？跟我說個數字。」

「我不是在……」

「我很想知道。我值多少錢？是兩個女人，還是三個女人？或是八個死在貨櫃裡的女人？」

喬還記得那股氣味，腐爛的氣息。他清洗安東妮娜身上的血漬，以及她流出來的鮮血。她在破碎的小女人耳邊輕輕許下的承諾。在這冷漠宇宙中的弱小存在，她自己也差點就被吞噬在黑暗之中。

並且……

「我沒選擇自己要去哪裡。該處理什麼事。」她說，並用食指緩慢平穩地撫摸著額頭。

「這說法不公平。」

「是你決定我們該向哪裡插手。所以，我決定何時離開。假如你不樂意……」

停頓了一會。

「如果你不樂意，你去喝西北風。」

曼多的臉皺了起來，眼睛瞪得像高爾夫球一樣大，而這就是螢幕最後的畫面。

安東妮娜切斷通話，凍結那一瞬間。

「我做得不錯吧？」她邊說邊回頭看喬。

警官摸著下巴，假裝在思考。

「執行力，我給妳滿分十分，粗話的選字五分，潛力四分。」

「平均六點三分？」安東妮娜嘟嘴，反問。

「就妳現在做作的臉，分數再往上加，有七分。」

「還可以。比我在學校成績好。」

喬起身，站到窗前，雙手插入口袋。他的姿勢努力傳達出一種「快問我怎麼了」的感覺，他的感覺高調到連天線時常接收不良的安東妮娜都察覺到。

「怎麼了？」

「看妳怎麼將他一軍，是滿有趣的。但我想他說的也不無道理。」

「你也是，不可以。」

「我不是要妳撒手不管。」喬回答，再次轉向她，伸手想要和解。「蘿拉・莫雷諾還是抓到奧爾洛夫的關鍵，但現在有個齊娜武士公主，跟我們一樣，在找同一個人。」

「我們碰到過對方一次。我們不是她的目標。」

喬摸一摸脖子，當時的感覺仍記憶猶新。

「我們不是她的目標，我們也不能擋住她的路。你也看到她所製造的騷動。」

「我們之前一起對抗的歹徒。珊德拉·法哈多算什麼？」

「狡猾的老鼠，害人的招數都只是雕蟲小技，所以我們可以處理。但是這件事……」

「她只是個人，只是幸運還沒被抓到。」

「親愛的，她用繩索從屋頂垂吊下去，這不在我們的領域內。」

安東妮娜雙手交叉抱胸。

「那我們該怎麼辦？整天關在房裡看電視？」

「也不是這個意思。上街抓人是警察的工作，這不是我們的解決首務。現在她有錢了，她應該能躲起來。我只是想拜託妳這幾天別到處亂跑，四處尋找她的蹤跡。」

喬說，並碰了一下 iPad。「待在這裡。」他說，並指著她的額頭。

安東妮娜盯著迷你酒吧好一會兒。她腦海裡正有一大堆話等著說出口，不過最終她決定壓抑下來，鎖在裡面。

「好吧，我想一個人靜靜，我需要想一想。」

錄音檔 11 八個月前

局長：「這跟我們說得不一樣。」
瑜利：「我們說……」
副警官：「閉嘴，瑜利。我們知道你沒種。」
局長：「對吧？莫雷諾太太？」
蘿拉：「我不道您在說什麼。」
局長：「當然不知道。」
副警官：「給的都是垃圾。」
瑜利：「這是很有用的資料。」
局長：「不是我想要的。」
副警官：「我們跟你要的是關於奧爾洛夫的資訊。你們卻一直把自己對手的檔案交給我們。」
瑜利：「拿它辦案。」
副警官：「幫你們清理競爭對手。」
瑜利：「古柯鹼、海洛因都在此。槍支走私也是。白俄羅斯人下個月會有動作。」
局長：「我們要抓奧爾洛夫。」

蘿拉：「不對，局長，您說要抓到的，是頭條新聞的目光。這才是您向我們要的，所以才給妳這些，我們可以給妳那條新聞。」

副警官：「唉！那不是主要的。」

局長：「這不是……」

蘿拉：「（同時講話，雜訊。）這您很有經驗了，不管是寡頭行動或赤色大陸，結果都一樣。就算抓到了奧爾洛夫，司法流程大概也要走個十多年，才可能真的判刑。」

（暫停七秒）

副警官：「到時他就能因為年紀太大、太老，而不能入監服刑。」

局長：「莫雷諾太太，您想要表達什麼？」

蘿拉：「加壓，我想說的。不斷突襲，不停上頭條新聞。別只想抓大魚，而是吃小魚。」

（暫停二十三秒）

局長：「我們接受您的建議。要先吃哪條小魚？」

瑜利：「塞爾維亞人有一批貨，過幾天要出港，運毒和錢，目的地是巴塞隆納。東西在一輛接駁車和快遞貨車上。」

3 需求

一回到自己的房間，安東妮娜就打開小冰箱，吃掉所有的巧克力。從今天早上開始，那些迷人的彩色包裝就不斷用帶有暗示性的聲音呼喚她的注意。她大口大口地吃掉，再喝光健怡可樂，打嗝的瞬間，她感覺很好，只是同時覺得自己像頭豬。關於超級加工食品的分類方法，安東妮娜可以為此寫一篇論文。

一旦她因為內疚而狂吃甜食後，接著另一種衝動就會占據上風。

她推遲那個對話，壓抑下那個想法，已經好久了。但此刻，安東妮娜就像一輛載著火箭的車，引線已經點上，即刻就衝往某處，等到鎂、銻與硝酸鍶燃燒殘盡，在空中爆炸，煙硝瀰漫，行動才會終止。當然，這一切還包括在過程中不曉得會遇上什麼的突發意外。

然而，此時，甚至連意外都能看得出來了。

手、胸與臉無時無刻都能感覺到電流的刺痛，呼吸的速度越來越難以掌控，要費極大的力氣加以控制。手顫抖得越來越厲害，現在就連用右手拿 iPad，手都能抖到連螢幕上的字母都變得模糊，難以辨識。

在外頭，她越來越難佯裝成若無其事的樣子，她知道騙不過喬的眼睛。她不只一次看到他刻意忽視她顫抖不停的手，或是在她不知情的時候，驚恐地看著她。

三顆膠囊。安東妮娜暗忖。**三顆就是我所需要的一切**。

只要三顆。

今日若只吃三顆，似乎與昨天她為了控制思緒吞下的四顆，相比是少了許多。但她昨天打破膠囊，把粉末倒入牛奶杯中，以為如此一來，液體中的脂肪能被血液吸收得更好，但效果只達到一半而已。

所以，假若今日吞下三顆，應該不算多。然而事實上，明明當她大腦無法應付外部刺激，以及下丘腦產生過量組織胺的時候，一顆也就夠了。

Anụ ọhịa-azụ。

伊博語。目前有一千八百萬的奈及利亞人使用的語言。意思指：在你背上吃你食物的野獸，餵你吃牠的內臟。

她脫下襯衫與內衣，跪在浴缸旁。打開水龍頭，用冷水沖頭十分鐘，她整個人冷到身體緊繃，止不住地不停顫抖，但至少讓她暫時不再去想膠囊。不過成效也只維持到吹乾頭髮為止。

Anụ ọhịa-azụ。

安東妮娜非常清楚野獸的模樣。在她的腦海中，就住著上百頭，齜牙咧嘴，不停抓著藤蔓盪來晃去的野獸。

關於野獸，在她漫長的一生中，只見過一次。那是個週日的清晨，她的母親帶她到巴塞隆納的動物園。牠的毛髮是黑褐色的，十分蓬鬆。臉是黑的。雙臂細長，有一條長長的尾巴像幽靈一樣，盪在棲息地伸展的繩索之間。藍色的眼珠看起來超凡脫俗。並不邪惡，但肯定不友善。牠似乎瞭解太多如何得到好處的方法。

安東妮娜一看到牠就哭了。

「那是隻蜘蛛猴，只吃水果，不會傷人。」母親解釋。

一看到安東妮娜哭個不停，寶拉（Paula）試圖把她帶離籠子邊，但她又不肯走開，就一直待在那裡，死盯著那隻超凡的智者，同時那個沒有大拇指的猴子也不斷敲打著玻璃窗，像正在警告她什麼似的。

寶拉與女兒是最後離開動物園的遊客。一週過後，寶拉進了醫院，一個月後，癌症奪走了她的性命。

野獸都知道。安東妮娜想著。

Anụ ọhịa-azụ。

安東妮娜不想那麼快就屈服於自己的焦慮，但她得讓自己腦袋放空。她從袋子裡拿出三顆膠囊，放入金屬盒中，以防萬一自己突然需要。

只剩六顆。之後伸手向喬拿，還得跟他解釋情況。

他總無法輕易理解。

她把小盒子放入口袋之中，然後把袋子中僅剩六顆塞到床下。她寧願對抗怪物，也不願傷害喬。雖然傷害無法避免，遲早會發生，**但就像老電影的主題曲一樣，太陽明天依舊耀眼**。

真蠢。

突然，喬說過關於黑狼后的話，再次清晰地浮現在她的腦海中。

我們不是她的目標。

那什麼才是？

要知道答案，只有一種方法。

安東妮娜穿上衣服，走到旅館的走廊上。避開電梯，從逃生梯離開，因為她知道走那條路就沒有碰上喬的風險。走到街上，她坐上一輛計程車，目的地是到一處門面看起來十分淫穢的紫紅色大門前。

在路上，她打開 iPad 內的一個程式，傳了兩封簡訊給喬。不過，兩封訊息相差兩個小時。

他一定恨死我做這件事了，但這是唯一的解決之道。

計程車停在泰蕾美容美髮店門口。安東妮娜付了錢，下車，走到對街的人行道上。

「您好！流氓！」

她朝著二樓的陽臺上兩個光頭男子揮動雙手。他們兩人坐在塑膠椅上，穿著T恤，露出手臂上的刺青。他們探出頭，困惑地聽著模糊的叫喊。

「我要找奧爾洛夫先生。請告訴他說我知道蘿拉・莫雷諾在哪。」

4 問題

喬．古鐵雷斯不喜歡客房服務。

無關乎舒服與否的問題。有人會端著大托盤，把成堆的食物送到面前。每道食物都偏涼，如此避免燙傷的可能性。味道也保證跟千里之外的另一家連鎖旅館一模一樣，因為在吃飯上，沒人想吃到意料之外的滋味。而且有客房送餐服務，旅客就能夠待在房間裡，從無數鏡子中，看見自己穿著內褲和襪子，心平氣和的用餐模樣。

人際接觸的情況也很微妙。開門讓陌生人進入，對方帶著燦爛的笑容闖入私人空間，佯裝沒看見凌亂的床鋪，散落一地的內衣，神情自若地重述一次菜單上的名稱，並還要再三確認是否需要其他服務。明明在打電叫客房服務前，就已經足足花了十分鐘在看菜單了，而且誓言自己會再通知收托盤的時機。當然，大家最終還是會把頭探出走廊，像偷渡的摩爾人一樣，見到海岸上空無一人時，偷偷把托盤滑到地毯上。

這些都不是喬．古鐵雷斯不喜歡客房服務的主因。

喬．古鐵雷斯對客房服務最大的不滿，是讓他覺得自己與世隔絕，彷彿自己身在黎明中的碼頭，就算黑暗裡有無數的星光，但他只是傾毀的船隻，獨自黯然漂泊著。又或者，他在星期天下午，不管電視上如何喧鬧，或他刷新多少次交友平臺上的消息，自己卻被鎖在這一顆全然寂寥的星球之中，就連隔壁六〇四房的動靜都無法察覺。

而她，早已小心翼翼地爬下樓了。

喬的孤單，最終變成了一場午覺，只是硬生生地被一通電話吵醒。來電者是曼多。

「讓我猜看看，現在我們也得對抗萬惡的白化症。」

曼多一如往常，直接無視他的發言。喬想著下次他們談話，他要把足球隊的對陣賽式背出來，看看他是不是真的完全沒有聽他說話。

「您一個人？」

「我一個人。」喬酸溜溜地回話。

「我要跟你談談史考特。有發現她最近哪裡怪怪的嗎？」

喬疲倦地開始回想這一個星期以來發生的事。回憶隨機跳出。

她跑出犯罪現場，站在街上。丟了無數個瓶子到曼薩納雷斯河道上。在裝滿屍體的貨櫃中救出一名垂死的女人，在那之後狀態變得異常緊繃。黑暗中對著一名凶手，說一句，不對，兩句髒話。下令入侵外國政府的數據庫。故意讓狙擊手射擊自己。拒絕甜點。

「聽著，什麼是怪，請說得更具體一些。」

曼多發出惱怒聲，就像從一隻狗的嘴中拿走油滋滋的牛排一樣。

「我指的是她的行為。她的外表。」

喬看到了安東妮娜那隻不停顫抖的手，努力想藏在外套底下。

「有這個可能性。」

「警官，我要肯定答案。我需要知道更多別的。」

「我也想知道更多。」

喬可以聽到電話那頭打火機點燃的聲音，他吐出一道長長的白煙。

「電子菸效果怎樣？有用嗎？」

「警官，聽好了。這裡的情況不容小覷。我知道你想保護她，但我得掌握狀況。」

「那我得先知道為什麼你要問這些鬼問題。那樣我才能曉得如何保護自己的同伴。」

曼多沉默了一會兒，吐了三口煙，並在菸灰缸旁抖了兩下。

「好吧。在馬德里總部的安全冷凍室，出了些問題。」

「什麼問題？」

「少了膠囊。五十顆紅色膠囊與十顆藍色膠囊。哼！」

「查過出入名單了嗎？」

「有，名單不長，只有我一個。」

「那倒是個問題。」

「您現在能幫我了嗎？」

問案第一守則，要以肯定句詢問對方。

「您覺得是史考特幹的。」

「史考特若想要猜中面板上的十組編碼，她可以辦到；她也能想辦法複製一支鑰匙，甚至通過像我的指紋這類的生物特徵偵測。但是，警官，要在不被安全攝影機拍到的情況下，進行上述所有操作，是極為困難的。」

喬用力扯了一下頭髮，這樣說不通。

「如果我吃了一顆紅膠囊，會怎麼樣嗎？」

「會有副作用。幾乎可以肯定，一定會腸胃炎，皮膚發紅。也許也會頭暈，端看你本身吃了什麼。」

「但不會變得更聰明。」

「膠囊內的化合物是專門為史考特大腦調配的，只是用來幫助她調節多巴胺和控制刺激激素。警員，她才是運作一切的機制，與膠囊無關。事實上，我們都認為她不需要吃膠囊，但問題是她覺得自己需要。」

「什麼意思？」

「設計該化合物的目的，是為了刺激γ—氨基丁酸的觸前尖端釋放。不斷使用讓體內產生需要更多化合物的存在。」

「可以講人話嗎？」

「上癮。」

哈。

「所以才規定只能在犯罪現場上吃一粒膠囊，那時她就能獲得最大刺激，但超過一粒將非常危險。」

問案第二守則，反覆詢問到對方回答為止。

「您覺得她有辦法拿到。」喬又問了一次。

「相信我，我有辦法平息這整件事的。不管多麼嚴重，都可以承擔。但我更擔心的是一切正在發生的事情，會與這項計畫有關。現在，可以告訴我，你是否注意到這些天史考特身上有什麼不同之處？」

實際上，除了她完全沒有伸手來拿膠囊外，她有間歇性戒斷症狀，而且比平時更易怒……

「沒有，什麼都沒有。」

「很好，」曼多回答，音調帶著悲傷。「這件事請勿跟史考特提起，可以嗎？」

「當然，我隻字不說，你當我是誰？」喬邊說邊起身，穿上褲子，準備到安東妮娜的房間去一趟。

5 相對

是一趟很短的旅程。

約十五分鐘，眼睛既沒有被蒙住，頭上也沒套袋子。槍管的確頂在肋骨上，但只有一會兒，程度剛好足以在皮膚上留下記號為止，以此表明事態的嚴重性。

但就算路程不像電影演的那種常規程序，安東妮娜也不敢掉以輕心，因為只有業餘才會模仿電影，專業人士根本不太在乎被人知道自己的所在位置，尤其是，那是一趟有去無回的旅程。

地點並不偏僻。房子品味沒差到像瑜利家那種程度，這裡跟品味扯不上邊。一整排平庸的別墅，白色的牆面和磚紅色的瓷磚地板，占地比周圍大。牆上沒有用畫或照片裝飾，家具以實用為主。

她被帶到廚房。

料理檯上就只有灑出來的鹽，濺得到處都是的油漬，吃到一半的煙燻生火腿，一只留有指紋的光面咖啡壺。有一根掉落在椅子旁的橄欖蒂，這讓安東妮娜感覺應該有人住在此處。一個盤子浸泡在盛滿水的洗手臺內。

那人完全不使用這些櫃子，她從櫃子的把手上積聚的灰塵研判，而且她發現底層根本就沒有把手。

「女士，午安。恐怕我沒有見客的好心情。」聲音從她背後傳來。

安東妮娜轉身，是奧爾洛夫。皮膚黝黑，頭髮蒼白。葬禮上的黑眼圈並沒有像現在這麼明顯。看起來十分沉重，充滿憂慮。現在他不是穿著那套昂貴的西裝，而是換成一套十歐元，TEX牌的運動服。新買的，右邊領子上還有防盜印記。

「我叫安東妮娜・史考特。」她說。

沒有伸出手。

他也沒有。他所做的，是叫兩名重達九十公斤的混混，把安東妮娜抬到廚房桌子上，拿走她的背包，搜查她的身體。其實要做到這些事，根本不必費多大力氣，有中等身材的人就足以完成了。

而且她也並不反抗。

她的物品一件一件被拿出來。說得更清楚一些，那些東西都是她要讓他們找到的：房間鑰匙、耳機、充電器、數據線、攜帶式電池、iPad、太陽眼鏡、歐洲刑警的識別證、一小盒Smint薄荷糖，以及手機。

她任那些物品被翻找出來，甚至是她裝膠囊的小盒子也是。

「這是什麼？」其中一名壯漢詢問。

「頭痛的藥。」安東妮娜回答。

另一名壯漢一副無所謂的樣子，把藥全都從盒子倒了出來。

「不會再需要了。」

安東妮娜咬緊牙根，不露出半點慌張神色。

iPad與手機被放在流理檯上，錘子反覆敲擊。東西離安東妮娜非常近，有幾塊玻璃碎片朝她的臉頰飛去。然後，所有的物品都跟膠囊一同泡到那缸水裡。

最後，那兩個混混把安東妮娜搬到椅子上，用膠帶把她的手腕與椅子綑綁在一起。接著，把椅子移向圓桌的方向。安東妮娜噘起嘴脣，懇求對方讓她看見時鐘，但最後仍是背對著時間。

糟了。情況又變得更複雜了。

奧爾洛夫走近桌邊，直挺挺地正坐在她的對面。那個姿勢正好能顯示會談本身的嚴肅性，兩人相互話時，對視既能讀懂對方真正的意圖，也適合進行一場殘酷的審問。

「我見過您。在葬禮上，對吧？」

「奧爾洛夫先生，用俄羅斯語溝通會方便得多。」安東妮娜用俄語回答。

「哇賽，腿上沒真相。」奧爾洛夫驚呼。那是句俄羅斯俗諺，表達希望對方能像在家中自在。

「啊，恐怕您的人請我用另一種方式坐著。」她邊說，邊展示自己的手腕。

「必要的預防措施。想必您也瞭解，我的生活充滿危險。」

「我想這對你的業務來說，是家常便飯。」

「您對我的人說，想見我。」

「我有話跟您說。」

「說吧。蘿拉‧莫雷諾在哪？」

「在談她之前，得先做個約定。」

老人露出一道讓人不寒而慄的微笑。

「我不清楚是什麼讓您覺得自己的意見會得到重視。」

「難道不重要嗎？」

「這就是西方最大的弱點。努力創造那噁心的謊言，愚弄人民。那套話術用了快一百年，就連社會中最無用的人都覺得自己能發言，散播不確實的事情。看看現在幹得有多好。」

「您覺得用暴力更好？」

「女士，暴力是相對的。」奧爾洛夫聳聳肩，說：「例如，像現在，您看看四周。」

他做了一個手勢，其中一個殺手扇了安東妮娜一巴掌。力道不是很強，但足以讓下嘴唇流出一道鮮血來。

「我敢說您對這套相對的方程式應該有所瞭解了。」

「懂了。」安東妮娜用舌頭舔了舔嘴唇。

「那就請回答問題，蘿拉・莫雷諾在哪？」

「我不知道。」

奧爾洛夫的頭歪向一邊，一副不可置信的樣子。他瞇起眼睛，眼窩彷彿就要從那張削瘦、空洞的臉上消失不見了。

就像一條海鰻，安東妮娜想著，**退回到了岩石裡**。

「你來這裡的目的是什麼？」

「因為我要跟你做個交易。」

「好，做交易。」奧爾洛夫回答，並向後方的手下示意。

安東妮娜的臉再次被賞了一巴掌，她感覺到牙齒因撞擊而搖搖欲墜，右耳聽見一聲震耳欲聾的耳鳴聲。

「這似乎不像是交易。」安東妮娜表示。

「女士，您又來了，又自以為是了。蘿拉・莫雷諾在哪？」

「我不知道。」

奧爾洛夫摸著耳朵，微微點了點頭。

「很好，我們先簡單地認識一下，您是個警察。」

「做那類的工作。」

混混中的其中一人把安東妮娜的識別證遞給奧爾洛夫。老人把證放到桌上。

「歐洲刑警。這是我第一次看到這個單位的人。」

「我們的人不多，各自做自己的任務。」

「妳的是什麼？」

「找到蘿拉・莫雷諾。」

「看來我們……怎麼說來著？有利益衝突。」

「不必然。我們能互相幫忙。」

奧爾洛夫身體微微往前，雙手撐著頭。

「怎麼做。」

「您的問題並不是蘿拉・莫雷諾，而是她的丈夫。」

「沒錯，是瑜利，一個無名小卒。」

接著，奧爾洛夫碎念了一串字，正好是安東妮娜收集在特殊單詞寶庫中的術語。**Juyem grushi okolachivat**。俄語直譯：拿罣丸撞樹幹，好讓梨子從樹上掉下來。

「在說他很懶，對吧？」安東妮娜問。

「是的，抱歉。您俄語說得太好了，我大概講了太難的字。」

「沒關係，不懂的部分，我可以靠上下文猜出來。」安東妮娜回答，並轉頭吐出一些嘴角邊的鮮血。

「聰明的女孩，幫她拿張紙巾。」

其中一位混混抽了一張廚房的餐巾紙，遞給他。

奧爾洛夫撕了一小塊，幫她擦拭掉血跡。

亞獅康・奧爾洛夫是個親切的人，這點是毫無疑問的。

安東妮娜不知道自己不喜歡他的動作，是因為自己被那隻像奶油般細長的手指碰觸，還是因為那一張餐巾紙沒有按照虛線剪斷，所以令她討厭。

「瑜利是個好吃懶做的人。突然間，變得非常聰明。過分的聰明過人。」

「您要的不是蘿拉・莫雷諾。」

「她得死。」

安東妮娜微笑，終於輪到她出牌了。她正是為此而來的。

「黑狼后昨天能直接置她於死地。人就在她的眼皮底下，但她沒那麼做。」

奧爾洛夫意味深長地看著她，內心盤算著這場審訊中的內容，是否一切按照她的計畫在進行。

「您就是為此而來的。」

「這是擺明著的。」安東妮娜回答，但她完全不知道對方話中的意思。

「我知道您在玩的把戲。您想要用錢來換蘿拉・莫雷諾。那女人值多少？」

「一條命。我想這對您而言，非常廉價。我很清楚您在馬拉加港口的企業運作。」

「是您。」奧爾洛夫回答，吃驚地張大嘴巴，眼睛微微地抬起，彷彿突然間明白了什麼。「也是您去找魯本的？」

「抱歉。」

猛獸仰頭哈哈大笑。笑聲聽起來十分不是滋味，就像膨脹的膀胱在此之際也要炸裂開來了。

「真諷刺。您知道我們在哪嗎？」

「不知道。」

「在魯本的家中。現在沒人住了，和您談話的合適地點。當然是您插手殺了他。現在，您和我談過想知道的事情。」

他起身，彎腰，靠向她，臉貼近到鼻子快要相觸的位置。

如果安東妮娜嗅覺功能正常，應該可以聞到他身上擦著一種治療關節炎的藥膏，一股淡淡檸檬香精與保溼霜的味道。

「我不認為您知道錢在哪裡。不過，以防萬一，我不能放您走。您得跟我的手下相處一陣子，他們會讓您開口的。」他邊說邊往門的方向走去。「您懂的，都是相對的。」

安東妮娜吐了一口口水，裡頭帶著血絲，內心暗暗祈禱自己別計算錯誤。

6 等待

古鐵雷斯警官往安東妮娜的房間裡走去的途中，努力壓抑內心的怒火，不讓自己的肝火爆發，但他的腳步仍傳達出「給我聽好了」的涵義。

指關節不耐煩地敲著。

沒有動靜。

走廊底部有一個服務生拉著推車，喬向他展示徽章，示意要他打開五一二號房門。

「我沒有這項職權，您得詢問櫃檯。」女子回答。

他悻悻然地哼了一聲。這年頭沒人尊重警察的意見了。

他往後退了一步，抬起腿，用盡全力踹了一下門鎖。

「您不能這麼做！」

「您去叫警察來。」

他踹第二腳後，門鎖連帶著門框一起彈了出來。

喬衝進房間，開始翻動屋內的東西。

不到一分鐘，她就找到那個被藏起來的袋子。喬可能不擅長其他事情，但這……他已經做了十幾年了。

在那個時候，手機收到一通來自安東妮娜的簡訊。

喬，這是預先設計好的簡訊。如果你能收到，那就代表我惹上麻煩了。請到車上等候我傳的第二封訊息。我要拜託你，一收到訊息，請以和我一樣的方式開車過來。

簡訊最後一行，是一隻戴著太陽眼鏡的鴨子圖案。

警官腦海中閃過的感受，難以用所謂有禮貌的語言來解釋。原本跳得很厲害的脈搏，又衝得更高，怒氣飆漲到得出手肉搏一番的程度，而收到安東妮娜訊息的瞬間，更是讓高壓鍋沸騰到達了頂點。

他走上車的那段五十公尺遠的路程，發出的所有誓言，難聽到無法再現。

他用力關上車門，坐入奧迪的車內，脫掉外套，繫好安全帶，轉動鑰匙，啟動電氣系統，但還沒有真正發動引擎。他又咒罵了幾句。

外頭，天色已黑。

外面，就算路人不經意從車旁經過，聽不見車內的聲音（車艙有完美隔音效果），可能還會驚奇地探頭再看一眼，因為可不是天天都能見到一個人正在大聲尖叫，用力拍打方向盤，卻沒有傳出半點聲響的景象。不過，漫不經心的路人就算見狀，也不敢停留，只會加快腳步離開，因為裡頭的人，體型魁梧。但真的絕不是胖。

不管再怎麼發洩，對喬都毫無幫助，他一點也無法冷靜下來。

而且，對緊接著要發生的事情，更無半點助益。

如今，等待是一種折磨。電話、簡訊、任何通訊軟體的訊息傳送，都讓人習慣即時性，快速得到雙重確認，立即擁有即時反應，所以我們變得任性妄為，十分幼稚。正如同現在的古鐵雷斯警官。

他緊握手機，每隔幾秒就檢查一次收訊範圍是否有四條滿格。握緊拳頭，環顧四周，好像安東妮娜很可能突然出現在街角。

副駕駛座上空盪盪的，只留下滿滿的焦躁不安。

等待，使他充滿了無力感。

他被封鎖在暫停與行動之間的奇怪縫隙。由於無法即時得到滿足，他開始自言自語：**快點，快點，快點**。

期望、失望不斷反覆，有時候會好言相勸，但隨即出口威脅。他在此等待的時間裡，也就意味著安東妮娜正在發生某些事情，這才是令人害怕的事情。

那種模糊，是因為從未花足夠多的時間，瞭解自己該如何面對等待，所以不確定性就變形成為怪物。

事實上，每一個曾經被單獨留在家中的孩子，都非常瞭解這個怪物的存在，因為在陰影中，怪物就會露出爪子，以及嗜血的鼻子，那時孩子就會尖聲呼喚母親，但在等待母親出現之前，母親會有一千種可怕的方式死去，並把我們拋在黑暗之中。

等待，每一個瞬間，流逝的每一秒鐘，喬越感不安。

焦慮和恐懼變成一座即將噴發的火山，在暴力與絕望中，吞噬掉一切。

此時，收到一封簡訊。

行行好，快來找我。點此。

註：希望我還活著。

最後一行，一隻露出上排牙齒的惡犬圖案。

喬立即發動引擎，油門死硬踩到底，踩得好似腳底都擦過柏油路面似的。

妳可別死在別人手裡，因為妳得死在我手裡才行。

7 廚房

安東妮娜記不得自己被甩多少個耳光了。

他們的力道拿捏得很好，不太用力。他們的重量是安東妮娜體重的兩倍。如果用力過猛，可能折斷脖子或頭，或者其他更慘的狀況。

現在他們已經毀了她的眉毛與雙脣。

這對他們來說，根本不叫傷害。

對她而言，更是無關緊要。

安東妮娜在一陣拳打腳踢之後，昏了過去。但時間不長，大約幾秒而已。她腦海中響起一陣令人不悅的鈴聲，讓她不得不醒過來。她的身體被用力搖晃，發現聲音實際是電話鈴聲。她沒有聽到對話，但她從光面的咖啡壺倒影上，看見他們的身影。

她艱難地撐開自己的左眼，眉宇之間腫脹得很厲害，毛細孔的血管都匯集在此。那個位置已沒有任何疼痛的感覺，但因為位置關係到口鼻，所以其實是牙齒傷得最嚴重。她每被揍一拳，就得咬緊牙根，以免咬到舌頭或臉頰內側，但也不是每次都成功，嘴巴裡面已經被撕裂。下巴的肌肉也受到相同的衝擊。另外，脖子也一樣要綳緊，好讓自己隨著耳光的方向移動。

第十個巴掌，堅持每個動作已不再容易。

第二十個巴掌，就只想被殺。

但不管打再多巴掌，都沒有任何效果。安東妮娜絲毫不透露錢的去處，主要也是因為她並不曉得。而那通電話似乎說了某件**重要**的事，安東妮娜很肯定是件大事。其中一人為了讓她看樣東西，又甩了她一巴掌，但這又讓她昏了過去。

「錢在哪裡？」她聽到，聲音來自遠方。

「我想知道現在幾點。」安東妮娜用西班牙語低聲自語。

「什麼？你說什麼？」

「時間。我想知道現在幾點鐘。」

或者，把椅子轉個方向也行。

或者，別再揍我也行。

沒想到三個願望一次滿足，其中一名男子粗暴地轉動椅子的方向。她還以為自己在這間廚房裡只能看著廚房的對角，所以剛才被甩巴掌的時候，她從廚房的抽屜上方，選定一塊切割工整的四方體瓷磚，做為自己看到世界的最後一片風景。突然，她又能再看著世界的另一個部分，感覺就像獲得祝福一樣。

所以，不是我偷聽他們的對話，而是他們在對我說話。安東妮娜暗忖。

另一個，奧爾洛夫叫他戈沙（Gosha）的人，他決定使用鋼製器具。安東妮娜頭暈目眩，目光幻散，看不清物體的面目。

就算她與廚房內的時鐘僅距離三呎，她也無法看見時間。

「妳現在要說了嗎？」較矮的那人問話。

他在她面前展示手上拿的東西。那是一支海鮮鉗子，能夠剝除任何甲殼類動物的外殼，例如，龍蝦，或是安東妮娜的小指。就像此刻她那根左手小指骨正在遭受擠壓。

「錢在哪裡？妳都知道吧？厲害的警察都找得到？快說。」

劇烈的疼痛讓安東妮娜瞬間睜開雙眼，清晰地看見廚房的流理檯上方，剛才那裡明明還放著一整隻豬大腿做的煙燻生火腿。

「好了，可以，我告訴你們。」安東妮娜低聲表達。

手持鉗子的人鬆開她的手，蹲下身子，耳朵湊近她的嘴巴，另一個人傾身靠近一點。

「什麼？」

「你們死定了。」

身高最高的人立刻發覺事情不妙，因為他一轉身，隨即被一隻煙燻生火腿（又名狼牙棒）擊中額頭骨。

安東妮娜在無意識中計算出一個五公斤的帶骨肉塊，攻擊人類頭骨的力量大小。思慮過程如下：

◆肉塊行進速度大約每小時五十公里。
◆接觸面積約為四百平方公釐。
◆人類頭骨的厚度約為六公釐，平均斷裂點為一百五十牛頓／平方公釐。

衝擊力總和：八噸。

安東妮娜的計算，細緻到從壯漢的頭骨破裂到他的身體倒地之間的時間都包含在內。也就是說，很可能當場身亡。

「我不是胖。」喬回答，放下手上那隻豬大腿。口氣充滿厭惡。

另一名壯漢站起來，從口袋裡掏出蝴蝶刀，打開，直接刺向喬。警官往後退了一步，然後又退了一步，努力躲開那把尖銳刀鋒劃破的空氣，揮舞的斜線。

當壯漢離安東妮娜夠遠之後（這是喬主要的目的，也就是為何他沒有立即還擊），喬拔出槍，對準對方的臉，壯漢立即放棄攻擊，悻悻然地丟下刀子。

「我要找律師。」他說。

到底都學到了什麼。喬暗忖。

「先讓我問個問題，剛才如果我在你要刺我的時候，向你要律師，你會怎麼做？」

壞蛋聳聳肩，驚愕的臉上一副要笑不笑的樣子。他們不來那一套。

「懂了。」喬回答。他走近，並把槍頂著對方的額頭。「你只提自己有利的部分。我真該一槍斃了你。」

對方噗哧笑了出來，臉上露出令人厭惡的嘲諷表情。

「你沒種。」

「你無恥。」喬邊回答，邊往他的臉上揍一拳。

惡棍就像被一根看不見的繩索吊著的木偶，身體搖搖晃晃，最後失去知覺而倒下。

喬趁機往他嘴巴踹一腳，讓他的牙科帳單增加到三百歐元。

然後，他轉向安東妮娜。

神情嚴肅。

8
哼

「見到你真好。」安東妮娜說，並且投以一個血流滿面的笑容。

喬發出了一聲英國女王最喜歡的輕哼。一句話也不說。就只是走到水槽邊，把手指浸泡到冷水裡好一會兒。然後，擠壓 Fairy 高效洗潔精，洗淨他手上留下黃油的痕跡。之後，他又注意到自己埃及棉襯衫的袖口上，出現一道汙漬。他感覺十分嫌惡，所以在水槽裡花了許多的時間反覆搓拭。當然，這使得情況變得更糟。

「妳的 iPad 與手機屍塊都在這。怎麼還有辦法傳送定位訊號給我？」

「你看看 Smint 薄荷糖的盒子。」

喬看向流理檯，打開盒子，裡頭除了有薄荷糖外，還裝了一臺ＧＰＳ。那臺機子常見掛在患有阿滋海默症老年人脖子上的設備，隨便在任何電子通訊行，花五十歐就可以買到。

「你在生我的氣嗎？」

喬低頭微笑一會兒，同時不停翻找冰箱內部。

「妳怎麼想到這個點子的？」

「你該先來鬆開我的手。」

喬在冰箱內找尋冰塊，但裡頭只有一袋冷凍豌豆，算是治療瘀青、挫傷不錯的選擇。他把一袋豌豆扔到安東妮娜的附近。

「用吧。」

安東妮娜用力搖晃手指，想要喬看見她的手腕仍被綁在扶手上。

「數一數吧。」喬回答，並坐在剛才奧爾洛夫坐過的位置上。

安東妮娜用腳推動自己往前，金屬材質的椅子在磨石子上摩擦，發出一陣相當不悅的聲音。她移到豌豆袋前，脊椎彎曲，讓臉離冰冷只有差幾釐米的距離。

「能幫個忙嗎？」

喬伸長手臂，用一根手指把豌豆推向安東妮娜的頭下，讓她能順利靠著。

「對不起。」她說。

「因為妳也沒有多說什麼……」

「拜託，鬆開我。」

「我們先聊一會。」

「我已經跟你道歉了。」

「我知道妳不懂人類做事的方法。」喬回答，試圖讓自己的聲音表現得很有耐心的感覺。「但至少要試著理解。請求原諒不是一根魔杖，揮舞幾下就可以抹去自己做錯的事。」

安東妮娜沉默。喬不知道她正在想什麼，可能睡著了，或是已經受到良心的譴責。過了一會兒，她稍微晃了幾下，改變姿勢。

「馬可士常常告誡我這件事。」

「妳都怎麼回答他？」

「那時，我說自己是無心的。」

心。

她無心。他說。

「最基本的要求，就是別犯相同的錯誤，並且誠實。」

「我不想把你牽扯進來。」

「不對，這樣子說不對。」

喬從口袋裡掏出她藏在房裡的東西。他打開塑膠袋，把膠囊全倒在桌子，然後把一樣放在他那裡的藥盒中的膠囊，也全都倒了出來。

安東妮娜挺身，盯著那些膠囊。她的眼神，喬曾見過。那是在那些牙齒泛黃、生活衛生環境極差的人身上會出現的神情，深陷在虛無的無底黑洞裡。

那兩顆眼珠不再勾人，也不想勾住任何東西。

他撇過頭去，移開視線。

「妳在我背後偷偷吃。」

她既不辯解，也不否定，就只是一直看著他。

「為什麼？」

「你知道理由。我們找不到她。」

珊德拉，一次又一次都是為了那個瘋女人，以及妳那病態的異想天開。自從我們認識以來，我總覺得我們在做一場比賽，但關於規則，兩人都不瞭解。

「妳偷了實驗室裡的膠囊。」

「沒有。」安東妮娜否認。

她的一隻眼睛半垂，另一隻直視著他，一眼都沒看向那些散落在流理檯上的紅、藍色膠囊。但這無法騙過喬，他知道她知道數量，總重多少，連最精密的封裝技術都懂。

或許最後一項技術真的是不懂，但別再說謊了。

只有一個方法能讓她承認。

「但是妳知道是誰做的。」

安東妮娜微笑，不知道如何反駁。

「妳不打算跟我說誰給你的？」

「不。」

她真的不打算說。

這使得情況變得更加複雜。

「曼多現在完全處在歐斯底里的狀態。」

「你應該沒跟他說什麼。」

「妳覺得我說了？」

她抓抓頭，頭往後仰，慢慢吐氣，然後轉身看著他。

「你是對的。我很抱歉。你不會背叛我。」

「可以了。」喬回答。他起身，跨過那個較高的混混身體，從流理檯的抽屜裡拿出剪刀，蹲在安東妮娜的椅子旁。「現在這才叫真正的道歉。」

「因為一個人真正道歉之前，都要先深呼吸？」

喬剪斷膠帶，假裝什麼都沒聽到。

一下子給鞭子，一下子給胡蘿蔔。

「你真慘。」

她的臉整個腫了，眼睛傷得最慘。整件襯衫沾滿血跡。

「我的瘀傷和擦傷，只要用點止痛藥和冰敷就好。」她說，揉著手腕。

「那就好了，這裡沒事了。」喬回答。

他把桌上所有的藥丸都集中到自己的大手上，並全都扔進水槽裡面。

「你在幹麼？」安東妮娜大叫，站起來，跑向水槽邊。

喬擋住她的腳步。

「一定得這麼做。女孩，妳已經失去理智了。」

「我得工作。」

「貨櫃，人頭的辦公室，昨夜的事，現在人來這裡。」

「如果你在這裡，奧爾洛夫就不會跟我說話了。」

「妳有拿到資訊嗎？被揍成這樣有用嗎？妳存心要我的心臟病發嗎？」

她垂下目光。

「讓我過去。」

安東妮娜在喬懷裡掙扎了幾秒，想要快點把溶解的膠囊從髒水撈出來。不過，她後來明白不可能推倒那一堵牆。

「妳不需要那些東西。」喬說。

安東妮娜哭了出來。

「你都不懂。你不知道我要去的地方。」

喬冷眼看著宇宙中那一粒小小的塵埃，但仍用雙臂緊緊抱住她。

「我不知道。只是妳回來的時候，我還是會在這裡。」

當時對她做的事

「這個女子是人類史上最驚人的奇蹟。」努諾一邊說，一邊用他那又長又硬的黃指甲，刮著曼多給他的資料。「如果你沒有引導她，讓她充分發揮潛力，那是因為你在教她用固定模式做定向思維的判斷。」

「拜託，請告訴我該怎麼做才好。」

「您得幫她找到她自己的敘事。」博士回答。「只要她有敘事，就能讓她只想著如何射門的事。」

整個房間牆面都是黑的，非常亮。從牆壁到地板貼著隔音材質的厚毛毯，密實得無法洩漏出半點聲音。只要曼多從擴音器發話，他的聲音會飄盪在空間的每個角落裡。

此刻，他期待好久了。敘事。不再照他的邏輯思考事情。其實一切都是意識在作祟。不必說肝臟分泌膽汁，腎臟製造尿液，但只要想著呼吸，就會控制住肺部。有時一旦握有這種控制權，幾乎不可能放掉，得一直思考著呼吸才行。

曼多不停思量著所有能讓安東妮娜不再思考的隱喻。他覺得自己找到了。

「安東妮娜，妳不能馴服一條河。妳只能順流而下，讓流水成為妳的力量。」

「用放棄來控制？這樣沒有道理。」

「不是一切都有道理可言，而且也不必一切都有道理可言。安東妮娜，妳就只能順流而下。」

安東妮娜不停嘗試。

安東妮娜做不到。

9 瞬息之間

安東妮娜再試了一次。

她閉上眼睛。

她陷在與奧爾洛夫交談的那一小時之中。她仔細思索他們談話中所獲得的訊息。他的衣服、手錶、鞋子。聲音的停頓與變化。什麼都沒有發現，但卻直覺地告訴自己：迫害蘿拉・莫雷諾，並不只是單純為了算帳，不僅為了維護幫派的榮譽，恐怕涉及的事情更加復雜，是跟奧爾洛夫非常想要的東西有關。

是某樣被蘿拉奪走的東西。

他原本理所當然地以為安東妮娜知道錢的下落，但她後來犯了一個錯，讓他發現她在說謊。但錯在哪？

她反覆思索，不斷挖掘自己被綁住，遭受一次又一次拷打的漫長時間裡所有的記憶。幾乎大部分都斷斷續續，毫無用處的訊息。兩個混混的穿著細節，脖子上戴的項鍊，手指上沉重的金戒指（她記起眉頭撕裂的痛苦），手機，通話。

她聽不見通話內容。但，她看到了通話的模樣。桌上那只光面的咖啡壺上，她看到兩人的動作。

她看到了，而如果她看到了，就能想得起來。

群猴出現。

再次回到她的面前，齜牙咧嘴，團團包圍她，想要不停吸引她的注意。

現在只剩她一個人在廚房內。她進到自己腦海中描繪的世界裡。喬不存在於裡頭。只有猴子在那裡，爬上廚櫃，跳到流理檯上，滑向地板，手裡拿著找到的東西，不停在她眼前晃動。

他們之中的每一個都覺得自己的東西最重要，以為那就是解答。不停揮舞著每個物件，聲稱這就是解決問題的關鍵。

安東妮娜再自行調整，盡量隔離每條訊息的內涵，理解其中的意義，再試圖疊加到最終結論上去。

安東妮娜，妳不能馴服一條河。妳只能順流而下，讓流水成為妳的力量。

「辦不到。」

我做不到放下控制。

妳不行，還是妳不願意？

閉上眼睛。

又睜開眼睛。

她人已經不在廚房裡了。

她再次只是個七歲的小孩。在動物園中，媽媽的懷抱裡。她屈服於她的哀求，買了一支冰淇淋給她。在此之際，所有的動作都靜止不動，安東妮娜不動。她第一次看見。

醫院的點滴打進她的手背上的痕跡。

水杯內是剛剛溶解的抗生素。

皮膚極為脆弱。頭髮不再是她的，而是一頂假髮。白眼球泛黃。起不了作用的肺部，奄奄一息。

「親愛的，我們再去看猴子。」她的母親說，但嘴角卻透露出頹敗。

證據就在那裡，就在她眼前。

她早就知道了，當時她就知道了。

此刻，她才懂為什麼在籠子前她掉下眼淚，為什麼會突然被那隻似乎在保守祕密的動物嚇到。其實是她從一開始就想隱藏，她不想要祕密出現。

我一直都知道方法，只是我太怕我自己了。

她閉起眼睛。

再次張開看向四周。

她又回到了廚房裡。

混混從地上爬起，隨著一股看不見的力量，跟著時間一起倒流。

安東妮娜再次坐回到椅子上，手腕被膠帶綁在椅子上，臉上腫脹的程度逐漸變小。

再一次她看向咖啡壺。

看到兩人在交談。

看到他們的嘴唇。視線十分模糊，她那時已被揍到頭昏腦脹的狀態。

但她抓到了一句話。

她張開雙眼。

喬一直抱著她。

「我想我知道道蘿拉・莫雷諾在哪裡。」她說，並從他身上掙扎開來。

喬皺起眉頭，煩躁地抓了抓頭髮。那一整天他經歷了太多情緒的波折，此刻最明智的做法是先休戰。

「我們先回到車上再說，不過在那之前，最好去一趟藥局。」他提議，並指著那張意外現場的大花臉。

安東妮娜感恩地點頭，朝著廚房的門走去。途中，她得跨過那兩個彪形大漢的身體，當她盡力地把腳抬高，跨過第一個被喬打到昏死過去的人，她突然飄進一個奇怪的感覺，而且只能以一個問句來表達。

「你愛我嗎？」

喬對著她，疲累地笑了笑。

「唉，小妞，我就是太愛妳，才不捨得殺死妳。」

寇特

是窩裡最小的一隻。

先吃的都是牠的兄弟姊妹，先找到溫暖的地方睡覺也是牠的兄弟姊妹。牧羊人走進棚子裡完全不理會那一窩狗崽子。根據多年的經驗，自然法則運作下，九隻狗崽子不會全都活下來。等到春天，運氣好的話，最多就只有三隻能活。

在亞美尼亞，休尼克省的戈里斯城，冬天十分嚴酷。最低溫可達到零下十二度，最高溫永遠不會超過三度以上。那是一座非常美麗的田園小鎮，彷彿是在另一個世紀裡頭。當然，有汽車，手機，文明病傳染力遍及世界上最遙遠的村落。但是，在讚格祖爾山腳下，住著一群非常特殊的人。他們相信古老的宿命，按照祖傳的方式生活。他們出生在廣闊的天空與敞開的墓地之間。就算別人不搭理他們，或對他們講大道理，他們是可以連眉毛都不會抬起來的人。

因此，牧羊人冷漠地看著狗崽子。如果是別人看到這般情景，可能早就倒牛奶進到棚子裡，幫牠們蓋毯子了。但牧羊人置之不理，讓大自然自行運作。實際上，他有太多事情要煩的了。冬天的棚子內有非常多的工作，他得餵食羊圈裡的羊喝水與吃草，還得鏟除大量的糞便。一切都只能依靠他與自己的小兒子（大兒子在十七年前死於戰爭之中）。牧羊人做完所有工作後，筋疲力竭地癱倒在床上。

春天降臨，積雪消融，大地變得宜人可親。羊群自己能在山坡上吃草，牧羊人只需背著滿袋子的食物，坐在馬上，手裡拿著長棍子，把牠們從一個地方趕到另一個地方。太陽為原本疲倦的手腳注入力量，牧羊人的精力與尊嚴因而恢復了，生活變得可以忍受。

時候到了，狗才會派上用場。

高加索牧羊犬是個古老的品種。蘇聯人表示是他們在第一次世界大戰後培育出來的品種。他們將來自北奧塞梯山脈的獒犬，與亞美尼亞和亞塞拜然的品種混合在一起。牧羊人對這種到處散播的不實說法，感到非常的厭惡、噁心。他六十三歲了，可以說是和高加索一起長大的。每一隻都叫高加索，因為那就是牠的名字，沒有別的。他的父親是如此命名，他的祖父也是如此。非常典型的俄羅斯人，強烈要掌控一切的欲望：土地，女人，小孩。

高加索長得很壯碩，棕色鬃毛十分蓬鬆濃密，黑色區塊的四條腿又粗又長，體重高達九十公斤，根本就像個成年男子一樣高大，有時候看起甚至更加魁梧。牧羊人記得一個驚人的紀錄，這一窩狗崽子的祖父，幾乎能追趕一百隻羊。高加索的凶猛、智慧與非凡守護領土的本能，讓牠們成為牲畜與家庭的保護者。不過，其實在各種任務中，牠們表現最為出色的一項是：獵狼行動。

狗崽子戰勝了寒冬。

春寒料峭的一個清晨，牧羊人在棚子外發現了牠，在牠的兩腿間有一隻鴿子。鼻子上有幾片粉狀的雪覆蓋著。白雪摻混著鴿子血，在黎明的陽光下，像骯髒的紅寶石一樣閃閃發光。

他驚喜地看著那隻狗崽子。牠現在應該有十二週大了，當時以為在五週大的時候就被母狗吞噬，死掉了。母狗很清楚不可能全都能活下去，她們做的也只是加快進程罷了。

「那不是最小的那隻嗎？」兒子詢問。

牧羊人點頭。

「不知道該怎麼處置，我們已經養太多隻了。」

還有另外四隻狗崽子活下來，加上這一隻，一共是五隻。

一窩特別強壯的狗崽子。飼養四隻九十公斤的狗不是件容易的事。牠們一年可以吃掉三十隻羊，此外還有雞、蔬菜和水果。不養高加索，牲畜就不可能長大和繁衍下一代，也就不可以此來換取水和牧草。有高加索，棚子才能倖存。七年前，群狼進入鄰居的圍欄內，一夜之間，死了一百二十隻羊。

想到就不寒而慄。

但那隻狗崽子還是不能留下來。

「我把牠帶到村子裡，尼科爾（Nikol）會買下來。」

牧羊人一臉不悅。高加索是自由的動物，不是商品，不是羊那般愚蠢，有奴性的牲畜。但牧羊人壓抑住自己那雙粗糙的手，撫摸狗兒子的衝動。實際上，他不是一個多愁善感的人，但他也瞭解自己，只要他輕摸之後就會留下牠。只是他同時也明白，那筆錢有多重要。

「好吧。」

「牠叫什麼名字？」尼科爾詢問，並看著那一團似乎脆弱的毛球。尼科爾是超商的老闆，有一倉庫的動物飼料，而且也很懂高加索牧羊犬的習性。

「不知道，就叫寇特吧。」

「寇特，狗崽子。很好。」他回答，並遞給他一疊鈔票。

尼科爾照顧狗只有六天的時間，之後就由一個訓練師接手。接著，寇特坐著貨輪抵達俄羅斯。在俄羅斯，寇特在訓練師的莊園待了三週的時間。那個訓練師的工作，是尋找血統純正的獒犬，教育完後，再送到有錢人的家中。訓練師知道自己販賣的是什麼。那些狗都很驕傲，很聰明。牠們不是生來做家犬的，不會輕易聽從指示。但訓練師知道方法，在俄羅斯的監獄裡，若在圍牆巡邏時，發現有犯人跳樓，看守員不會阻止，而是任由他們翻牆，並把結果以全彩照片的方式掛在走廊上展示給囚犯看。

因此，就算一隻寧死不屈的高加索（訓練師不叫牠寇特，而是叫高加索這個蘇聯的名字，因為那是蘇聯的創造物），他還是可以馴服，但又破壞牠們的性格。

狗只要結束訓練，照片就會被張貼在訓練師自己的網站上，做出一個完美的高加索犬範本，一隻出生在皚皚白雪的高山上。價格是四千美金外加上旅費，這是尼科爾付給牧羊人兒子的一百倍。

世界的另一端，醉醺醺的年輕瑜利打給妻子，跪在螢幕前方。

「親愛的，我想我知道我們新家需要什麼了。」

蘿拉

從前從前有一個女孩，想方設法要救出自己的狗，要帶著狗一起逃到壞人永遠無法接近的地方。

蘿拉知道這場惡夢即將結束。傑克快要逃出巨人的家，順著豆叢往下滑。

最後那幾個小時過得太驚恐了。她要想辦法脫身。警方展開搜索行動，她的照片在各大新聞媒體上放送，並且把重點放在她的穿著上面。但有了閒錢，蘿拉能做的事情變多了。首先，她進到東方商店，把一身的運動衫扔進了垃圾桶，換上一件難看的風衣與帽T，並買了個背包，形象與她被公告的照片，差別十萬八千里之遠。

她搭上一輛計程車到埃斯特波納。在那個小鄉村，很容易就能找到一間不看證件的公寓式旅店。當然，理由是她忘記，而明天在此地要開一個重要會議，為補償虧欠，她住宿期間會支付雙倍的住宿費。在離她住宿的不遠處，有一家藥房，她在那裡買到了珍貴的胰島素。蘿拉轉身從背包裡拿出一張鈔票，雙手顫抖著把錢放入金屬盒子裡，內心生怕藥劑師忽然認出她來，但藥劑師只是比平常再多看了她幾秒之後，最後還是把胰島素與藥片放進盒子裡，**咔噠**一聲合上窗口。

在拉蒙與卡哈大道轉角處，對空鳴槍不到兩個小時，蘿拉現在在狹小的淋浴間裡。她淚流滿面，身體仍因緊張害怕而不停顫抖。

那一晚，她把桌子抵住門，仍無法入眠。只要有一點風吹草動，就以為她被找到了，大家在外頭等著。一直到陽光穿透百葉窗，夢境才真正的降臨，拖著純粹的疲憊，深深進入夢鄉。

她起床後，先打一針胰島素，煮一壺咖啡。之後，她到服飾店買幾件休閒服、太陽眼鏡、牛仔褲與帆布鞋。她一路上都把臉面向牆壁，感覺大家都在用可疑的眼神注視著她，而且她在店裡頭的時候一直身體朝著出口，但從頭到尾沒人靠近她，也沒有人認出她來。

經歷了這幾天所發生的事之後，生活依舊一如往常的匆忙紛亂。她提著購物袋，坐在西班牙大道上的一家餐館裡吃飯，她一時忘了自己的處境，在自己新買的包包（裡頭只有幾張鈔票）中翻找手機，想打給瑜利問問他在幹麼。

突然，一顆碎石打破了她的幻想，帶她回到現實。

主菜上來時，她不禁掉淚。

她是個逃犯，連張身分證都沒有，更不可能弄到一張。沒有朋友、家人可以求助，大家全都被監視。

我得繼續逃亡，坐上一輛開往馬德里、瓦倫西亞的巴士，隱藏在大城市的街弄之中，找份工作，徹底消失。

不可以。

我還得帶我的狗一起走。

回到馬貝拉市風險太大，但她已經恢復體力，對自己也很有自信，她確信自己能在一個小時內就離開那裡。

只要再一個小時，一切就結束了。

這個地方真糟。蘿拉環顧四周的環境，心想。

市政府犬隻收容所位於一個十分偏僻的郊區，一條狹窄的單行道盡頭。基本上，犬隻收容所、殯儀館、療養院和墓地都有共通點：全都設置在不容易看到的地方。因為那些地方隱藏了我們不想面對的現實，所以就算大家心知肚明，還是沒人真的想看到高牆後的情形。

時間，成為衡量金錢的工具，變成現今最有效與最危險的毒藥。我們不再隨意流露出任何真誠，吝嗇付出情感，因為時間能夠成為我們自私的理由，自己的無情能得到辯護。然而，這種自私使我們看不到真相，遠離自己破壞的後果。利用自私蠶食他人，但最終也吞沒自己。**我們沒有時間**，我們催眠自己。所以，狗繼續待在狹小的籠子裡，只要有人打開門就會抬起皺巴巴的脖子，看看門外。

給不了真實時間。

便也給不了寇特時間。

做為具有潛在威脅的犬隻（很少比牠更危險），法律規定，如果十日內沒有被收養，將施以安樂死處置。

返回馬貝拉市之前，蘿拉就在一家五金行裡買了一把剪刀與麻布手套。她走到收容所的後方，用預備的工具剪斷柵欄上的電線。她得把柵欄弄出一個大洞，好方便狗的進出，而且若要逃，也不希望被這團電線割傷。

她弄出一個約直徑八十公分的空間後，直接把殘骸扔到一旁，進到收容所內。園區內，沒有保安與工作人員。屋子的外頭堆疊了兩排籠子，一副搖搖欲墜的樣子。整條走廊看起來十分陰森。蘿拉撇開目光不去看籠子裡的動物，大多數的狗都是被主人棄養的，就像有一天狗主人決定處理掉自己兒子任性要求的聖誕禮物。籠子很髒，動物垂頭喪氣。在此的每個狗籠都是自費的，目的也就是意料之中的那件事。

蘿拉走過籠子旁，裡頭的動物甚至沒有任何反應，有幾隻無精打采地咆哮幾聲，其中有一隻發出一聲充滿希望的吠叫，但蘿拉直接無視走過，四周又再次恢復死寂。

蘿拉走到籠子前，她沒有鑰匙，但她用一根長鋼針，不到一秒就把籠子的門打開了。裡頭的狗沒有移動，即使收容所十分陰暗，但街上稍遠的路燈的照射，這隻動物的外觀仍是十分奪目。牠們高如餐桌，寬如沙發，臉上褐色鬃毛蓬鬆濃密，眼鼻像蓋上一只黑色面具。昏冥之間，能看見兩顆棕色眼睛閃閃發亮，與輕柔吐著粉的紅色舌頭。

蘿拉喊牠的名字。「寇特。」

那發音就像要親吻一樣，嘴唇集中在一起，舌頭往前頂了一下。

「寇——」她叫喊，並蹲下身子，以便能夠讓牠撲過來歡迎她。「過來。」

狗立刻走近，熱烈地舔她的臉。那隻狗擁有的肌肉和骨骼，足以在幾秒內解決一個人，但在主人的眼裡，那就只代表著愛。

「看看你，傻孩子。」她邊說邊拍打牠的頭和脖子。「你真髒，項圈被拿掉了，還變瘦了。」

她的離去，寇特並不怪她。但牠知道其他狗的存在，而且她在那裡，所以讓牠變得十分緊張。牠開始用那隻像小煎鍋一樣大小且一樣堅固的爪子，敲擊籠子，牠只是想警告她，卻弄傷了她的腿。不過，那是與寇特生活的常態，腿上永遠傷痕纍纍。

「好了，乖孩子。」

她帶著狗走向剛才柵欄上弄出的出口。

「穿過去，到外頭去。」

寇特嗅聞了一會兒，才跳到外面，蘿拉隨即跟上。

空地的遠處，路燈旁，她看到辰亞的福特嘉年華車款。辰亞坐在駕駛座上，打遠光燈向她示意。

好險。**這一切終於結束了**。蘿拉想著，完全不敢相信一切如此簡單。

她做得真好。但是，當她要開啟車門時，有一股力量硬讓她轉過身。

寇特身體呈現僵硬，前傾，胸口挺起，下顎發出刺耳，帶有威脅性的咆哮。

「蘿拉，妳要去哪裡？」黑暗中有個聲音說。

蘿拉肚子像被一顆沉重的鋼球擊中。她認得聲音，一個帶著虛假友善的聲音。

欽磷．銳保就站在她面前。路燈下，一頭暗沉的金髮，瘦削的身體襯著蒼白的皮膚。一臉虛偽的微笑，眼睛不帶血絲，手上有一把槍。在此之中，最讓蘿拉害怕的不是槍。

「為什麼？」蘿拉看向辰亞。

「太太，他們威脅我，如果我不交出您，要殺了我妹妹。她不能死，但沒有人在乎您的消失。」

她能理解辰亞，她只是做該做的事。就如同她，以及所有人一樣，都會做出同個選擇。

「我很抱歉。」

蘿拉回以她一個哀傷的笑容。假若是在別的時間點，在幾天前，她可能口出穢言侮辱她，威嚇她，詛咒她不得好死，但現在她甚至記得那個自己，那個女人。或者說，自己是否有可能再變回去。她對一切都感到疲累，身在其中的疲倦。

「沒關係。」

寇特看到銳保身旁又多出另一個惡棍時，吠吼得更加用力。那人拿著槍，指著狗。他的手指已扣在扳機上，雙眼矇矓，看起來像至少吸了一克的毒品。

「最好讓妳的狗別再亂叫了。」銳保指著狗要求。

「我只要下個命令。」蘿拉回答。

「我們只要開槍。」

蘿拉咬緊舌根，壓抑自己不發出指令讓寇特攻擊那兩個壞蛋，阻止牠不要為了保護自己的主人而發動攻擊，因為需要的不僅僅是一把槍。

就算殺死了一個，還有另一個人在。

她不會讓自己的狗白白送死。

「我們打個交道。狗讓她帶走，我跟你們走。可以嗎？」

銳保皺了一下眉頭，考慮了一會兒提議的事情。殺死她的狗不是個好主意，這幾天引起組織注意的事情太多了。

「可以。」

蘿拉打開車門，讓寇特爬上去。狗困惑地看著她，但還是遵從指令。

蘿拉靠向辰亞，偷偷從夾克裡拿出信封交給她。

「把狗帶到我交代的地方。」她向辰亞表示。「你們在那裡就安全了，我會再去找你們的。」

辰亞打開信封，裡頭是比五千歐元多出更多的錢，不僅夠她的妹妹開刀，也夠消失在世界上一段時日。

「他們不會讓妳走的。」她嗚咽地回答。

「我會處理好的。」

辰亞發動車子，開離空地，也一同載走了蘿拉・莫雷諾的希望。

她緩慢地轉頭，看向欽磷・銳保。

「好了。你們抓到我了。」

10 朋友

「妳真厲害。」銳保說。「妳不只是瑜利的甜心巧克力，不是個裝飾品。」

蘿拉沒有回應。自己的能力被認可不是她當下的優先事項，更何況她已經將自己全然隱身起來太久了，所以被一個持槍的變態稱讚，她完全漠然。

「妳不說。沒關係，妳會說的。」

蘿拉心情波濤洶湧。自由原本觸手可及，但卻因為一個愚蠢的錯誤決定而失去了。她的內心憤怒至極。她讓自己保持鎮定，不顯露半點慌張害怕的神情。

「為什麼不求個痛快，就地解決？」

銳保露出微笑，一個史上最令人不愉快的微笑，但當他看到空地另一頭的車燈，他的臉瞬間僵住。

「那是誰？」另一個惡棍問他。

銳保從手臂勒緊蘿拉，讓她整個靠在他身上。

「妳朋友？」他問，拿槍指著她的肚子。「妳叫人來？」

槍管的鋼鐵將一股電流與恐懼從肚子傳到脖子後方，讓她倒吸一口涼氣。她有一股衝動（指尖感覺到的刺痛），想推開指著腹中嬰兒的槍口。

但她唯一做的，就只是驚恐萬分地死命搖頭否認。

銳保思索著快跑回到車上，但他的車子剛才為了暗中抓到蘿拉，停放在遙遠的另一頭。強烈的車燈照了過來，有另兩輛車也在幾呎外跟上。

後方，又有兩輛車出現。

前方，有一輛巡邏警車和一輛黑色奧迪。其後，又有另一輛警車。總共是三輛車子包圍住他們。他們猛然煞車，輪胎在礫石上打滑，發出嘰嘰的摩擦聲。幾名特勤人員從車裡出現，拿著手槍，指著他們。

「警察！棄械投降！」

附近有越來越多車子，警笛大作。

銳保憤怒地環顧周遭。把蘿拉勒得更緊，槍口抵著她的側腰。他們的四周都被車頭燈包圍起來，身影在地上打出一道無比細長的的陰影。

另一個惡棍神色不安，滿頭大汗，呼吸急促，心跳異常。在古柯鹼的作用下，他的攻擊性、偏執狂與自信心都倍增到極端危險的地步。他開槍射擊前燈外的黑暗處。尖叫，混亂，同時伴隨著狗吠。

惡棍不斷開槍，並朝著其中一輛巡邏車走去。

有人開槍，射中他的背。惡棍轉身，另一顆子彈從側邊穿過他的脖子，氣管瞬間撕裂，血肉與軟骨在聚光燈下飄浮了片刻，然後落地消失。

惡棍倒地前就已身亡。然而，他的身體並不曉得，所以不停抖動，產生痙攣與抽搐，因此他的臉不停在礫石上摩擦。

「我要找律師。」欽磷．銳保鬆開蘿拉，丟掉武器並聲明。

「是……上過同一堂課，教同一套對答嗎？」在車燈後的喬聽到後不禁發問。

亞獅康

亞獅康是不會被自己情緒操控的人，他根本不在乎自己的感受。

當他發現瑜利的背叛時，做出行動前，他已先花了幾天思考。

當他得在死去的財務長葬禮上，對著那群十惡不赦的混球與合夥人發言，他早就在浴室的鏡子前排練，權衡每句話的語調變化與停頓，甚至會搭配手部動作。他把手放在洗手臺上，彷彿擱置在東正教教堂的聖經上一樣。

他向老大做出交代（及黑狼后行為暗藏的目的）之後，他盯著吐司上的煎蛋許久，才做出決定。

然而，此刻，情況截然不同。不僅按照命令追回錢的機會被毀了。欽磷・鋭保還被逮捕了。

亞獅康這幾十年來，從未對誰有無條件的喜愛。偶爾他會聽到自己大聲談論某個朋友竟然尚未被人殺害。就算是對頂頭上司，也不會全然信任，因為重要的是聽得懂話，能按照指示做事。

那些人像盾牌一樣走在他前面，而他得為此付出代價。一個混黑道的人想要終老，必然得與孤獨訂下契約。

但是，對亞獅康來說，假若有誰讓他感受到友情，真實不做作的同袍情誼，那人就是欽磷。

銳保就算任務失敗，問候方式粗暴、詭異，這些他都可以原諒。奧爾洛夫很清楚他不是個正常人，欽磷就是個壞蛋。

年少時，奧爾洛夫看不起那些愛蘇聯電影的蠢蛋，得意洋洋地把自己當成無產階級的英雄。

之後，他就認識了欽磷・銳保。

當人到了一定的年紀，就算眼睛看著出口，腳踏到庭院上，但總是不停回望。奧爾洛夫因為需求和本能的關係，赤手空拳打死了十幾個人。做出這樣的事，他不覺得特別享受。對他來說，結果是唯一重要的。就算敵人躺在棺墓，也要挖出來鞭屍。

「我們很冷血？」有一天他問欽磷，眼睛盯著眼前的伏特加與敵人十一歲兒子的屍體。

「我們有品味。」他故作神祕地回應。

奧爾洛夫後來到了西班牙之後，他才明白欽磷的意思。好品味跟身上穿的衣服、家裡用的家具無關。沙皇的宮殿裡塞滿了珠寶和家具，那些東西在今日裝潢雜誌上看起來，很低俗。

好品味無關潮流，是一種和諧，最好獲取的辦法就是通過暗殺。

因此，奧爾洛夫覺得自己深受欽磷的影響。因為他決定，做自己的自由藝術家，愛自己所做的，並堅信不疑。

就算是混幫派的，也要有天賦才行。亞獅康自忖。**天賦必有著熱血**。

奧爾洛夫不停與自己爭辯，整個人焦躁不安，就連坐在自己最喜歡的椅子上，也坐立不安。他在山頂的豪宅露臺上。若是天氣晴朗，萬里無雲，從此處就能看到直布羅陀和非洲的海岸線。

他的住宅再往上走半公里，就是普丁在西班牙的住處。他從未遇過他，見到面也不知道該對他說什麼，或許會害羞地表示感謝。

此時，夜幕低垂，視野僅能見到一大片樹林，月亮在枝木間若隱若現，耳邊可聽見穿過樹枝的風聲。基本上，沒什麼可看的，眼前無處可探尋。

要做出決定了。

決定裡充滿算計。後果和影響。背叛，也許是繼續前進的唯一機會。要追到底。他七十歲了，步履蹣跚，但雙腳仍立定在庭院裡，一步都不肯離開聚會，因為出口的另一邊就只有黑暗、冰冷、嚎叫與尖利的牙齒。

亞獅康是不會被自己情緒操控的人，因此他能拿起手機，按下他以為自己再也不可能用的電話號碼。

電話鈴聲一響起就被接起了，對方像早就等他來電一樣。

「我們得處理這件事。」奧爾洛夫說。

「無論發生什麼事？」

「無論發生什麼事。」

電話掛斷，他又打了另一通電話。如果第一個計畫失敗，這事必定開始執行了。而他想不到別人了，因為也沒有別人了。

這不是他曾想像過的老年生活。他以為在他這個年紀，能夠超然，不再受到肉體、慾望與痛苦的束縛。

然而，相反地，他只是被捲進身體的機制，拖垮自己。自己在生鏽的機器中吱吱作響，變得越來越殘暴與嗞血。

他起身。

11 另一包冰敷袋

最後，一切迅雷不及掩耳地發生了。

兩人在車上，回到馬德里的路上，一切就跟來時路一樣。深夜，看著路面上的條紋與奧迪的引擎蓋互相追逐。感覺既奇怪又不真實。肩膀緊繃，雙腿卻輕得像不存在一樣，就像在乾枯大地上，於槍林彈雨中奔跑的士兵。

彷彿事情就是如此簡單明瞭。

「事情就是如此簡單明瞭。」喬向她說。

「我們做了自己該做的事。」安東妮娜回答，喃喃自語般。當然，她不是真的喃喃自語，而是因為她的嘴巴正在冰敷。

第一包冰敷袋是在前往犬隻收容所的路途中買的。在加油站裡，喬在結帳時，安東妮娜打電話給羅梅羅局長。這兩個女人原本的緊張衝突，在安東妮娜語氣中沒有一絲投機報復的心態，聽起來十分專業，並且嚴肅告知局長蘿拉在幾分鐘後會出現的位置。局長道謝，明確感謝她的付出，並進一步告知碰面地點，以及給予具體的行動指示。

至少，以上這些是安東妮娜轉告給古鐵雷斯警官知道的談話內容。

「她說再見的句子是什麼，用什麼樣的文字表達？」喬再仔細詢問，因為安東妮娜摘要是不足以採信的。

「他媽的，別搞砸。」

「懂了。妳說在哪裡碰面？」

碰面地點是距離市府犬隻收容中心最近的休息站。那裡是一塊斜坡，視野位置有看到全景的優勢。因此，計畫是當蘿拉帶著狗離開後，就從兩側夾擊目標。但後來卻發現嫌疑人沒有坐上福特嘉年華，而是只有車子離開。

就在他們把目光對準目標時，吃驚地發現蘿拉身旁多了兩個歹徒。任務瞬間從逮捕在逃的武裝嫌疑人，變成解救人質的問題。同時有七支槍管指向兩個俄國人，也就是對向兩把槍的意思。當情勢爆發後、尖叫聲四起時，安東妮娜知道血流成河是必然的。

「死了十六個人。」當欽磷與蘿拉束手就縛後，局長計算在每輛警車後的傷亡人數。

「是的，關於……」喬說。他對著眾人的頸背，踮起腳尖觀看。

這就是通知局長自己發現蘿拉所在位置之後，分配到的位置。另外，死亡人數是十七人。

對話過程十分緊張、冗長，而且不愉快。

「您們之後得在法官面前作證。時間、地點會再通知。現在，很高興您們可以離開了。」局長說，並表示感激。

喬先回到飯店收拾行李，但安東妮娜仍留在現場，一直到法警的雪鐵龍廂型車出現後才離去。法警會把嫌犯從馬拉加移送到馬德里去。

「法官要求要讓他們到馬德里受審，因為認為這裡無法保護嫌犯的安全，更不可能確保他們陳述的內容。」

兩個法警都穿著便服，將兩名嫌犯銬在雪鐵龍車內，手銬就與一根用螺栓固定在內壁的柵欄上，一人一邊。警員關上側門，走到前座。

喬和安東妮娜也同時動身離開，他們在第一個環形交叉路口，超過了廂型車，而這就是一切的故事。

喬開得不疾不徐，一切都在最高速限內。他用Spotify的音樂串流平臺播放一首叫《十九天與五百夜》的佛朗明哥曲子，從奧迪的揚聲器放送出悠揚的歌聲。

他們幾乎沒有對談，僅僅只交換在加油站買的糖果和其他垃圾食物（在第二個加油站，他們在店裡頭又花了更多時間）。兩人之中沒人覺得獲得該有的滿足，但是這就是實際情況，是他們的工作：從旁協助，明白是不會有任何回報或成就感。不過，他們很清楚，如果他們不在，結果會非常不一樣的。

他們快速打了通電話給曼多，回報消息。

「幹得好。我希望您們先不要回家。」通話的最後他下達指示，語調中沒有一絲開心的情緒。「明天早上我們再談目前的情況。現在先到旅館，好好休息。」

電話掛斷。

安東妮娜睡著了。她累壞了。

喬降低音樂的音量。

蘿拉

從前從前有一個女孩，前往城堡的陰森路上，被怪物抓進了一輛伸手不見五指的馬車上。

蘿拉試圖伸懶腰，找尋一個比較舒服的姿勢。她沒找到，因為不可能有的。她的右手腕被銬在鐵桿上，那根桿子用一種非常尷尬的角度，拴死在貨車底盤。後排有四個座位，兩排平行相對，椅背頂著車身。銳保就坐在她的斜對面。

車上沒有窗戶，也聽不見音樂。睡著是完全不可能的事，唯一能做的就是與對方大眼瞪小眼。

銳保就是如此，死盯著她不放。他那雙死氣沉沉的藍眼睛裡有種魔力，似乎能一口一口地把人偷走。

咬人，那雙眼睛會咬人。蘿拉自忖。

她閉目，努力想辦法應付一切。

沒有太多辦法可想。警察將進行審訊，要求她說出奧爾洛夫組織的所作所為，以及瑜利如何在西班牙幫坦博夫黑幫洗錢。

警官，我根本一無所知。我都在廚房裡，偶爾送些夾鰻魚的布林餅與基塞爾，遞些紙巾，才會偷聽他們談話的片段。

他們都講俄語，我聽不懂，只抓得到隻字片語。知道如何問好，結帳，真的不多。

公司？據我所知，都在瑜利名下。

我們家？車子？

魯本．烏斯蒂安？我從來就沒聽人談過他。

蘿拉暫停演練。可能會有照片。在某個派對上被拍到的。唉，我現在無法刪除Instagram。好吧，他們看到照片了。

啊，個頭很小。沒錯，可能來過家裡幾次。沒有，可能沒有介紹，或我不記得了。

關鍵句。

412：「我不知道。」82：「我不記得了。」58：「我不認識。」7：「我不清楚。」只要這幾句，就能從任何事情脫身。

她臉上已經恢復正常血色，而且她還有另一個優勢……她曾看過一部黑白電影，是關於集中營猶太人的可怕遭遇。有一幕，惡人對著一排囚犯問，是誰偷了那裡的一隻雞。沒人回應，惡人直接開槍，其中一人倒地身亡。此時，一個孩子站出來。惡人問是不是他偷雞。不是。那你知道是誰偷雞嗎？男孩指著地上的死人。很好，把錯全推給死者。

蘿拉有能夠卸責的對象。

蘿拉的名字完全沒有出現在任何文件上，任何紀錄都與她無關。她的父親把她教得很好。他雖然不是個富人，但比任何人都懂得作帳。她很想念父親。他們最後幾年一起度過的每個下午，他會告訴她鑽法律漏洞的技巧，並且該如何創造一個又一個螢幕，逃過法眼，讓自己全然隱形。

情況並不理想，但也很可能變得更糟。

一切都在於能挺多久的問題。如果情勢對自己太不利，再用所知的情報做交易。處理她的情況，得要有一大筆錢才能請到好律師，這就能好好滅了警察的銳氣。只是哪裡能生錢出來。

不能求母親。她是另一個麻煩。看看兩人現在都變成什麼樣子了。之後會如何，**如果我最後變得跟她一樣**。她思索，摸著肚子。

成為一個頭腦簡單的寄生蟲，生活毫無生氣，一灘死水，隱約間能聞到飄散在空氣中的腐爛氣味。每次對話都是同一套劇本。講完日常生活瑣事後，蘿拉知道先會有一陣意味深長的停頓，然後才出現那道經典的問題。**不覺得該找個更好的人嗎？**她們就像女演員一樣，每次見面都在演繹同一齣場景，訴說同樣沮喪的情節。**之後，又很不可思議的，開開心心地收下錢**。

隨著疲憊湧來，她的思緒變得更加苦澀，雜亂無章。

接著，她睡著了。就算在這種狀態下，她的計畫可能會失敗，會失誤，她還是睡著了。就算她被銬上手銬，身體正被一個變態上上下下掃描，自己正被運往不確定的未來，她就是睡著了。

然後，事情就發生了。

12 泰米爾語

幾個小時後，安東妮娜被像巨龍一樣的鼾聲吵醒，慢慢從沉睡中睜開眼睛，然後意識到是自己的鼾聲。

曼薩納雷斯大道上熟悉的街燈，以獨特的燈光呼喚著她。她揉一揉雙眼，變換姿勢，半夢半醒，她看到車子開上了布拉格橋。那裡是離幾天前在河中發現身分不明的屍體，不到三百公尺的地方。

抵達橋墩上的聖瑪麗亞雕像位置時，安東妮娜坐正自己，扭動脖子，並厭惡地抓起袋子（之前是冰，現在是水）。她的褲子都溼了。

抗消炎藥的效果已經沒有了。她喝下幾口水，以便吞下幾片藥丸，此時她在玻璃反射中，看到自己那歪扭的臉龐。

「好慘。」她說，聲音帶著剛睡醒的沙啞。

「比瑜利還慘。」

安東妮娜不動。全世界也跟著靜止。

瑜利遭受獵槍直接轟爆，整張臉面目全非。

Erupar̲kkir̲atu。

這是泰米爾語，是印度和斯里蘭卡西北部使用的德拉威達語系的一支。意思是：看蒼蠅而誤導牛。

安東妮娜的眼前，忽然浮現案件中的每一個部分：

◆瑜利．沃羅寧，在家中穿著裕袍，被獵槍轟頭，沒有留下任何外力入侵的痕跡。

◆直接對準他的臉，突如其來，開槍。

◆狗，極度不信任陌生人的高加索牧羊犬，被關在泳池邊的圍欄內。

◆蘿拉．莫雷諾收到一封丈夫的簡訊，通知事情衝著她去了。

◆犯罪現場的漂白劑。

◆瑜利．沃羅寧是線民。

一切都指向同個地方。一切都指向死者瑜利。安東妮娜想起自己在犯罪現場中的焦躁不安。群猴躁動，好像要讓她看懂一樣一直存在的東西似的。屍體的姿勢、照片拍攝的角度。

Erupaṛkkiṛatu。看蒼蠅而誤導牛。

「狗。喬，那隻狗。」

「狗怎麼了？」

「停車。」

喬打右轉方向燈。他們正在市中心前往飯店的路上，但那個時間點的路上幾乎沒有車。

「讓我開。」

「我們快到了。」

「我們要回去，快點。你現在不適合再開車了。」

喬對發生的事情完全摸不著頭緒，只能乖乖與安東妮娜交換座位。車外的天氣冷冽（零下三度），他打了個寒顫。

「發什麼神經？」

Erupqarkkiqatu。安東妮娜想著。她把座椅往前推到適合自己身材的位置——這不表示喬是個胖子，繫上安全帶，啟動。不合法地把車子開上西班牙廣場，並在那迴轉。她連續超線，闖紅燈。

古鐵雷斯警官明明已經聞到床的味道，卻又再次繫好安全帶。他詛咒自己一時不注意，放下戒心，竟然又一次將方向盤交給一個速度感失衡的駕駛。他早就發誓再也不會讓這種事發生。

「妳嚇到我了。」

「打給曼多。」

「幹麼？」

「我叫你打給他。」

喬撥通電話，電話那頭傳來睡眼惺忪的聲音。

「載走蘿拉・莫雷諾的那輛車。」安東妮娜要求。「我要車子的位置。車上有兩名法警，車子是開往馬德里。根據我的計算，現在應該是在比利亞韋德與烏拉之間。這事攸關生死，懂了嗎？」

「馬上。」曼多嚴肅地回答。沒有要求過多的解釋。他聽得出來她語氣的意思。喬切斷電話，但他得要聽到解釋。

「可以告訴我，為何我們突然要追車？」

安東妮娜沒有回應。她現在專注地以每小時九十公里的速度把車開出市中心。車子差點與一輛從另一條對街衝出來的計程車擦撞，好險對方及時踩下煞車。不過，他們的車很快就揚長而去，連對方的喇叭聲都沒聽見。

「喬，那隻狗。」當車子開到M—30省道上，她才回答。當時道路上沒有任何車輛，所以車子的時速可開到一百八。

「嗯，那隻狗，清潔婦帶走的狗，為什麼現在想到那隻狗？」

「不是現在。瑜利被殺害的那天。你還不懂嗎？當時那隻狗在哪裡？」

「關在泳池旁。」喬回答。他現在精神很好，而且他能快速擺脫全身疲勞，要歸功於超速讓他的腎上腺素飆高。他們現在比公路最高限速高出六十公里，這讓他精神抖擻地抓緊把手。

「瑜利把狗關在籠子裡。為什麼？因為他知道有人要來找他。」

「他認識殺手，這我們早就知道了。」

「沒錯。但是殺他的人並不是要來殺他的。只是要嚇嚇他，讓他說實話。幹麼先殺了人，**然後**在他家裡翻箱倒櫃尋找東西？」

「做法很不實際。那幹麼殺他？」

Eruparkkiratu。

「喬，因為誤判形勢。獵槍只是要威脅他，但那時候，那隻狗開始攪局，狂吠。

泳池就在烤肉區的旁邊而已。」

「拿獵槍的人覺得受到威脅。」

然後，兩人同時說出：

「砰。」

「好吧，但我還是不懂回頭的理由。」喬問。看見車子正要超車一輛卡車，兩車貼得很近時，他身體縮了一下。

「我們一開始就放錯焦點了。我們一直以為是黑幫內部的清算，解決掉兩人是同時進行的。」

「但奧爾洛夫在葬禮上，讓大家都聽明白，這是在處理瑜利的背叛。他為警察做事。」

安東妮娜咬著下嘴唇，閉上眼睛，努力回想。完全不在乎在如此高速的狀況下，這麼做的危險性。方向盤偏離了一點，車身擦過一輛紅色小貨車，然後奧迪的左後視鏡也就不見了，只剩下一根電線在外頭瘋狂搖擺。

「史考特，妳想害死我。」

「抱歉。」安東妮娜表示，並把車輪拉正。「奧爾洛夫當時根本不知道錢的事。如果知道，絕不會殺掉烏斯蒂安，燒毀瑜利的檔案庫。他誤判，因為我們找到了貨櫃。」

「所以？」

「喬，你想想。瑜利是個孬種。奧爾洛夫說他是個用睪丸撞下梨子的人。」

「什麼？」

「我之後再向你解釋。他本來是個孬種，認識蘿拉之後，就變成洗錢高手，還有能力跟幫派作對。」

喬微微點頭。就像看一幅錯視藝術畫，畫中可以看到隱藏的另一幅圖像，但只要一看見這個祕密，就無法移除，所以她就可以隱藏在社會刻板印象的背後。這麼多年來，她受盡嘲笑，就算是當下，大家也只是把她當成可憐的受害者。

「婊子。」

「她才是一切的始作俑者。操控她的丈夫，偷奧爾洛夫的錢。有一天他們犯了個錯誤，遭人脅迫。喬，線民是如何運作的？」

「妳眼睛看路。他們交換訊息，獲取回報。比其他人獲益更大。」

「偶爾你也得掩飾他們。」安東妮娜溫柔地回應。

喬沒有回答。他很清楚運作的方式，儘管一切都是出於好意，反正想穿著婚紗的人就別進糞坑。

「現在可以懂為什麼蘿拉要逃跑，而不投靠警察了吧。」

當下，喬也看清了事件，把這些明擺在眼前的碎片連在一起。沒錯，幾乎所有的工作都由她完成的，而所有碰撞在一起的小小火花也展示出了蘿拉的真面目。她是有錢又非常聰明的女人。並且，從這小小的火花中，喬似乎也瞥見了安東妮娜腦海裡的模樣。

「她認得攻擊她的人。」

「一個與她和瑜利牽扯很深的人。那個人是在犯罪現場倒漂白劑的人。」安東妮娜話越講越快。「那人受過輕傷。我們認識那個人的時候，肩負重擔，手臂連動都沒動一下的人。」

喬慢慢地嚥下口水。

「媽的，天啊。幹。妳最好是對的。」

安東妮娜雙手緊握方向盤。不對，她還有些事沒有看清，還有很多線還沒收攏，尤其是她還沒釐清黑狼后的事。背後有別的力量在操控，操盤的力量遠比她所知的訊息還多。假若已把不可能的事情排除，那一切就只剩下尚未證實的事。

「我確信一切都是貝爾格拉諾做的，而且我也保證他們絕對不會讓蘿拉活著到達馬德里的總部。」

錄音檔16 兩週前

瑜利：「我不幹了。」

局長：「瑜利，我以為這段時間以來，我們已經講得很清楚了，沒人在乎您的意願。」

瑜利：「您不瞭解。蘿拉不知道我在這裡。所以我沒帶她一起來。」

副警官：「我就覺得奇怪，原來是沒有她牽著你。」

瑜利：「她是主謀。我是那個翻攪垃圾，找人談話，交代辦事的人。不管是幫派內還是外，都是我在傳話。」

副警官：「你很擅長做這件事。而且那就是協議，我們給你要的，你給我們要的。」

瑜利：「對，但我不幹了。」

副警官：「怎麼有這個想法的？」

瑜利：「蘿拉懷孕了。我們不想做了。」

局長：「恐怕很難。」

瑜利：「我全都照做了！」

副警官：「你得一直做下去。」

（暫停八秒）

瑜利：「不行。」

副警官：「什麼意思？」

瑜利：「我說不幹了。」

（噪音，椅子倒在地上）

副警官：「矮子，要給你點顏色瞧瞧才行。你找死。」

瑜利：「您對付不了我的，您碰不到我們一根寒毛的。」

副警官：「我踹你幾腳，看你還笑不笑得出來。」

局長：「副警官，我想聽聽為何嫌犯能這麼得意，覺得我們抓不到他。」

瑜利：「您很清楚，我善於穿針引線。我知道您們扣壓的車子裡頭，裝有多少錢。」

副警官：「你不會知道的。」

瑜利：「六十萬歐元。但您們只申報了四萬塊。」

局長：「瑜利先生，您能知道這事也很不尋常，尤其駕駛已經在過程中因抵抗身亡了。」

瑜利：「因為那筆錢是我放的。」

副警官：「你說過那是塞爾維亞的貨。」

瑜利：「那是謊話。那是奧爾洛夫的貨，那是要付清款項的帳。整個事情都是我一手安排的。我幫助可憐的喬沃維奇收拾貨物。在他啟程前，問他是否要配槍。」

副警官：「槍擊是後來的事。」

瑜利：「我們丟了那批貨，少了個駕駛。生活依舊，奧爾洛夫並不生氣。」

副警官：「他若知道你是那顆老鼠屎，看他氣不氣。」

瑜利：「您們不會說的。因為您們說了，我一樣會把一切抖出來。每次的對話都有錄音。」

副警官：「真是個臭娘們。」

瑜利：「我一樣也在那輛車上裝了攝影機。畫質清晰，把一切都拍得一清二楚，完完整整記錄下事情的經過，甚至是把可憐的司機拖下車，餵他兩顆子彈吃，一樣都看得很清楚。副警長。」

（撞擊金屬聲，尖叫。四十二秒的雜音。）

局長：「我們冷靜下來，想想如何修補這件事。」

瑜利：「沒有什麼好想的，別再來煩我和我的家人了。如果再找我們麻煩，後果自負。」

13 無聲

事情發生只有短短的三秒。

押送嫌犯的警車行駛在A—4公路的最後幾里路上，就位於水質處理廠的附近。那水廠負責淨化馬德里市區近一百萬人的飲用水。

駕駛的是一位叫做妮可·帕爾代薩（Nicole Pardeza）的女子，四十一歲，有一個六歲的兒子。今天本來不用上班，但是同事阿隆索（Alonso）發燒，所以她來代班。

坐在副駕駛座的是馬提歐·卡蒙納（Mateo Carmona），三十六歲的單身男子，沒有小孩。他昏昏欲睡，而且並未繫安全帶，因為沒有人可以被纏住，還能好好睡著，反正誰會向警察開罰款。不過，也是那種愚蠢和不理性得以為自己刀槍不入的自信，挽救了他的生命。

警車先經過曼薩納雷斯，才抵達汙水處理廠。他們駛離左邊的沉澱池，繼續往前開。此時，公路與高速鐵路的軌道平行。軌道在車子運行的右側，約四呎高處。高速公路最終可以延長到市中心的大使館街，而死亡就暗藏在這條路上。

路上空無一人，理想犯案的夜晚。

黎明時分，帕爾代薩警員開在一條四線道的高速公路上，時速一直維持在一百公里，一個非常安全的車速。

除非有人故意衝撞。

一輛（熄燈）的SUV從鐵軌下方的空間開出來，以每小時七十公里的速度開向高速公路（這已是從狹小空間內可達到的最快速度了），並且開槍（準確）命中在對角線上，雪鐵龍副駕駛座上的那面門，以及引擎。

在此車速下，一輛半噸重的車子受到非正常撞擊，情況就會變成純粹的百萬歐元彩票刮刮樂的機率問題。不過，任何事情的發生，只要記得能量守恆定律，就可以知道傳遞的動能，與阻止大象從八樓墜落所需的能量是相等的。

能量去哪兒？

首先，直接衝擊到駕駛區，那裡與後車箱的結構是獨立分離出來的。衝擊力量使引擎周圍變形，在此吸收了部分的衝擊力。但仍不夠。車輛改變方向時，仍以時速一百公里的速度行駛，警員帕爾代薩與卡蒙納的身體受到動能的衝擊，分別把他們衝向不同方向。卡蒙納往上，往前撞擊，胸口以重力加速度五十倍的力道撞上儀表板，身體大約承受一噸半的動能，部分由肋骨吸收，部分由前方的安全氣囊負擔。不過，由於撞擊的力道過於劇烈，氣囊沒有在第一時間反應，因此他的胸腔受到巨大衝擊，心臟撞到胸骨，造成了嚴重但非致命的心肌挫傷。另外，因為他的身體不受安全帶的束縛，所以其他部位發生自然位移。由於車門的斷裂與彎曲，他的頭部也得以卡進這處夾縫中，塞在兩顆插滿玻璃碎片的鋁製鋼圈齒輪上，但並未撕裂他的皮膚，也就使得他沒有生命危險。

帕爾代薩就沒有卡蒙納那麼幸運了。她的身體被安全帶卡死，導致她兩根肋骨骨折，肺部挫傷，脾臟撕裂。安全氣囊彈出，目的在防止她撞上方向盤，因為在高速下，方向盤是致命的存在。這樣傷勢，大約要經歷痛苦的六個月康復期，工資因公受傷而有所增加，但她還有一個孩子要養。

只是不幸不僅如此而已。

卡蒙納的幸運雖使自己性命脫離險境，但他八十公斤的身體卻成了一顆巨大威力的大石，能量傳遞進身體，他扭曲的手臂擊中帕爾代薩耳朵上方的顳骨。那個力道對卡蒙納而言，就像撞上一堵磚牆，手腕裂開對折，手指平躺在骨頭斷裂的前臂上。相對而言，那力量對帕爾代薩而言，就像被推去撞磚牆一樣，她的頭骨撞上扭曲變形的車窗。

事實上，每一起車禍，在車子停下來前，都要經歷過三種力量的互相撞擊：車身，車身內的身體，以及身體內的器官。

員警的大腦在腦脊液的推動下，在顱骨內翻攪了一番。那些液體在高速碰撞下，因為密度不同，因為先天具備有與大腦質量不同的移動速度的特性，因此本來應該是天然的緩衝墊，讓大腦遠離衝擊，最終頭骨在脊椎的作用下，開始彈跳，就像有一個好奇的孩子，在吹滅生日蠟燭之前，拿著手中的盒子一樣，猛然地跳來跳去。

她三秒內就身亡了。

與此同時，後座嫌犯的車廂情況算不錯。雖然不尋常的座椅位置，在不同角度的碰撞下，可能會致命，但最終結果是對囚犯有利的。第一次撞擊的離心力使得車子自行轉動。在與運行方向相反的情況下，大量能量集中到了左側，因而左車輪在不斷與瀝青橫向摩擦後爆裂。

後車箱內的欽磷與蘿拉，驚恐的尖叫。慣性作用下，他們的背部與座椅不斷猛烈碰撞，身上的安全帶確保他們身體移動的有限範圍。

雪鐵龍一直圍繞在SUV四周打轉，但SUV的車身幾乎沒有動，一直停留與警車碰撞的地點。那輛車的重心比較高，重量有一噸，而且有更好的保護結構：車身只受到輕微的損壞。車身的一側窗戶破碎，鍍鉻的引擎蓋凹陷下去，左大燈燒壞，引擎可能一熄火就無法再發動，但它仍在運轉的狀態，因為汽油還繼續以每升五十六兆焦耳的能量，供應引擎好好的運轉。

雪鐵龍停止繞著SUV旋轉後，重力開始發揮作用。一邊爆胎的車輪形成高低差，往駕駛的那一側翻過去，撞到護欄上重壓在她的身體上。一塊扭曲的藍色鐵片落在四呎下的街道上，而她的身體有一半探入虛空之中，一半肚皮外露。

三秒結束。但劇本上的戲碼還沒演完。

SUV倒車向前撞車。車速很慢，不斷往前推一點，撞擊力沒有太劇烈，只是車子動作持續不斷，而且車輪在前進時得用力抓地，因而輪胎開始冒煙，但仍一點一點地將警車推離道路，直到重力再次占上風，雪鐵龍從橋上墜落，側身著陸為止。在橋下的車子，車身變形，窗戶玻璃全都碎了一地。同樣地，卡蒙納（身負重傷但還活著）在那扇曾救過他的金屬門上，更用力地撞了上去。這次，他從傷痛中解脫（身負重傷且身亡），倒在同事的身上。

SUV的駕駛與他的夥伴下車，兩人都戴著安全帽。他們從車子掉落處的護欄邊，探頭觀看。此時，空氣中瀰漫著橡膠燒焦的剎車味。

「好了。」貝爾格拉諾表示，掀起安全帽的遮陽板。在寒冷乾燥的氣溫下，吐了一口氣，冷空氣中形成了一股霧氣。

「蓋起來。」羅梅羅下令。

「這裡沒有攝影機。」

「以防萬一。」

幾輛車子經過，其中一輛停下來，駕駛拿起手機報警，跟那女人一起在車上的男子，拿起手機對準他們，錄下影片。

沒有時間了。

因此他們得快跑。

他們把摩托車停在大使館街上，藏在橋下。他們從堤岸往下走，騎上車，然後消失不見，就像那天在商場的早晨一樣。

只不過，這一次任務完成了。

或者該說，他們以為。

蘿拉

蘿拉沒有心情閒扯淡。

幾秒內，這起事故就像一部恐怖電影。首先，遭遇激烈的撞擊。然後，她貼著座椅胡亂旋轉一番。車子傾覆那一刻是最恐怖的。蘿拉感覺整個人頭下腳上，整顆地球都在遠離她的腳底。她的身體被九十度翻轉。有一瞬間，她覺得世界已經天翻地覆，扭曲變形。她的胸和腰懸吊著，一隻手臂垂在地上，一隻手被銬住，頭髮披散在她眼前。只有安全帶還緊緊地綁著她。

然後，蘿拉背後感受到重重的一擊，屁股像被用力撞了一下一樣，一個很大的重擊。接著，還感覺到車子那一噸半的鋼、鋁不停顫動，頑強抵抗，但仍被一股更強大的力量，一吋一吋地推動。

廂型車朝著虛空駛去。片刻間，蘿拉感覺到騰空失重，她的五臟六腑都在飄動，那種心臟怦怦跳的感覺，讓她想起小時候坐父親的車去度假時，車子到了蜜溪那段下坡路上，車速總飆得飛快。

車子在下墜，蘿拉知道自己要死了。她最後想到的是父親的臉，他推了推從鼻梁上滑落的眼鏡，奮力踩著油門爬坡，臉上帶著惡作劇的笑容，因為他知道一旦汽車到達高點後，重力就會使他們的五臟六腑翻騰，而這會使父女揚起笑容。

車毀了。底盤因撞擊而變形，出現金屬裂紋。玻璃破碎的聲音。這就是全部了。

蘿拉沒死。甚至也沒昏過去。

她就只是在那裡，掛著。

她對自己活著，並沒有鬆了一口氣，只是單純覺得不可思議。令人不安的反高潮。所有的碎片都指向宇宙早就安排好的結果，但自己卻有了非常不同的結局，就像自己是從騙局中得益的人。

能夠確定的事，雪鐵龍的車廂結構做得很堅固。蘿拉只有一些瘀傷，指尖流了點血。手腕因震動而被手銬磨破皮，但所有都只是表面的傷口。

好消息就到此為止。

壞消息：欽磷．銳保也活下來了。

微弱光線從其中一扇敞開的後門透進來，讓她看到了他就在她面前。他背對著她，坐著，雙腿向上。雖然從蘿拉的位置看不到他的狀態，但他的手銬應該在強烈的衝撞下，讓原本該牢牢固定在車上的螺絲鬆了。

咔嚓一聲，銳保自由了。他鬆開安全帶。

蘿拉怕得直發抖。雖然昏暗的燈光中她無法看見他，但她還記得上車後，他那雙空洞無神的眼睛。她等遭受攻擊。

蘿拉仍被安全帶綁著，倒掛著，銬著手銬。完全無招架之力。

但是，銳保一動也不動。

蘿拉觀察了他好幾秒，之後她才明白到底發生了什麼事。她看到了一絲曙光。

「他們想殺你。」聲音說得十分輕柔。

銳保焦躁地扭動身體，從鼻息噴出怒氣，但沒有回應。

「奧爾洛夫才不在乎你的處境。你還當他是朋友，對吧？看看，這就是友情的證據。」

銳保從座位爬起來，靠到她的身邊。在黑暗中，他空洞的雙眸失去了淡藍色的光芒，顯得更加凶惡。

「妳亂說。」他回答，雙手勒緊她的脖子。

蘿拉並不畏縮，她常聽瑜利談起奧爾洛夫與銳保。他們兩人最先到此，一起對太陽海岸做投資。兩人是好搭檔，一個是絲手套，另一個是鐵拳。

「你跟他多久了？」蘿拉問，氣若游絲。「多少錢就可以拋下你了？」

銳保加大手勁。

「放了我，把我救出去，我保證你會得到應得的報償。」

「妳有錢。」

「快點，警察快來了。」

惡棍不安地盯著她看一會兒。接著，他爬到車外。約半分鐘後，回來時手裡拿著一根藍色鐵棒，他把棒子插入手銬和底盤間，然後反覆用力，試到第三次，才撬開底盤，手銬因而能穿出車上的柵桿。

蘿拉才脫離柵欄，解開安全帶，身體直接掉落到車外。

銳保已經在外頭等她了。天氣嚴寒，他全身顫抖，但仍脫掉外套，鋪在地上，讓她落地的時候掉在衣服上。蘿拉並不能理解他這麼做的理由。他的手臂上有許多刺青，好像那就是一塊雕刻的木板一樣。

「妳騙我，我殺妳。」銳保警告，並在她面前展示那根棍棒。

蘿拉點頭。什麼後果，她了然於心。

「我們得有車。」

他們聽見橋上，高速公路那頭有聲音。銳保與她立刻往鐵道下方奔跑過去，他們走在一條荒涼的道路上。那條路就是條省公路。往右，只有一個被高牆圍住的通道。向左，會繞道馬德里的方向。整條路都不見任何車子，只有一張廣告傳單，黏貼在交通號誌的下方。基本上，只有樂觀的企業家才會想把廣告貼在那裡，並用黃紙黑字刊登內容：

大石排練場
三百公尺處

蘿拉一直走在銳保身後。他們走了約四分鐘後，進到一處工業區，入口處有停車場，一半的空間都停滿了車。銳保穿梭在車子之間，最終停在一輛 Renault Clio 車款前面。

「這輛容易開。」他說。「法國車。」

他走向後車窗，把藍色鐵棍的末端插入車窗邊緣，橡膠與車身的縫隙之間。橡膠頑強抵抗鐵棍的入侵。銳保努力了一會兒後，決定改變方式，用俄羅斯版本的入侵策略：一拳砸碎一切。他爬進車窗，坐到駕駛座上。拉開安全梢，打開門。扯下那條保護跨接電纜的塑膠套。接著，端詳線路一會兒，再用他那像鼓槌一樣短而多節的手指摸索，找到一條連接三根紅線的一端。

他站起來，走向蘿拉。她全程站著，雙手懷抱自己禦寒，眼睛盯著他看。她身上只穿了一件黑色外套，這在南方就夠溫暖了，但到了中部的馬德里，那樣的穿著等於沒穿。

銳保把手伸向蘿拉頭部的位置，她嚇了一跳，往後退了一步。

「放心。」他說。「需要它。」

他在她的頭髮上取下兩根髮夾。那是她二十四小時前，在小旅館裡梳頭時夾上的。銳保扭了一扭髮夾，折斷其中一根，再設法將其中一段連接到十二伏特電源與輔助電源之間，另一根接在十二伏特電源與儀表板之間，最後再把發動機之間引線與其他兩段接在一起。輕輕的幾聲咔嚓，引擎啟動。

「去哪裡？」他問蘿拉。

「我開車。」她回答。

「跟我說地點。」

「不遠。」

「多久？」

「一個小時，或一小時十五分。這輛車滿爛的。」

銳保眼神中充滿不信任。

「好吧。」想了一會兒後，他回答。

他讓她坐上駕駛座，而自己坐在後座。

蘿拉調整後照鏡，看見銳保的雙眼，一如往常地充滿殺意。

她把車推到一檔，開出停車場，向東行駛，穿過和平大道，朝M—30公路方向行駛。沒有GPS導航，那個位置並不容易找到。以往他們到那裡，都是瑜利開車的。

沒有他，一切都變得好難，他怎麼會那麼笨呢？為什麼他要找上羅梅羅與貝爾格拉諾？尤其是，他怎麼能夠自作主張？怎麼能以為自己辦得到？

蘿拉重新評估自己的狀況，後座的那個人可能是殺人不眨眼的神經病。他手握鐵棍，現在雖然聽話，但她不認為這會是長久之道。

男人很容易操控。當然不是全部，但多數都是如此。幾乎對每個男性來說，女人很好勾引他們。她只要願意眨眨眼，眼睛害羞地向下俯視，肩帶不小心滑落，就是個很有殺傷力的武器。這些事，她從小就知道，而且也明白自己有這方面的優勢。她的五官十分端正，身材玲瓏有致。瑜利正好可以掩蓋住自己的能力，結果證明他比想像的更好用，更有利可圖。當然，並不是所有的男人都像他那麼簡單。

不過，如果男人對女人或金錢沒有反應，只專注自己的意願，那就超出蘿拉的能力範圍，而這樣的人是比較危險的。例如銳保對她就免疫，這就很難傷害到他。

蘿拉不抱任何幻想。他認為銳保只是暫時假裝合作而已。

現在，這樣就夠了。她想，看向後照鏡。那兩隻眼仍直勾勾地盯著她看。**到了之後包準你大吃一驚。會愛死的**。

14 蹤跡

性能強大的奧迪，八分鐘後，抵達事發現場。

安東妮娜把車停在ＳＵＶ前，那輛車仍在馬路正中間。有幾輛車子停下來，探頭看看情況，看看是否有人需要幫忙。另外一群人只是因為阻車的時間太長了，所以下車找尋血跡，拍張自拍，然後再匆匆回到車裡，連線 Wi-Fi 上傳。

安東妮娜和喬走在堤岸邊，避開空瓶子和破損的注射器。雪鐵龍的殘骸仍熱得發燙，一縷煙霧從扭曲車頭蓋中逸散，破碎的水箱仍然在道路的分界線上漏水。

從擋風玻璃上的洞口，直接可以看到警員的屍體，悲慘地交疊在一起。不必檢查他們是否還有呼吸，報告會寫上：「致命傷。」

「十九個人。」喬小小聲地說。

安東妮娜沒有回答。她直接走向車的後方，有一扇門破破爛爛，扭曲變形，另一扇門在地上，僅有一條鉸鏈還連著車身。

裡頭空無一人。

「他們逃走了？還是被帶走了？」喬問。

安東妮娜沒有馬上回答。她在車子周圍繞了一圈，看得相當仔細。她拿起喬的手電筒，走向車內，檢查原本兩人上銬的地方。其中一個被橇斷，另一個只是掛著。

「銳保先鬆脫，然後橇開蘿拉。」她回答，仍蹲在裡頭。

她走出來，走到橋下。她的兩隻手又開始顫抖，雖然沒有抖得厲害，但仍在宣告即將到來的崩潰。空中瀰漫著一股無助的氣息。然而……

她有點不一樣。喬自忖。**帶有危險的感覺**。

她蹲在橋下很長一段時間。

「他們騎摩托車離開。」她說，並用指腹指著胎輪的痕跡。

「怎麼知道是兇手的車？」

「在這裡發動車子。」安東妮娜回答，用手電筒照向地上的瀝青。「這不是一般會停車的地點，只有要用來逃生的車子，才會藏在這裡。四周都很乾淨，沒有積塵。」

「所以他們分別騎摩托車和開車過來。追上雪鐵龍後伏擊，然後逃跑。」喬說。

「他們以為無人生還。」

性能很好的兩輛車，但有一輛車上的駕駛比較疲勞。優勝劣敗一下就分出來了。輕輕一推……瞬間跌到山坡下。

「不是追上警車。」

安東妮娜看著他，沉默了一會，然後點頭。

「喬，路上有一輛摩托車和汽車，你不可能知道的。」

喬把手放在肩上。「妳也不知道。」

安東妮娜起初不喜歡身體接觸，但天氣很冷，喬身上散發出的溫暖，就像香膏一樣，把她牢牢勾住。

「不管你信不信，」她聲音細如絲。「我開始相信自己不可能救每個人。」

喬慢慢地把手伸出來。他有一股悲傷湧上心頭。他明白要真正認識安東妮娜是不可能的，但還是可以努力瞭解她。他明白了她的動力源自哪裡。喬在她身上看到了自己曾經擁有過的純潔，對正義的渴望，對受害者的同情。然而，現在他終於知道這幾天自己感受到了什麼：安東妮娜的動力不一樣了，妮娜復仇的慾望掩沒了同情。

或許，這會讓她變得更好，能力更強。慈悲容易在迷霧中迷失，但復仇來自仇恨。仇恨有形，是可以像武器一樣使用的東西。

看到警車中自己同袍屍體，喬就想起在馬拉加貨櫃的那場惡夢，因而喬也無法輕易怪罪她的心態。

遇到了就得面對，或至少，努力面對。

如果救不了他們，至少要為他們報仇。

這麼做並不意味著不再難過。

上面，刑警出現了。警察從橋上往外看，身上穿著黃色背心的他走下堤坡。

喬花了幾分鐘向他們解釋事情的經過。安東妮娜坐在副駕駛座上，閉目等著。他搓著手坐進來，呼出一口氣取暖。天氣越來越冷了。

「睡了？」喬問。

她搖頭，咬著雙脣，雙眼緊閉。

「如果可以，給我紅膠囊。」她說。

「沒錯，如果可以，也想給妳那有錢的丈夫。但妳行的，妳以前也幹過。」

安東妮娜大口喘氣。

「太難了，比……」

她沒說出比擬的事物。相反的，喬替她說出來：害怕。因為那就是安東妮娜的狀態。她這人對什麼都不怕，但就怕她自己。

「我需要你的手機。」她停了一會兒後，說。

喬遞給她，看她要幹什麼。她打開手機，長按音量調高的按鈕，然後螢幕出現一個應用程序。安東妮娜輸入一串數字，應用程序開始對她做面部辨識。

「妳何時在我手機裡安裝的？」

「這不是你的手機。好幾個月前，我們就把你的手機換成這臺。這個比較好，就連蘋果公司也不會知道你做的事。」

「但你們卻知道？」

「都記錄下來了。看起來是個不錯的人。」安東妮娜回答。她沒有在程式上再輸入任何東西。

喬非常清楚自己瀏覽過的網頁、發送過的訊息、用那臺手機拍過的照片，以及一些完全不想讓人知道的事情。他身體的燥熱以紅暈的形式上升到臉頰。他想出聲抗議，但牙齒咬得死緊，但隨後意識到玩火就別想溼身。所以，他只是握緊方向盤，視線看向遠方。直到情緒過了為止。

「這挺有趣的。」安東妮娜說。

「什麼？」

「蘿拉去找她的狗。她本來可以上車，後來放棄，因為奧爾洛夫的人出現，要把她帶走。」

「那人至今仍使我頭皮發麻。」喬回答，想起銳保的模樣。

「我懷疑是那個女的通知他們的。辰亞，烏克蘭人，有西班牙的居留證。可能是因為害怕。」

「她在我們到之前，就離開了。」

「那女人住在馬貝拉市的郊區。為什麼她的手機顯示正在移動，在馬德里山區的路上？」

安東妮娜讓他看手機螢幕上，辰亞的手機定位。離此有九十九公里遠。

「是在海姆達爾區，對吧？」喬邊說邊發動引擎。

安東妮娜點點頭。

「妳用衛星定位她的手機，對吧？」

安東妮娜再次點點頭。

「妳看看衛星功能有多棒？」

蘿拉

從前從前有一個女孩在離童話小鎮不遠的森林裡，買了一棟房子。

蘿拉很愛雨刷鎮。那是個美不勝收的城鎮。那裡有一間六百多年的修道院。小鎮座落在山腳下，在冰冷的岩石溪流之間，在楊樹、冷杉和白樺林中。這塊土地是迦太基人開墾出來的，他們用了兩百多年的時間建造自己的家園，用煙囪與造紙廠的事業，讓這座城鎮誕生於世界上。

蘿拉從不曾去過那裡，但她知道有一天，她和瑜利會需要一處避難所。所以，她得找一處遠離塵囂與世俗，誰都不認識的地方。這間房子是她在不動產的首頁上看到的。占地有一千七百平方公尺，位於瓜達拉馬山脈國家公園的林道上。一九七五年的建築。今日再蓋這樣的建物都是非法的了。

「買下來。」她跟瑜利提議。

她操作這項買賣過程中十足小心，財產無法跟他們有所連結，甚至不是用魯本做為人頭，而是使用非常昂貴的馬爾他人的名字。

那棟房子要價三十萬歐元。匿名購屋的話，花費更多。但這裡變成了一處浪漫的世外桃源。他們有幾次小心翼翼地開著車上去。寇特坐在後座，無憂無慮地打鼾。而且，寇特也很喜歡在無止盡的森林中漫步，就算是在冬天來此拜訪也一樣，雪積有半呎高，但狗仍很歡欣地在森子裡奔跑。

今天似乎也會是那樣的一個日子。

當車子開到皮尼拉水庫的位置時，天空開始飄雪。道路慢慢地從黑色變成了骯髒的灰色，然後是一片雪白。

Clio的車輪在山區路徑的抓地力開始不穩，蘿拉慢慢轉換方向，把車拐進山谷的城鎮裡。

「到了？」銳保警覺性地詢問。

「不是，我們得要裝雪鍊，不然沒辦法開。」

他們停在一家連鎖超市的後面，一旁是一家餐廳。銳保說，**愛莫能助**。儘管他們能很快偷到鎖鍊，但要卸下Clio的前輪，再裝上去，就折磨了將近半個小時之久。

「你是俄羅斯人，應該要很熟練才對。」

銳保一臉無奈。

「偏見。就像黑人會跳舞。」

我現在最不想要的，就是冒犯到流氓的政治敏感神經。蘿拉自忖。他們再次上車，吹點暖氣。不過，就算暖氣已經開到最強，但因為銳保用俄羅斯方式來開車，所以車內還是冷得像冰箱一樣。他們就在顫抖中抵達雨刷鎮。

城鎮的美再次震懾住蘿拉。就算是在深夜，窗外狂風呼嘯，小鎮彷彿是另一個世紀的遺跡。那裡的人很平靜，與世無爭。沒有舞廳，妓院。僅有一千五百名居民，與一輛市政府的警車。只有在當地守護神慶祝活動的時候，車子才會開離市政廳的車庫，到處巡邏。

天堂。

蘿拉開到村子尾，往港口方向的路徑分岔成兩條，一條路上能看到一個告示標語：道路封鎖。蘿拉把牌子移開，才繼續上路。車往前開了一百公尺後，有一條小徑通往溪流。車子開向林間一條小路，往前進十二公里。積雪已好幾公分高了。蘿拉開得很慢，車子打三檔，以免失去動力，並且盡量不碰方向盤。然而，儘管如此，車輪每隔幾分鐘就像會突然打滑空轉，最後一哩路程仍開得心驚膽跳的。

突然，車子在半路上停下來。

「接下來得用走的。」蘿拉說。

銳保看向車外，雪越下越大，然後又看向自己單薄的衣服。

「我們留在這裡是死路一條。」蘿拉堅持。

「遠嗎？」銳保問。

「很近。」她回答，但其實她也不知確切的位置在哪裡。

儘管天寒地凍，他們嘴唇凍傷，身體疲憊，但最終仍抵達莊園的大門。蘿拉使勁按下對講機上的按鈕。如果辰亞沒有聽到，或人還沒到，那他們就得跳牆進去。但這並不容易，莊園周圍的樹籬足足有三呎高，而且長得很茂密。

拜託，拜託，蘿拉反覆祈禱，手一直按著不放。

「誰?」對講機那頭傳來聲音。

蘿拉說出一句,在西班牙能打開任一扇門,無時無刻都適用的通關密語。

「我。」

莊園的大門,發出一聲刺耳嗡嗡聲後,便打開來了。

房子前面的燈亮了起來,但在大雪紛飛中,亮光變得十分隱晦。蘿拉用力抬起腳邁向屋子,積雪已高達四十公分。牛仔褲都溼透到膝蓋的位置,她幾乎已經感覺不到腳的存在。

當他們到達前廊時,蘿拉幾乎要昏過去了。銳保的狀況也不比她好多少,皮膚整個紅腫,氣若游絲。當他們進到屋裡的大廳時,兩人幾乎已經無法再前進,每走一步都是折磨。

辰亞手裡拿著毛毯,在門邊等著,要為蘿拉擦拭,但卻被在後方的銳保一手搶走。辰亞看到後面還有個俄羅斯人,驚嚇得連連退後。

「狗。」他說,並用鐵棍末端頂在了蘿拉的脖子上,迫使她轉過身去。

蘿拉疲憊至極地看著他。是的,在遙遠過去的某個時刻,她的計畫裡曾想過要一進房門,立即下令寇特攻擊銳保。儘管如此,此刻她已忘了計畫,但銳保卻時時保持警戒。

她舉起手,兩手還銬著手銬。

「辰亞,寇特在哪裡?」

「太太,在廚房。」辰亞回答。

爪子一直在隔壁的門上抓著。

「去找狗。」銳保用俄語下令。「妳跟狗綁在一起，好讓我看到。」

辰亞消失在廚房門後，不一會兒她就帶著狗出現，將綁在寇特脖子上的安全帶，固定在自己的胸前。寇特的力量非常大，她幾乎沒有辦法把他留在原地。

「管好狗。」銳保命令，並用鐵棍勒住蘿拉的喉嚨。

「不動。」蘿拉命令。

寇特瞬間靜止不動，但眼睛卻一刻也沒有從銳保身上移開。牠那雙棕色的眼珠後面燃燒著飢餓的火焰。

「把牠綁在那。」銳保下令，並指著客廳正中央的梁柱。

辰亞服從，她用狗鍊在柱子上繞幾圈後，打了一個死結，並把皮帶的把手塞進圈圈中。

此時，銳保才放開蘿拉，把她推到客廳，而她跌跌撞撞地倒在壁爐前。辰亞已打開屋裡的暖氣設備，但沒有在壁爐裡生火。她只是在一旁備好木頭。她們生火沒有使用火種，而是用一大疊舊報紙，以及一本已經沒了一半的《格雷的五十道陰影》，因為另一半已被蘿拉用痲木的手指，撕下來點燃篝火。當火焰燃起後，蘿拉脫掉一身溼透的衣服，甩毛毯裹住自己赤裸的身體。銳保一直站在入口的位置，他在那裡盯著蘿拉的動作。當她脫掉衣服時，他並沒有撇開目光，而是欣賞著火焰在蘿拉裸露的乳房與腹部上，彩繪出的奇形怪狀。沒有衣服，就無法隱藏自己的狀態。

「瑜利的？」他走近壁爐，詢問。

蘿拉沒有回答。她盯著火焰，思緒飛到一百萬英里之外。或者仍在同一個地方，只是回在一百萬分鐘前。當時她與丈夫坐在同一個壁爐前。他的手撫摸著她黑色的長髮，幫她撥開瀏海。天哪，他真帥啊。嘴脣豐滿，鼻子寬大，整個人充滿男人味。雖然他個頭不高，但他知道如何讓她開心。

我們原本能擁有這一切的。真笨。

「我從不殺孕婦。」銳保表示。

「你現在不會這麼做的，因為我們約定好了，要平分那筆錢。」

銳保靠近辰亞，要她坐在沙發上。他從口袋裡拿出手銬，把她的雙手銬在背後。蘿拉此時才意識到，在旅途中的某個時刻，他已經取下來手銬了。可能就是用我的髮夾。

「我希望能用俄語交談。妳可以用西班牙語回答。可以嗎？」銳保用俄語詢問。

蘿拉點頭，已經沒有偽裝的必要了。

「錢在這屋裡？」

「在這裡，在這間客廳裡。」

「很好，把錢拿出來。」

不僅沒有爭吵的必要，就連反擊也不需要。沒人會對銳保提出異議的，更不會想要和他討價還價。

她起身，身體繼續蓋著毛毯，走到綁住寇特的那根柱子旁。

「妳要去哪？」惡棍擋在她和狗之間。

「拿錢。」

「賤貨，妳想鬆開狗。」

「如果你想要錢，就得信任我。」

銳保這輩子誰都不信，所以更別指望他現在做得到。他抽掉蘿拉的毛毯，鐵棍頂著她的背部，命令她走在前面。

他們越靠近，寇特就越緊張。牠的身體稍稍挺起，儘管身上的狗鍊讓牠沒有辦法完全起身，喉嚨不斷發出一種充滿威脅的低聲咆哮。

「不動。」蘿拉用顫抖的聲音下令。

她已經好幾個小時沒有打胰島素了。她再次感到口乾舌燥，視線模糊，但現在不容許她犯下丁點錯誤。

她蹲下，愛撫著狗耳朵的背後。

「注意。」銳保警告她。她能感覺到鐵棍的尖端劃破了她的皮膚，鮮血順著後背往下流。

寇特躁動不安，血腥味讓牠更為激動。

「乖狗狗。」蘿拉說，拍拍牠的脖子，並在牠蓬鬆的毛髮下尋找到一處皮膚較硬的區域。那個位置是那名俄羅斯訓練師用手術刀做出來的切口，大小只有指甲那麼大，然後在那個表皮下插入一個硬質塑膠護套。

透明，防水。

就像牙齒內的保險箱。

蘿拉一邊在狗的耳邊低聲安慰，一邊努力設法用指甲挖出那片五一二GB的SD卡。她慢慢地把那張能承受八十五度高溫，防震、防水，也防電磁波的記憶卡拿出來。

蘿拉沒有轉身，她直接讓銳保看到那張卡片。惡霸搶走她手中的物品，並抓住她的頭髮，往後扯，讓她離開狗的身邊。

蘿拉很平靜地撿起地上的毯子，包裹住自己，坐到壁爐旁。

「這是什麼？」

「全世界都在找的東西。坦博夫黑幫公司的結構。能打倒羅梅羅與貝爾格拉諾的證據。」

「錢也在裡面？」

蘿拉點頭。

「有一個資料夾，裡頭有七萬四千五百六十八枚比特幣。」

「七億歐元。」銳保回答，完全無法置信這麼一大筆錢就裝在一塊小指甲大小的塑膠上。

「那是當初我們從奧爾洛夫手上偷走的錢，但現在更值錢了。我最後一次查看報價，幾乎要八億歐元了。」蘿拉以極為驚人的平靜態度回答。「在你異想天開想做任何奇怪的事情前，我得說，每個文件夾都受不同的密碼保護，而只有我知道密碼。」

「我們不擔心，終究妳會開口說的。」銳保回答，帶著一臉滿意的笑容。

蘿拉聽到他使用「我」的複數時，震驚地轉過身。

銳保在她面前搖晃手機。

「我們的個人物品都在那輛警車上。我在那警員身上找了一下，反正他們也用不到了。另外，做為禮物，我從其中一人身上拿了這個。」銳保邊說邊放下鐵棒，接著在褲子後面拿出了一把槍。

辰亞在沙發上一動也不敢動，嘴巴更不敢張開，就只是不停掉淚。

蘿拉看著那把又黑又沉的手槍，瞭解到自己多麼愚蠢。銳保不先拿出槍，就是要博取她的信任，讓她以為在某個時間點，自己也有勝算。他比她更狡猾。

「我們說好了。」她絕望地抗議。

「WhatsApp上有個很有趣的功能。」用俄羅斯語發那個應用程式的名稱，聽起就像**哇操**。「分享即時定位。雖然這裡沒有網路覆蓋，但我想他們不難找到我們。」

「太蠢了。」蘿拉憤怒地起身反擊。「奧爾洛夫想殺你。」

「但我活下來了。」銳保一副無所謂的樣子。「戰爭就是戰爭。」

在那一刻，門被打開來了。

追蹤他們很簡單，至少開始是如此。

警車開得很慢，因此騎摩托車的路程變得十分乏味。她不得不在高速公路上不時踩煞車，甚至就算在加油站停下來休息幾分鐘，吃點東西，上個洗手間，也沒關係，她一會就能追上。她一直跟在雪鐵龍後方約八十呎的距離，以免被人發現。

她的計畫並不容易實踐，要在他們反擊前先制伏，所以她得耐心等待機會。最好的時機點應該是抵達馬德里之後，利用兩個員警因為旅途的疲累，在某個紅綠燈處，或在行人穿越道上，才開始行動。

機會永遠沒有降臨，因為被人捷足先登了。

當她看到一輛SUV撞警車，她猛然煞車，把車子騎向路肩。她關掉車燈，緩慢前進。因此，她也成為整個案發現場的目擊證人。當她走到橋邊時，兩名嫌犯早就騎著摩托車揚長而去了。另一輛靠向SUV的車子旁，有人報警。

她在安全帽內咒罵幾句。一切努力都白費了。她感到無比的憤怒，情緒被深深的挫敗感籠罩著。

那時，她看到銳保從後車箱出現，看見他在屍體中翻找東西，之後撿起一根鐵棍，後來又與蘿拉一起離開車子。

她微笑。她的計畫突然變得容易多了。

她評估當下行動的優缺點。最後，決定最好等待機會，先讓銳保行動再說。

她把摩托車熄火，用腳推著車，沿著堤岸走到下面。然後，跟著他們沿公路走了一段距離。當見到他們開走那輛法國車後，她才啟動引擎。

一路都沒開車燈，黑色的車身，而她僅僅只是黑夜中的一道深邃陰影。半個小時後，她察覺手機響了。奧爾洛夫傳送一則蘿拉當下位置的簡訊。銳保已經找到時間跟他聯繫上了。他說有一組人馬正在往那裡去，要她（他命令她！）與他們會合，一次一網打盡。

她對著這個老頭的傲慢，放聲大笑。毫無疑問，他等著驚喜，但一切都得等她完成任務再說。

她再次發動引擎，不一會兒便追上他們。但過了一會兒，路況變得極為糟糕。隨著海拔升高，天氣越來越不好。山區的暴風雨使得整條路都是骯髒的積雪。馬路也從完美而安全的高速公路，變成曲折的雙向道路。

她看到他們停車偷雪鍊，但她運氣沒那麼好，因為她不可能找到適合這輛日本摩托車的車輪鍊條，而且她也沒時間找。

因此，跟蹤他們忽然成了一件足以致命的遊戲。就算騎得多慢，危險也不會減低，更何況引擎的功用原不在此。實際上，只要能鑲釘輪胎，或噴上增強牽引力的噴霧劑，車子就會更好騎了，但現在要求這些，就像想要一架直升機一樣。

她盡其可能地騎在 Clio 輪胎經過的地方，不過車子離開主幹道，開進一條泥濘小路後，摩托車根本窒礙難行。他們車子移動得太過緩慢，導致她多次得下車以免被發現。風速越來越強勁，也讓她難以坐在車上前進。雖然她皮革與裡面的保暖衫在一定程度上起了作用，能讓她免受風寒，但吸進的空氣，仍讓她開始發覺到自己正在快速失溫中。

但她不退縮。

她決定把摩托車放在樹林間，徒步行走。

他們很快地也跟她做了一樣的事。她吃驚地看著他們的穿著十分單薄，而且就這樣在風暴中行走。這會讓他們撐不過十分鐘的，她想。蠢貨。

幸好，屋子不遠。

她很容易就跟著他們溜進莊園的內部。他們甚至連身後的大門都沒關上。因此，她從入口處，躲在門廊的柱子後擋風，並且也聽到他們說的每一句話。

當她聽到一切該知道的，她打開門。

「戰爭就是戰爭。」銳保正如此表示。

忽然，他聽見開門聲，轉身，拿槍指著她。

「妳是誰？」

「喬爾納亞·母狼。」她回答。脫掉安全帽，走向他。

銳保轉向蘿拉，露出殘酷的笑容。

「黑狼后在此。」他嘲弄地哼著。「現在妳才要知道什麼叫害怕。」

她邊笑，邊從皮衣裡拿出手槍，穩穩地把槍放到了還在笑的銳保的太陽穴上，扣下扳機。子彈打碎了他的頭，將笑聲一分為二。

15 顛覆

「媽的，這場雪下得也太剛好了。」喬抱怨。

「我覺得你太常說髒話了。」

「我覺得我們要被雪埋了。」

喬極度小心地把車開進雨刷鎮，他沒有下車裝雪鍊，因為安東妮娜拒絕做這件事。

「我們沒有時間了。你開電子輔助設備來幫忙。」她邊說邊按下儀表板的按鈕。

這輛車有裝置計算程式（**這個價格，都該做到無人駕駛才對**，喬思索），能糾正車輪突然的飄移。

當然，不是百分之百，但的確做到防止奧迪兩次打滑。

進到小鎮的某個位置後，信號就消失了。

「沒有網路覆蓋。」安東妮娜說。「我們所在的位置，是辰亞手機最後一個活動登入位址。」

他們所在的地點是一片荒蕪，前方有兩條路。一個迴轉，回到雨刷鎮的方向，另一條是通往海拔高度一千八百三十呎的港口，那條路徑上還立著警告標語，標示前方通道封鎖。

有人把指示牌移到旁邊去。

喬看向安東妮娜，她點頭同意。

「地上有一些車子開過的痕跡。」當車子開上路時，他說。

車子的痕跡並不明顯，喬費勁地亦步亦趨跟著，但雪實在下得太大，幾乎快完全覆蓋地面，快見不到痕跡了。

「不可能。」安東妮娜說，並走下車。她蹲在車頭燈的光錐中，仔細研究地面。

「這裡沒有走過。」當她回到車上時，牙齒打顫，聲音顫抖地表示。

「我們一定錯過某個岔路。」喬邊說，邊倒車。

「盡量慢慢退後。」安東妮娜表示，並拉下車窗探頭出去，用手電筒對準地面，穿過樹林。森林很茂密，樹幹高高聳立在他們面前，像幽靈的守護者一樣。車再往後退了一點，突然樹林間出現一道在黑暗中幾乎看不出來的縫隙，而且地面上也沒有明顯的輪胎痕。

「從這裡進去。」她指向右邊。

喬把車開向樹林之間。地面像被一條白毯子蓋住，車子很難沿著這條路徑前進，前方能見度為零。

繞過一條兩側稍緊的彎道時，眼前突然出現一輛車子，停在前方不動。喬本能地讓方向盤轉向，但電子輔助設備卻堅持不執行突然的轉彎動作，硬將車輪推向相反方向。奧迪側邊撞上那輛車（安東妮娜從旁邊經過時，注意到那是一輛法國車Clio）之後，開始在雪地上滑行，離開原定道路，滑下三呎高的樹叢中，最後由一棵樹檔住了車子的去路。

「又來了。」當安全氣囊消氣到足以讓喬說話時，他怨嘆。

「二比一。」安東妮娜回應，撥開臉上的白色尼龍。

「這不是所謂的魯莽駕駛。我們時速才三十。」

奧迪的引擎蓋上伸出了一棵樹。車蓋隆起，車殼有一半被樺樹蓋住。這得請每小時兩百歐元工資的起重機幫忙，工作時間共要三十小時，否則這輛車哪也去不了。

喬走到後車箱，打開行李箱，穿上一件輕便外套禦冷。安東妮娜比他還慘，她有四分之三的衣服都被丟掉了。

「我們爬上去。」

「等一下。」喬制止。

他把行李箱拿出來，放到雪地裡上，拿下行李箱底部的墊子，裡頭有一個備用輪胎。

「恐怕我們現在需要的不只是換輪胎。」

喬把輪胎扔到地上。下面出現像托盤一樣的淺淺凹面，約有一呎長。喬往前推了一下，取出裡面的東西。

「雷明頓八七〇夜鷹，附帶可伸縮槍托，以及五個額外彈藥筒與橡膠掛帶。」安東妮娜讚賞。「這不是官方配備。」

「夜晚的森林很危險。」喬說，掛上肩帶，槍管指向地面。然後，他再拿起兩件防彈衣，自己穿上，並讓安東妮娜也照做。「好了，走吧。」

他們艱難地爬回路面，雙腿沉重，呼吸短促地回到那輛被遺棄的 Clio 車子旁。

「往前走。」

忽然間，飄雪少了一些，風速也減弱。樹林在遠方消失，取而代之的是一大片圍牆，當他們抵達牆邊時，積雪並不高，可以行走，大門是開著的。

當他們聽到槍聲的時候，已在快進到房子的中途了。

「妳待在這裡別動。」喬指示，然後他走向門廊。

安東妮娜當然不理會他的指揮，大門是開著的。兩人進到屋裡時，所看到的景象完全超乎想像。客廳寬敞、質樸。天花板與屋內的各個部分都可見到梁柱裸露。壁爐裡燃著烈火。一張沙發椅和兩把扶手椅。一張桌子。整個家完全沒有馬貝拉市那房子的古怪和糟糕。

一個戴著手銬的烏克蘭女人坐在沙發上，蘿拉裹著毯子站在壁爐旁，一隻高加索牧羊犬被綁在一根柱子上，不斷咆哮。地板有一處鋪上地毯的地方，銳保的屍體就躺在上面，明顯頭蓋骨缺了一塊。離屍體兩步遠，站著一個紅髮女子，臉色蒼白得像壁爐裡的一個倒影，穿著黑色騎士服，一手拿著安全帽，另一手拿著槍。

喬帶著胸前的獵槍，走進去。

「丟掉手上的武器。快點。」

女子看他，然後看向安東妮娜。

「我見過您們。警察。」

那一刻，蘿拉往前，向那女人的胸口推了過去。突襲讓她措手不及，絆倒了銳保的屍體，摔了個跟頭。

「操。」她罵。

寇特激動地衝向摔倒的女人。儘管狗爪碰不到手臂，但牙齒卻已緊緊地咬住左大腿。女人倒吸一口冷氣，把槍對著狗的臉，但沒有開槍。

「叫牠鬆開。」安東妮娜說。

「這女人跟奧爾洛夫一夥的。」

「別讓我再說一次。」安東妮娜警告。

安東妮娜手無寸鐵，比她還矮一個頭，但聲音中卻有某種威嚴，警告蘿拉不該與她爭論。

「不動。」

狗立刻鬆口。牠那一口尖牙布滿鮮血。

「槍。」喬走近她要求，獵槍一直對準她。

女人大口喘著氣，努力咬緊牙根，忍著疼痛，壓抑尖叫的衝動，但她仍不願意將槍交給警官。

安東妮娜蹲下，從她緊握的手中拿走。

「給我看。」她要求。

傷口很深。高加索牧羊犬的巨齒咬下她大腿上一大塊肌肉，血流如注。

「你負責她們。」安東妮娜向同伴指著另外兩個女人。

「別擔心。」

安東妮娜離開一會兒，從廚房抽屜拿回剪刀、乾淨的毛巾、一瓶伏特加酒和一卷膠帶。她剪開皮褲，努力修補腿上的破洞。

「需要消炎藥。」

「我需要胰島素。」蘿拉說，蹲靠在銳保的屍體上。

「退後。」喬命令。

「您不懂。大家都在找這張卡片。」她拿卡片給他看。「為了錢，為了奧爾洛夫的資料，羅梅羅不利的證據。」

「這事我來負責。」安東妮娜回答，並取走她手上的卡片。

「裡頭的錢比您們賺一百輩子還多。如果幫我脫險，我們可以平分那筆錢。」

「多少？」

蘿拉說了個數字，令喬吹了一聲口哨。

「您說有對羅梅羅不利的證據，指的是什麼？」

「我丈夫是警察的線民。彼此說好他提供情報讓警方可以突襲，但之後事情變了調，瑜利設下陷阱，他先提供運毒車與運鈔資訊，然後發現警察偷錢，殺死送貨員……所有內容都在其中，影像、音頻，每件事情。」

喬與安東妮娜看了彼此一眼。

「妳說對了。」喬回答。

「恐怕就是如此。副警官才是那個想殺您的人，對吧？」安東妮娜詢問蘿拉。

「瑜利威脅到他們的處境。但他不想替他們做事了。」

「不走常規。」喬說。

「做得太粗糙了。明明就有很多方式可以好好處理。能先和我商量就好了。」蘿拉回答，感覺到一陣昏眩，她坐回到辰亞身邊。

「很好。現在一切都結束了，甚至我們還抓到了黑狼后。」喬吹噓。

安東妮娜看著躺在地上的女人。然後，又看向從她手中奪走的槍，以及銳保的屍體。那條狗一刻都沒有把眼睛從他們身上移開，同時不斷舔著鼻子上的鮮血。

「她不是黑狼后。」安東妮娜說。

喬睜大眼睛看她。

「小妞，妳在說什麼，妳瘋了嗎？」

安東妮娜指那隻狗，然後再指向銳保。

「那你告訴我，為什麼我們的職業殺手可以冷血地殺了銳保，卻沒有為了自衛而殺了那條狗？」

的確，喬想不到答案。

「妳是黑狼后？」她詢問那個受傷的女人。

「不是。我跟著她，然後把她殺了。」

警官聽到這荒唐的說法，不禁放聲大笑。

「妳殺了黑狼后？整個黑手黨都害怕的殺手？」

「她很好，但我更優秀。」女人聳聳肩，回答。

喬抓一抓頭。

「好啊，妳不是黑狼后，那妳是誰？」

「名字不重要，重要的是奧爾洛夫正趕往這裡。」

「重不重要由我們決定。」

她強忍著意志上的不舒服，深吸一口氣，用力把那句很多年沒說過的話，再次吐出來，再次說出自己是誰。

「我的名字是伊莉娜・巴迪亞（Irina Badia）。」

第四部分　喬

她左眼下方的臉，
被指甲刮出一道傷痕，
但女孩不覺得痛。

1 敘事

這是一個得用低沉聲音講的故事，而且要講得很慢很慢，慢到用盡世界上所有時間都來講的故事。

從前從前有一個女孩

聲音從喉嚨柔和地發出，碰觸到有力的口腔，帶著遙遠國度的口音。

在老橡樹的樹枝上

短句，很多停頓，有時停得很久。

吊著玩，

她曾不停地訴說同一個故事的內容。

有一天惡人來了，

就為了平息疼痛，舒緩需求，好好睡上一覺。

再也不能玩了。

從前從前有一個女孩在老橡樹的樹枝上吊著玩，有一天惡人來了，再也不能玩了。

女孩的名字就叫伊莉娜・巴迪亞。她的姊姊是奧克薩娜（Oksana）。住烏克蘭的奇卡洛瓦鎮上，與父母一同在農場裡生活。

一切都只是文字。

需要多少字講述一個人的故事？一千字？十萬字？

永遠都不夠。

不管用多少文字描述那些人來找她之後，女孩的悲慘遭遇，都是徒勞的。她的家人死了，她逃跑了，僅此而已。她的求生意志十分強大，大到可以支撐自己徒步行走兩千哩路，尋找一個能幫她變得更厲害的人，而那個人也確實讓她更上層樓了。

「一場打鬥該花多少時間？」

「五秒。」

「妳不是最強的，永遠也不可能是。如果對手擋住了妳最初的攻擊，那就必死無

疑。要毫不留情地攻擊弱點，最好在對方意識到攻擊前，就先擊倒。」

幾年過去了。

她走得更遠，她追到了世界的另一端，就為了尋找那些奪走她一切的人。之後，她遇到了愛情，或該說是像那類的情感。但她還是拋下離去，因為她發現那樣的感情並不夠。唯一能填滿心中的巨大空虛，只有身體的熱血。

她獨自回來了。

一個人越常獨自待著，孤獨就越常徘徊不去。孤獨像黴菌一樣，附身不斷滋長繁衍，然後摧毀內在非常渴望的自我。孤獨不斷地積累、蔓生，成為延伸出自我的表象。然而，一旦模具成型，那就得要花一生的時間才能撕毀。

女孩不斷前進，動作變得越敏捷但粗暴。每次打鬥的時間都很短，但付出的代價卻十分高昂。身體瀕臨崩潰。背脊有自己的宇宙，長時間掌管一切令人難以忍受的苦痛。

要復仇的人數越來越少，但內心的空虛卻仍未填滿。

有一天，她在聖彼得堡打聽到是誰下令突襲農場，也就是最後一個目標。他叫奧爾洛夫，當時是個皮條客，事業從那次起開始飛黃騰達，現在有自己的組織，地點就在西班牙南部。

但是坦博夫黑幫對奧爾洛夫很不滿，所以指派殺手要解決掉他，並且修補他所犯的錯誤。

這一切都是從一個在黑幫中跑腿的男人說的。她折磨了他好幾個小時，那個無名小卒求生欲很強，可惜沒有成功。不過，他沒枉死，因為這讓伊莉娜循線找到了黑狼后。

她跟著她坐同一架飛機到馬德里，落腳在同一間飯店。

一天晚上，她沿著河岸散步，伊莉娜手持刀和鐵絲跟在後面。她在橋上靠向她身旁，但她很冷靜、無畏，就像掠食者一樣，以為在夜晚中自己是王者。突然，她撲向她，黑狼后本人感受到自己即將發生的危機，但也僅限於躲過第一刀。

打鬥總共只有三秒。

伊莉娜把她脫個精光，然後用她的大拇指解鎖手機，然後才處理掉屍體。

從時候起，她偽裝成她，全盤掌握自己目標訊息。但就在她要去找他報深仇大恨的時候，卻發現奧爾洛夫需要她的幫忙，而這讓整場遊戲變得更加有趣了。

她的敘事故事的開頭，與蘿拉常常對自己說的童話故事一樣，因為這是最好開始一段故事的方式。只是她的故事與蘿拉的不同。蘿拉想要用美好的謊言改寫自身的處境，而伊莉娜說的是真的。

終究，所有的真實都只是故事。

這大約是伊莉娜告訴安東妮娜的內容。不過，常常在評斷一個人前，幾乎沒有人會有機會聽到對方全部的人生經歷，他們的起源、願望與夢想，不會瞭解對方的渴望，深藏在心中的感受，或是她在道路上被什麼樣的石頭絆倒，是什麼樣刻薄的微笑讓人無法入睡。她自己種下荊棘，不斷撕裂自己的靈魂，最終扼殺了自己的理智。

就像在她左眼下的那道疤痕。

世界很少有機會聽到一個人全部的故事，尤其是困在即將被槍殺、搶劫的山中小屋裡，那絕不是聽一則娓娓道來的故事的好時機。生活不像電影或小說，可以在關鍵時刻讓敘述者進行一場漫長的回顧。

所以，真正談話更像是……

2 簡言之

「我的名字叫伊莉娜·巴迪亞。」
「妳很優秀。俄國特種部隊？跨國小組？」
伊莉娜搖頭。
「朋友教我的。」
「伊莉娜，妳的目的是什麼？」
「奧爾洛夫殺了我的家人，我要殺奧爾洛夫。」
安東妮娜注意到伊莉娜的西班牙語程度，無法回答太多問題。
「怎麼死的？」她換成俄語詢問。
伊莉娜也用俄語回答，講得很慢，口氣也柔和許多。
「我們有農場，他們要抓我和姊姊。殺了我的父母，抓了姊姊之後，再把她賣掉。我逃走了。」
安東妮娜看著眼前的女人，無力地癱坐在地上。當她稍稍動了一下，可以見到她少了一隻耳朵。她分析她的模樣，用手摸伊莉娜的左臉頰上的傷疤。那舊疤精緻地劃過臉頰中間。她的心跳微弱。
「幾歲弄傷的？」

「八歲。」

從那時起，是開啟一切的序言。

思緒在眼底流淌，像綠川冰下的魚：無法觸及。伊莉娜吸了一口氣，簡單地用二十個字說完自己二十年來的訓練，以及承受的痛苦與磨難。

「然後？」

「然後我長大，殺了殺人的與下令殺人的。血債血還。」

有個想法，突然像晴空霹靂一樣，照亮了安東妮娜的臉。她頃刻間即意識到她的能力無論多麼厲害，永遠都不足以做到全然的理解。

無法理解，又如何能做出正確的決定？

她看向喬。就算他什麼都不懂，但他也能觀察到很多小細節。

「你們得快點離開。」伊莉娜說，並抓住安東妮娜的袖子，要她注意自己的話。

安東妮娜慢慢把手收向自己。

「妳怎麼知道？」

「我有黑狼后的手機。他們不久就會抵達銳保的手機發送出來的信號，然後找到這裡。」

壞消息。

紮紮實實的壞消息。

得決定如何處置她。但決定前得先瞭解她才行。

「妳來找這個。」安東妮娜拿著手上的SD卡，詢問。「為什麼？」

安東妮娜想著記憶卡的內容。所有的成員名稱，關係與銀行帳號。裡頭不僅包含了俄羅斯黑幫，還有合夥的對象，牽連數十個國家。有些是法律也辦不了的人物。

「妳的仇都報完了，你現在想的是別的。」

伊莉娜壓著傷口。毫無疑問，她很痛。

「為了那些不像我一樣幸運的女孩。」

她用甜美且帶著一絲宿命感，念出這個詞。

Udachi。

俄語，意思是幸運。

那個詞觸碰到了安東妮娜。那是充滿嫉妒，嘲弄和悲傷的一串字符。她那麼小就被奪走一切。怎麼可能認為自己很幸運？她的人生被別人闖入，摧毀了，把她變成了仇恨的機器。

她怎麼能覺得自己很幸運？

怎麼能讓我覺得有罪惡感？

3 黎明

安東妮娜結束和伊莉娜談話後，她與蘿拉做短暫的交談，然後回到喬身邊。他已經脫掉大衣，坐在餐桌旁監視三個女人的行動。

「有問題嗎？」

「情況很複雜。」她小聲回答，並接著解釋。

「媽的，那我們得快走。」

「喬，沒那麼簡單。」

「我們可以開幫傭的車。把五個人塞進去，就可以拜拜。」

「那輛車是福特嘉年華車款，輪胎沒裝雪鍊。外頭的積雪有半呎高。最後不是排氣管堵塞，車輪打滑，不然就是在荒郊野外碰上奧爾洛夫。」

「我們走反方向。」

「上山情況只會更糟。那條路再三公里就到瞭望臺，死路一條。走那裡沒希望，只能照原路返回。」

喬拍拍自己疲憊的臉頰。他雙眼浮腫，肚子餓得咕嚕咕嚕叫。

「我不行了。」

「你在這裡等著。」安東妮娜說。

不一會兒，她端著兩杯即溶咖啡，和一包戰鬥口糧回來了。任何儲藏室裡都會剩下戰鬥口糧，因為誰都不會真的餓到去吃那包餅乾。喬接過搭檔遞給他的杯子，然後一次把兩塊餅乾放進嘴裡。

「走路也不遠。我們可以從林子裡逃走，再下到鎮上。」

安東妮娜看向那些女人。

「一個傷到根本無法行走，另兩個衣服單薄。」

「或許房裡有大衣可以穿。」

「沒有，我看過了。衣櫥幾乎是空的。幾件名牌T恤，還有一個放滿性愛道具的抽屜。」

喬一口氣吞掉咖啡（他的動作就是吞，不是喝）。他看窗外，灰濛濛的光線預告著黎明的降臨，花園即將再次亮起。這座莊園四周都被磚牆圍起，牆上鋪著厚厚的雪。天從黑轉灰，樹梢似乎有幽靈在那裡穿梭。昨夜強風吹襲的樹林已經消失，今日輕柔的微風吹拂低矮的枝椏，林間彷彿在哼唱一首輕柔的搖籃曲。

天空不再飄雪。

「天氣對我們不利。」喬指向外頭，表示。「他們會更快找到這裡。」

安東妮娜神情嚴肅地看著他。

「妳和我可以先走。留她們在這裡，我們拿走卡片。一到有信號的地方，就報警。或許一切還來得及。」

警官舔了舔下巴上的餅乾屑，一臉心滿意足的模樣。

「妳說的事不可能發生。」

「沒錯。」安東妮娜承認。「離開不是最終的選項。」

「所以只剩一件事可做了。」

安東妮娜慢慢點頭同意。

「以二擋多。」喬回答。

「三人。」安東妮娜指著伊莉娜。

「我不懂妳的意思。」

「她跟我們在同一陣線。」

「那女瘋子？」

安東妮娜扭動手指。「是我就不會用那樣的字眼。」

「那妳要用什麼？」

「如果我得做人物心理側寫的描述，可能會說明是創傷後壓力、自大、持續性悲傷障礙、反社會人格。可能也有精神分裂症的特徵，不過這點還不能確定。」

好個診斷。喬自忖。**關起來的名目都想好了**。

「所以妳要她幹麼？」

「我要把槍還給她。」

「少開玩笑了。」

安東妮娜拿起一塊餅乾，慢慢咬碎，搖頭否定。

「怎麼可信任那種人？」

「你怎麼可以？」

喬的臉上好像被按了暫停鍵，靜止不動一會兒，後來才明白安東妮娜指的是誰。

「啊！就是那樣，對吧？」

安東妮娜聳聳肩，一副不知情模樣。她不是在炫耀。

「但沒人派妳殺人。」喬回答。

「你明知我很想那麼做，只是槍法不好。」

喬噗哧笑了出來，他想起她與珊德拉在隧道內對峙的情景。不過他的笑聲中帶著緊張，就像到處都是怪物的黑暗中發出來的那種聲音。

「妳會越來越好的。另外，這杯咖啡真棒，把我的疲累一掃而空。」

安東妮娜從口袋裡掏出一小袋白色藥丸。

「二苯甲基亞磺醯基乙醯胺。」

喬很快就想起袋子的出處，袋子本來該待在車子儀表板旁的櫃子中。他看了一下眼前的空杯，再看了看安東妮娜迷茫的雙眼。

「小妞，太低級了。妳竟然在我的雀巢咖啡內下毒。」

「你會感謝我的。」

羅梅羅

我不是為了做這種事當警察的。局長想著。

她望向時鐘。早上八點了，天即將亮了。

但她就像處在永夜之中，內心十分悲傷。

疲勞會使她的憂鬱傾向更加嚴重。她從來就不喜歡承認自己有情緒上的問題，更甭說要表現出來。一個在職場上力爭上游的女人，最不能表現的就是情緒，否則會被視為軟弱。身體不適，脾氣變得不好，就會收到批判的投訴。男人不管如何表現自己的怪癖或性格特徵，都能立即被接受，但這些事若發生在女警官身上，就成了恥辱。每一天，她都要面對預算，**性平與花瓶**之類的詞彙。

她為了當警察，壓抑住自己的個性，丟棄色彩繽紛的衣服，不再化妝。工作這麼多年，她甚至連肢體語言都做了修正。

一定得幹番大事業，做出個成果來，所以她開始執著於奧爾洛夫的案子。利用瑜利，做為接近破案的手段。她非常執著，全心全意投入。最終，她到了此境界。

此境界。一個冷得要命的馬德里山區，失落小鎮路上的交叉口。一處像其他城鎮，會令人回眸的地方。

這一切是從抓到瑜利用貨櫃做人口走私開始。證據就算很多，但其實很少會對他不利。不過，他還是上鉤了，還有他的妻子也信了。那女的太不要臉了，裝得很高貴，一副這輩子沒打破過盤子的樣子。瑜利對她言聽計從，說話前總先望向她。就算只是問問時間，也會沒用的轉身看向她。

蘿拉·莫雷諾，令人作嘔的女人。

羅梅羅點燃香菸。她私底下才抽。女性抽菸總會被人非議。但現在無所謂，在這條交叉路口上，就只有她與貝爾格拉諾，而他對她的一切瞭若指掌。

副警官非常忠誠，能忍受她的臭脾氣和衝動。她想知道為什麼兩人沒有上床，這是他們唯一沒有一起做過的事。他們什麼都一起做，一起熱血地執夜班，一起遭受斥責，一起經歷嫌犯脫逃，一起抓壞人就地正法。一起經歷的挫折很多，享受的勝利很少，而且床，從來沒有一起睡過。

這樣很好。她想，斜眼看向他。他沉默地靠在摩托車上，和她一樣一臉疲憊。但沒有不爽。他們是兄弟，有難同當，彼此相互照應。他們是家人。

家人蹚了渾水，日子變得沉重。

她很清楚讓瑜利當線民的做法相當危險。他可能就只是利用警察消滅自己的敵人。她已經幹警察很久了，十分瞭解剛加入的告密者，會耍什麼手段。但她萬萬沒想到他竟然設陷阱，真是個混球。

她沒那麼貪，至少程度只像大家一樣。抓大魚的突襲中，總是丟失了幾捆鈔票。每個人都知道怎麼回事，沒人會說破。不然他們有什麼盼頭，況且他們為破案也十分辛勞。她的薪水還不到三千歐元，而副警官只是她的三分之一。一個月賺的薪水，是販毒一個下午賺的錢。運毒一趟賺的就是他們的十倍。而警察卻得付出生命與時間，讓生命分分秒秒都處在風險之中，而最終只得到幾塊麵包屑。所以，要穿得光鮮亮麗，面帶微笑，然後到糞坑挑屎，當然要有甜頭才行。

她沒那麼貪，至少程度只像大家一樣。法規定在那裡很明白了。不被抓到，不惹人注目，不食髓知味，就沒問題。其他的問題就只是你他媽的良心問題，不然沒有人會多嘴說些什麼。

八年前在馬貝拉市有一群刑警入獄服監。那些人是他們的共同朋友。掃毒單位的同事，只是犯下大錯，搞混自己的位置。他們不像警察一樣在抓嫌犯中撈點油水，而是直接勒索。

她不是那種人，也從不曾做過那種事。

她所想要的，就只是做好分內的事。

但是，那輛塞爾維亞人開的運毒車，車上有六十萬歐元的舊鈔，而且那個司機是有謀殺、搶劫、虐待等暴力前科的敗類。副警官一時氣憤。當然，她也是。而且，有這筆錢就能補很多的洞，另外也成為自己局長生涯無可挑剔的紀錄再添一筆。榮耀是遲早的事。

當某些事好得令人難以置信的時候，就不難猜到其他的部分了。

可惡的瑜利。坦白說，早就不期待他了，況且他是討厭鬼。原本就要放掉小魚，開始要收網金槍魚了。但他卻搶先一步，只因為他沒先找她商量。他的妻子絕不會讓他做那種蠢事。威脅警局。真是蠢到……

她打爆瑜利。那是當然的。雖然她原先不打算那麼做，但那笨狗嚇到了貝爾格拉諾，他那人本來就神經兮兮。然後，一切就失控了。本該一口氣解決掉她的，但卻失手了。

超悲劇。

她太引人注意了，就連奧爾洛夫都親自打電話過來，要她交代事情的始末。那是他們第一次通話。她沒說出所有的真相，只是點到為止，維持住大家的顏面。

但卻引起馬德里的注意，派了兩個人來找蘿拉。

當抓到她之後，奧爾洛夫又打了一通電話，表示用任何手段，她都得死。奧爾洛夫提供汽車。第二個錯誤，兩名無辜警員身亡。又越過了另一條交叉線。

蘿拉．莫雷諾就像一隻蟑螂，永遠打不死。

奧爾洛夫打第三次電話給她，通知他們任務失敗，並指示接下來該做的事。羅梅羅察覺到玩家換手了，大家都只是他手中的工具。

我不是為了做這種事當警察的。局長又想到這事一次。

兩輛車在黎明的第一道曙光中抵達。今日的太陽不會在山頭中露臉。天空低垂陰暗的雲層，籠罩著一股不祥之兆，似乎今天的所作所為將隱藏在上帝的視線之外。在做壞事的日子，這算是小小的安慰。

第一輛SUV停在路口，羅梅羅往裡頭瞧了一眼，有兩個男人，但誰也沒有向他們打招呼。

「這是奧爾洛夫最好的車？」

「奧爾洛夫最好的，是奧爾洛夫的。」他們身後，有人回話。

羅梅羅回頭，看到第二輛SUV的車子上，下來一名年長的黑幫男子，隨後是兩個混混。是猛獸。罪名：皮條客、強姦犯、毒販、殺人。她得壓抑住衝動，不讓自己拔槍，在引擎蓋上扣押他。

一陣對他與對自己的厭惡感，席捲全身。

「就你們兩個？」奧爾洛夫詢問。

「只有我們。你還在等誰？」

長者看向遠方，一條延伸的山際線，線的終點被雲海吞沒不見了。

「無所謂。找到了我發送的最後位置？」

「就是這裡。」貝爾格拉諾回答，並拿手機螢幕上的衛星地圖給他看。「森林裡有一棟房子，前方十二公里處，從這條路上去，再遠就沒有東西了。」

「上車。我們一次結束一切。」

4 庫存

他們把所有東西都放在木桌上：四塊金屬與塑膠製品。都是沒多大攻擊性的武器。

喬的槍有十三發子彈，另外十三發在備用彈匣。

伊莉娜的槍，十發子彈，無備用。

銳保的槍十二發，無備用。

喬的獵槍，八個彈匣。

「從這裡開槍，射程至少二十呎，距離太遠，效果不大，不太可能會致命。」安東妮娜計算，握著槍把。

喬稍稍點頭。

「單用肉眼，妳就能測出二十呎？」他指著窗戶問。

「從這到樺樹。」

「當然，我只想確定……」

她翻白眼。

「福特右邊的那棵樹。」

「的確就如妳說的那樣。」

安東妮娜起身，拿起伊莉娜的槍，以及銳保偷的警用槍。

「最後我們還是解決了曼薩納雷斯河的凶殺案。」

「這不是妳的功勞，是自然水落石出。」

「那誰抓到凶嫌的？」

「實際上，是那隻狗抓到的。」喬回答，並走向那三個女人。

警官要求辰亞傾身，他要幫她解開手銬。

「我要妳把福特開到大門口，盡可能靠在門後。拉好手剎車，然後回來。」

辰亞遵照他的指示。安東妮娜走到門邊，按下關起大門的按鈕，以防那女人臨時起意想要逃跑。

當辰亞回到屋內後，她才開始向大家說明計畫。

「奧爾洛夫快要來了。我們不曉得他們有多少人，也不曉得手上的武器類型，所以只能盡量阻擋。我們有兩個優勢，這是一個獨棟房子，每扇窗都有裝上鐵窗。所以，進到這裡的唯一可能就是那扇大門。」

「第二個優勢是什麼？」蘿拉詢問。

「他們沒有預料到會有反擊，也不知道有我們三人。」她回答，並握住槍管，把槍交給伊莉娜。

一瞬間，悄然無聲，氣氛顯得十分不安，就連微弱的篝火也不再劈啪作響。她沒有做出伸手拿槍的動作，而是用一雙綠眼珠盯著安東妮娜。

「確定嗎？」

「不確定，但我也沒什麼可失去的。」安東妮娜回應。

伊莉娜舉起手臂，手指摸到槍管。頃刻間，她從八百公克重的鋼鐵上感受到安東妮娜傳遞給她的能量。

「我們呢？」蘿拉問。

「妳背叛過她。」安東妮娜看著辰亞說話，並把手指指向蘿拉。

「而妳也背叛過……」喬算計了一下，簡單就能得到結論。「每個人。所以躲在沙發下面，別搗亂。」

伊莉娜微微站起，喬攙扶她，一步一步走到窗邊。

「你們的計畫……真爛。」

「是嗎？妳又有過多少次房子被俄羅斯黑幫搶劫的經驗？」

伊莉娜歪著頭，嘗試理解話中的涵義。然後，她舉起兩根手指。

「感受如何？」

「一次很糟，一次很好。」

安東妮娜走向他們。

「妳有更好的主意？」她用俄語詢問。

「有人得在屋頂。」她也用俄語回答。「別讓他們太靠近房子。窗戶有鐵窗沒用。只要他們衝進來，我們一樣死定。」

「我去。」喬聽完安東妮娜的翻譯後，他回答。

「獵槍在屋頂，射程的範圍變大。他們應該會試圖包圍四周，請小心背後。」

「好的。」喬回答。

伊莉娜抓著安東妮娜的手肘，把她拉到窗邊，開始用俄語交談。

「妳在這裡。」她用指頭的關節敲著窗臺，要求她站定位置。「射擊前先打破窗戶。並且開槍就要保證能夠擊斃。」

「那妳呢？」

「我會在外面的林子裡。」

「就妳這隻腳，門都沒有。」

「妳會用槍？」伊莉娜詢問，手指著安東妮娜的槍。

「不擅長。」她承認。

「那就別說了。快點。他們就快來了。」

5 屋頂，林子與客廳

喬是第一個看到他們的人。

他的這項任務其實並不容易落實。主臥室的天窗是唯一沒有鐵柵欄的對外窗口，他可以從此爬到屋頂上，俯瞰四周的狀況。但他要能爬出去，就得掙扎半天。首先，他得站到椅子上，才能夠碰到窗戶。接著，要把窗戶向外推到最高，換言之也就外推四十公分，經過他肉眼的測量，明白自己身體也是過不去的。他真的不是胖。所以，他打斷撐起天窗的木棍，然後用槍托撐著。

樓下，安東妮娜也在做類似的事，她正在敲碎玻璃。

警官大約有十一年沒上過頂樓了。上一次去，是為了修理朋友家的電視天線。所以，依照以往的經驗，他記得屋頂是斜的，容易滑倒，尤其是還被白雪覆蓋住的時候。

屋頂是由一片片阿拉伯瓦片覆蓋，設計成水波狀。天窗的左邊是煙囪，體積很大，剛好能讓喬好好地躲在後方，而且視野就是前門的正上方。不過缺點就是，後方毫無遮蔽物，敵人若是從後方接近，他便是清楚的標的物。

喬才剛就定位不到一分鐘，兩輛SUV就出現在馬路拐彎處，離奧迪撞車的地方不遠。

「來了。」喬對著煙囪口大喊。

在客廳裡，安東妮娜用鐵夾子敲碎玻璃，並把一條毛毯（那是從航空公司中偷來的）塞在門框，讓她能夠無畏地靠在窗邊，忍受陣陣冷風從縫隙襲向她的臉龐。喬的聲音穿過煙囪傳出去，晚了幾秒才被聽見。在她的右手邊，她聽到門打開的聲音，伊莉娜正在往外跑。

安東妮娜轉過身，蘿拉正在穿烘乾的衣服。

「您靠在門邊，方便我到時候要妳開門跑走。至於您，」她指向辰亞，「注意廚房的窗戶，有人在那裡就通知我。」

伊莉娜走下門廊的臺階，進到林子裡。積雪高達膝蓋的位置，她艱難地移動步伐。她不知為什麼，她從那隻蒼白的手中獲得了一種失去很久的能量。雖然痛苦還在，但的確填補了一些東西。自從她跟阿富諾（Afgano）住在俄羅斯境內的馬格尼托哥爾斯克，她就不曾有過感覺，她就是只知道報仇的武器。

顯然，謹慎跟她無關。

她的蹤跡十分明顯，拖著行走的腳步在她的身後清晰可見。就算只是幾滴紅色血漬，溶在雪中也成了一道粉紅色雪水。

利用妳手邊的一切。阿富諾的聲音在腦海中響起。

伊莉娜並不是直往大門，而是逶迤走到牆邊，那裡有一條水管。她把水龍頭轉到最大，她認為水管的水應該沒有結冰，只不過太久沒有使用，所以一開始沒有水流出來，然後才突然一下子爆出來。伊莉娜拿起水管，拖到莊園入口處。然後在返回的路上，用水讓路變得開闊一些，降低走路的阻礙。

喬在屋頂上，看見莊園外的樹林裡，車子已經停妥，大家準備下車。第一輛車有四個人，第二輛是三個人，他認出其中有奧爾洛夫、羅梅羅和貝爾格拉諾。他看著走在一個怙惡不悛大爛蟲旁邊的那兩個警察（曾和他一樣高喊相同誓言的人），內心湧上一股噁心的感覺。

「共七人。羅梅羅與貝爾格拉諾也在。」他對著煙囪喊，他確信安東妮娜聽見了。

他能看到伊莉娜，正在沿著農場的牆邊樹籬中前進。走得不快，一瘸一拐，那條受傷的腿幾乎是被拖著移動，足跡明顯，任何人都可以輕易發現她的位置。不過，他也無法全然發現她的身影，因為有六棵大樹擋住他的視線。忽然喬意識到這些樹林會是個大麻煩，襲擊的人可以利用樹木做為掩護，一步一步接近房子。

也許把福特放在大門前不是一個好主意。這或許會讓人不好進入，但這伎倆同時也會讓他們提高警覺。喬自忖。

一切都就緒了。喬雖然看不到，但他知道指揮的一定是奧爾洛夫。第一輛四輪驅動的車先倒車，再讓車頭對準大門，推進衝撞。大門發出一聲金屬的摩擦聲，SUV繼續推動。

兩個男人往房子四周走去，轉進角落，進到樹叢中，消失在喬的視線。

媽的，媽的，媽的。

莊園的林子間，伊莉娜找到了側邊的一個柴房，棚簷與牆壁間形成一處拱門，她拿著槍隱身在那，努力忘記用腳跟站穩是多麼困難的事。

那輛SUV越野車是一輛黑色豪華款，不斷倒車，油門加滿前進，用力撞擊大門。入口處的下方，輪胎的位置已經硬撞出一個凹槽。車子的保險槓已經歪七扭八，而大門更是遍體鱗傷。再一次重擊，大門一邊的支撐桿已經彈開。空氣中瀰漫著汽油、泥土與金屬的味道。

鏗！

刺耳的噪音回盪許久，聲音甚至比引擎聲還要響亮。這讓伊莉娜驚嘆不已。雪吸收了某些聲音，但同時也加大了其他聲音。雪真是任性妄為。

SUV倒車，讓人能夠通過。

第一個人屈身通過門和牆之間的縫隙。伊莉娜先看到藍色帆布鞋，牛仔褲，最後才看到穿著皮革外套、體格相當壯碩的身體。

伊莉娜讓他進入，等到他整個人站穩，在雪地往前走幾步，轉身拉門，幫助同伴通過。就在第二個人的腿抬到一半，伊琳娜往前走了一步，身體整個露出在木棚外，把槍放在第一個人的肩上，然後扣動扳機。

她甚至連第二個人的臉都沒看見，便在第一個人轉身的同時，把槍頂住他的肚，開槍。

在第二個人開始痛苦尖叫的同時，第一個人跪地倒下，頭著地撞碎，子彈穿過腸道，出現一個網球大小的出口孔。

伊莉娜隨即趴地，剛好躲過一顆射向她剛才位置的地方。她翻滾，轉身，再次躲回木棚裡。

現在他們想從上方對她開槍，她明白。結束了。

在屋頂上，喬看到伊琳娜瞬間槍擊兩人，以及敵方如何倒地。然後，有人頭出現在木棚上方，試圖爬過去，喬拿出獵槍，靠在煙囪的石塊上，肩膀緊繃，雙手放鬆。雖然從他所在的位置，根本無法擊中敵方的頭與手，但開槍還是必要的，已經出太多事了。子彈打中牆壁，炸轟一塊石壁，敵方的頭和手也跟著消失。

在這段時間裡，伊莉娜起身，趁機一瘸一拐地躲到別處。只是不幸的是，這也造成其他影響。喬的位置被發現了。兩名在莊園外的人，從射擊的角度看到喬的身影。不過，幸運的是，他們只能看到頭和肩膀。

他們對屋頂瘋狂轟炸，射飛了幾片磚瓦，喬的耳邊不停迴響著咻咻聲，好幾塊水泥碎磚往喬身上噴去。在第二次轟炸時，還打掉了煙囪的石塊，幸好喬即時躲開了石頭的攻擊。

媽的，這才叫武器。

「他們那才叫武器。」喬對著煙囪大喊。

安東妮娜到當時才認識到ＡＫ—74步槍特有的嘎嘎聲，那是支第二代小口徑步槍的現代版，二十七年前發明的，機械瞄準，雙重螺旋，彈匣能裝三十發子彈。

壞事。安東妮娜想著。

從射擊的方向，她推斷出攻擊喬的人的所在位置。他們在莊園的後方，那邊的樹籬有三呎高，無法從那裡進到房屋內部。但如果他們就把他困在屋頂上，不讓他有射擊的機會，那他擊退入門敵人的機會將大大降低。伊莉娜現在已經退到了林子外，這讓安東妮娜得獨自面對敵人的襲擊。

伊莉娜射穿腹部的那個人被卡在大門邊上，就像一件衣服掛在熨斗上，燒出了個大洞。他不斷哀號。**雖然他本人還不知道，但他其實快死了**。安東妮娜從遠處估量。胃部突然被一顆九釐米的子彈穿透，得在三十二分鐘內搶救才有希望。從此刻起，只有嗎啡才救得了他。

似乎奧爾洛夫跟她做了一樣的評估。ＳＵＶ倒車，然後再次撞上大門，直接將鐵條彎向牆壁，碾過傷者的身體。傷患發出一聲令人心碎的哀號。接著一聲槍響，只有一槍，尖叫聲不復存在。

「一槍斃了自己人。這是我們能期待的仁慈。」蘿拉在她身後說。

她起身，看向窗外，眼裡充滿恐懼。

「坐回去。」安東妮娜下令。「拜託，別添亂。」

林間，伊莉娜設法退到莊園的一側。她越來越跛，受傷的那條腿幾乎無法施力。最後，她躲在一棵樹後，尋找射擊的角度。但她的所在，從任何一個角度都看不見門的位置。

媽的，伊莉娜咒罵。

屋頂，喬持續成了攻擊的對象。只要他一起身，就會直接被轟炸，所以他完全沒有回到屋內的可能。他快速的舉起一隻手，想測試敵人是否還在。想當然耳，他舉手的位置又是一陣砲轟。

媽的，喬咒罵。

屋內，安東妮娜注視著SUV再次撞上大門，把福特汽車推了一下，導致那輛車的車輪忽然在雪地滑動。儘管車子明明已經拉起手剎車，但仍不斷飄移。SUV最後一撞，便大搖大擺地直闖莊園。在原地打轉的福特嘉年華，此時成為SUV與房子之間最後一道障礙。

安東妮娜從擋風玻璃後面，看著奧爾洛夫的臉越來越大。

媽的，安東妮娜咒罵。

6 祥和的早晨

SUV長驅直入莊園，與此同時，安東妮娜展開反擊。一顆子彈射向車頂的上方，另一顆打在車蓋上，最後一顆打在擋風玻璃上，摧毀了後視鏡。

安東妮娜從目標距離與造成的傷害，經過評估，她得出自己槍法還不錯的結論。只不過，就是還沒好到能讓奧爾洛夫停車的地步。

「如果他們進來，我們就死定了。」安東妮娜大叫。

SUV的後座窗子上，也隨之反擊。

喬聽見了，外加還親眼目睹SUV進到莊園。他蹲在煙囪後面，沒有足夠的角度能夠準確射擊。但霰彈槍有一個優點：不用很準。

他拿起那支雷明頓，用單手握住。對於一個不強壯的人，這把怪獸級的槍支後座力，足以讓人像隻發情的山羊一樣跳了起來。但喬的右臂不是普通的手臂，就算扣下扳機，霰彈槍筆直豎立，讓五根手指像被焊接一起，喬也只感覺到前臂和肘關節的肌肉在眼前晃了一下。

第一發彈藥炸毀了一盞車前燈和一個輪胎。喬甩了甩手臂，重新裝彈，再次出擊，毀了引擎蓋。緊接者，加載彈藥，雙擊。

ＳＵＶ正在設法把福特汽車推到前頭，再前進。有那三噸重的汽車保護，根本就沒有辦法轟炸襲擊者，所以他們只要再推個半呎左右，就能通向房子了。

糟了。

喬起身。

第三次二十七發六釐米寬的子彈，射向汽車透過感應電池排出空氣的散熱片。所有這些槍擊中，最後一擊才是致命的傷害。這輛黑色豪華款的越野車被剝奪了運行的關鍵條件，導致引擎也失去動能。

然而，喬也為此付出高昂的代價，因為他一站起來，就成為明確的目標。

下方隨即又是一陣轟炸。衝上來的子彈嵌進了煙囪的石壁上，就在喬的後背的地方，有幾顆擦過了他的右臂。

喬痛得叫了出來，傾倒在煙囪旁，雙腳打滑往下掉，但這樣他也逃過一劫，沒有被從轟炸中所打爆的石塊擊中。他在身體快從屋頂上掉下來的最後一刻，死命地抓住煙囪，然後將一隻腳放在排水溝上，而排水溝在他的重壓下不斷下沉。

安東妮娜看到奧爾洛夫與他帶的兩個混混一起下車。奧爾洛夫衝向樹林左邊的汽車後面，另外兩個人往樹林的另一邊躲了過去。伊莉娜正好在附近，躲在其中一人身後，等待機會的降臨。

死了兩個，樹林裡躲了三個人，還有兩個在轟炸喬。安東妮娜盤算。

那時，她想到了個主意。

「他們是局長和副警官。」安東妮娜對著煙囪講話。「和他們談談。」

喬眼冒金星。右臂不斷流血，但他幾乎沒有注意到疼痛，真正傷到他的是打到腳背上的子彈。陶瓷做的警徽與防彈背心，讓他倖免於心臟手術，僅僅只是留下些瘀傷、肋骨斷裂，以及得丟掉一件外套。

此外，他也失去了獵槍。槍從他的手臂滑落，掉到了雪裡。

安東妮娜的聲音，此刻在他耳裡，就像她在水裡說話一樣。

似乎是跟局長與副警官有關，要他和他們喊話。

我連呼吸都困難了，竟然還要跟他們聊天。喬想著。

「羅梅羅，聽得到嗎？」他使勁大喊。對方的聲音傳到他的後背，再從襯衫領口再進到他的耳裡。

喬努力靠向煙囪，然後轉身。腳在瓦片上滑了幾下，但他嘗試用手肘的力量撐起自己，微微坐起。

「你想怎樣？」副警官問。

「如果您投降，我向您保證，我們絕不會說半句現在發生的事。」

副警官放聲大笑。

「好傢伙，你是白痴嗎？」

說得好。喬肯定，握緊手槍。

那時，他又聽見四發從煙囪後方打過來的子彈。

在客廳裡，安東妮娜開槍要打一個躲在樹叢後方的人。令人失望的，子彈只打中樹幹，而它起的唯一作用，就是讓他們躲得更深一點，並延遲片刻行動的時間。

很短暫。第二個歹徒從一棵樹後方探出頭，射擊。

他手裡拿的也是一支AK—74步槍。和這種槍抗衡，要做的並不多。當子彈不斷打在窗子上時，安東妮娜就遠離了窗戶。

那時，他聽到副警官的聲音。

「伊莉娜。」她用俄語喊。「樹籬後面有聲音。」

然後，她又對著壁爐喊了另外四個字。

伊莉娜感到十分痛苦，但她仍緊閉雙脣，不讓自己哀號。剛才她為了躲避木棚的槍聲，翻身時，就聽到自己背上發出像在桌上擲骰子的聲音。第四節和第五節的椎骨，友好地決定要更靠近彼此一些。不過，也因背上的折磨，她暫時忘了腿上的痛苦。

就算她身體是在這種情況下，她仍跑了十五呎的距離。最後，她停在離房子很近的地方。她快到了剛才灑水融化雪的地方，但她不得不先躲在最後一棵樹後面。她的身子靠著樹幹滑落，拒絕再邁出一步。她把臉靠著樹幹，閉上雙眼，感受樹皮的粗糙。但也只休息了這一秒的時間。

起來，不能停。

當她抬起頭時，正好看到喬努力在屋頂上苦撐。她的背部又傳送出一陣新的刺麻。她再次咬緊牙根，靠著樹幹，大口呼氣。

她的名字，有人喊她的名字。

樹籬後面有聲音。

伊莉娜瞭解。

她強迫自己那兩節脊椎挺起來，把背靠著樹，慢慢往上移動，接著朝聲音的方向扣動扳機。

一槍。兩槍。每一槍射擊的角度為十五度。子彈穿過樹籬，另一邊傳來慘叫聲。

「當她開槍時。」喬從煙囪處聽見。

他聽到三道槍聲，與一聲慘叫。

喬微微挺起身，從屋脊上窺視。他看到副警官抓著自己的身體，側摔在地。那一顆子彈應該是擊中了他臀部以上的部位。

那位置死不了。喬自忖。**但保證有個痛快**。

局長奪過他手中的步槍，舉起槍管，對著樹籬猛烈開火。槍火把葉面掃射出好幾個鋸齒狀的縫隙，柏樹枝葉飛揚，暴露出樹木下方的鐵絲網圍欄。

咔，咔，咔。

「外邊沒子彈了，但裡邊的人還有，局長。」喬感嘆。

要躲過樹籬後方射過的子彈，對伊莉娜而言並不困難。她再次縮在樹底下，靠著樹籬下的一排磚牆，保護自己不受到另一側的槍擊，況且她離子彈射程位置有兩呎多的距離。

伊莉娜遭遇最大的難關，是她的槍聲洩漏了她所在的位置。

那兩個躲在樹後的混混看到了她，其中一個不斷開槍讓她無法動彈，另一個不斷前進靠近她。

無處可逃。

她的背如火燒一般的疼痛，腿使不上力，伊莉娜逃不出這次的攻擊。因此，她做了一個至今從未做過的事，不僅是阿富諾不准她做的事，也是她認為自己根本做不到的事。

要求協助。

安東妮娜看不見奧爾洛夫的身影，但她清楚看到在樹林裡的那兩個壞蛋。其中一人朝著伊莉娜靠近，另一人在遠處，躲在一株早就千瘡百孔的樹後。

她的求救聲清楚地傳到安東妮娜的耳裡。

她一直計算著子彈的數量，打算有人離房子更近、約二到三呎的距離再射擊，同時努力躲開對方的子彈。

拿著AK—74步槍的人，在十二呎外。身體一半躲在樹幹後，單膝著地。

安東妮娜射擊。

落空。

她不斷開槍，到子彈用盡為止。

伊莉娜聽到安東妮娜從屋子那頭幫她掩護的槍火，感覺心中再次燃起希望。機會來了。她從樹幹的左側探出頭，正好看到其中一人正在奔跑到達離她更近的一棵樹前。她本能朝他開槍，擊中對方的小腿。他那條白色運動褲（皇馬球隊販賣的）裂成兩片，而且也不再是白褲。

那個人試圖趴在雪地裡反擊，但伊莉娜動作更敏捷，她的一顆子彈射穿他的喉嚨，另一顆射向他的下巴。

只剩另一個。

只剩一發子彈。

拿著突擊步槍的人靜止一會，他在換彈匣。儘管安東妮娜對他開了很多槍，但沒傷到那混蛋一根寒毛。他重新插入彈匣後，舉起槍。

伊莉娜平躺在雪地上。

別現在失手。

子彈穿進惡棍的右眼，並停留在腦中。

伊莉娜躺在雪上，一動也不動。

痛全然占據了她的身體。

屋頂的高處，喬能看見局長的位置。

「把槍放下，雙手舉起。」喬命令。

「聽好了，警官。我保證這事可以好好解決的。」

「當然可以。這事法官會告訴您解決方案的。」

局長背叛了自己一生的努力，長久以來她努力消除自己的女性特徵，不顯露任何軟弱的肢體語言。但此刻，她傾倒向副警官的頭部動作，若是換作別人是毫無違和感的，但她做出來，就像在大馬路上的閃耀霓虹燈一樣。

喬把槍管從她身前移開，槍口對準副警官，貝爾格拉諾用手肘撐起身子，利用局長的身體做為屏障，拔出手槍。

開槍。

喬也是。

貝爾格拉諾的子彈擦過喬的耳朵。副警官的槍法失準，可能是與他的傷勢以及顫抖的脈搏有關，但也可能是喬最後一秒偏移了一下。關鍵是，他沒死。

但副警官卻死定了，子彈嵌入他的額頭。

局長的手伸向槍套，拔出槍。她明白自己現在是目標，沒有任何反擊的機會了。因此，她選擇了自己的道路，一條更短，更不尷尬，更不累的路，就是做一名畏罪自殺的警察。

喬高喊不要。

他沒有開槍，而是起身。

喬的位置，根本不可能清楚看到局長朝下墜落時的臉龐，只是接下來日子裡，他還是把當作自己想像的畫面珍藏在腦海深處：睜大的眼睛，因恐懼而扭曲的嘴巴，像在保護什麼而高舉的的手，以及凌亂而不再完美的髮髻。

空氣中，出現一聲乾爽的脆裂，或可能是兩個聲音一起出現。是一隻胳膊和一條腿的骨折。這是必然的，一個一百一十公斤的巴斯克人從五呎高的地方掉下來，不管積雪有多深，衝擊力道還是很大。

7 結果

亞獅康·奧爾洛夫一腳踏上門廊，預備在這詭異寂靜的氣氛下開槍回擊。他的運動鞋底輕踩木質地板，微弱的吱嘎聲，在無聲的四周顯得更加明顯。沒有任何攻擊。

他每一步都走得十分小心（他是個老人，唯有小心才能在他的職業中倖存），槍指著窗戶，探頭看向裡頭。

他看到銳保的身體，但沒有太大的反應。他早就把他當成死人了。他在此找的是仇恨，不是相逢。

他看到屋內的情景，然後面露微笑，一個會出現在潔牙廣告中，完美的露齒笑容。

安東妮娜站在蘿拉與辰亞前面，雙手高舉。雖然他並無法看到全景，但意思明確。

門並未上鎖。

「奧爾洛夫先生。」當他的腳碰到門坎時，安東妮娜用俄語向他問好。

「請原諒，我不記得您的名字了。我記得我們有碰過幾次面。」

「您的手下都不太俐落。」安東妮娜回答。

「的確如此。希望您還記得我們的談話。」

奧爾洛夫向前走了一步。他的槍掃了客廳一遍，在角落四處尋找可能的威脅。他面前，就只有三個女人。

輕鬆就可解決。

「對話我記得很清楚。」安東妮娜回答，他的目光一直集中在她身上。「我們聊過數學問題。」

「相對力學。」他回答，並把槍指著安東妮娜。

「在一平方公分內，承受兩百公斤的壓力，會發生什麼事？」

奧爾洛夫眼神迷茫，無法理解。

蘿拉低聲說了一句。

寇特從沙發下聽到指令，立即跳出，齜牙咧嘴咆哮，衝向只有三步之遙的奧爾洛夫。這名黑道分子對著這隻大型獒犬開了四次槍。兩槍打中了，但仍不夠。保護遭受攻擊的主人任務中，用槍是無法阻止的。牠巨大的爪牙將奧爾洛夫擊倒，尖銳的牙齒緊咬著他的喉嚨。奧爾洛夫在近距離範圍內，對著狗的背部、肚子又開了八槍。寇特的身體顫抖，但絲毫不鬆口。

即使生命離開了那隻忠犬的身體，牠的下巴也不曾放鬆，緊緊地咬住奧爾洛夫。這位老人在眼前最後一片漆黑中，看到安東妮娜的臉，確認了所謂的相對力學結果，是符合預期的效果。

8 抉擇

安東妮娜的頭從屋頂的邊簷探出去（她的身高也很不便於她往高處爬，難度跟喬不相上下），喬正在地上哀號。這是他為了見到局長最後一面的下場：腿彎成一個不自然的角度，肩膀脫臼，而且身上的疼痛要很久才會消失。從他啜泣的程度來看，他可能也撞到頭了。此刻，喬揉著額頭，試圖記住自己的名字。

「你的人事資料有標註『不聽上司的話』。」安東妮娜說。「而且畫了加強的底線，應該指的就是這個。」

「妳瞭解我的，萬不得已，我才跳下來的。」

這讓安東妮娜面露微笑。

「好了，快進屋。我需要你的幫忙。」

安東妮娜的話就像是一種預告。

她一回到屋中，就看到伊莉娜拿槍指著蘿拉。而被槍指著額頭的南方女子，跪在地上，哭泣請求饒命。

「妳在做什麼？」安東妮娜用俄語問。

「她得為自己做的事付出代價。」伊莉娜回答。

她明明就自顧不暇了，整件衣服都像泡在髒雪裡頭，大腿不斷湧出鮮血，整個人幾乎都站不起來。但是在相對性的問題上，她就是得在近距離扣下扳機，才能符合力學的相對最小效果。

「這不是解決之道。」

「我看過貨櫃內的畫面，把九個女人關在裡頭。」伊莉娜回答。「那些女人就像肉塊，只是要供給那群沒有良心的畜生。他們可能還要販賣多少人？會害死多少人？這世上有多少人像我姊姊一樣？」

「只是意外！」蘿拉流著鼻水反駁。她滿臉通紅，淚水順著紅潤的臉頰滾落。

伊莉娜甩了她一巴掌，然後槍口再次對準她。

「閉嘴。」安東妮娜命令。

四個女人（辰亞還縮在牆邊）同時聽門外的動靜，並轉頭過去。

「誰能告訴我現在是什麼情況。」喬詢問。他手上拿著槍，並且把槍口對準伊莉娜。

安東妮娜指示他收起武器。喬斜眼看了同事一眼，這才心不甘情不願地收起槍。

「我懂妳的感受。」她用俄語向伊莉娜說話。「我也失去了某個人。」

「妳才不會懂。」伊莉娜反駁。她的眼睛看向安東妮娜，手槍的力道大到讓蘿拉的頸子往後仰。

「我懂妳的絕望，妳的罪惡感。知道這個世界有病，卻無能為力。」

「那妳就會懂我為什麼這麼做。」

「她有孕在身。」

「不關我的事。」

安東妮娜深吸一口氣，搖頭。

「那妳就會失去現在那僅存的理性。」

伊莉娜把槍更用力地抵住蘿拉的額頭，神情看來快掉淚的樣子。

「不販毒。」伊莉娜溫和地說。「不賣女人。沒有從別人的痛苦中受益。規則已經定死了，絕不變。」

安東妮娜從口袋裡，掏出SD卡，拿給伊莉娜看。

「妳是為此而來的，我把它交給妳，但妳得放了她。」

喬伸手抓住安東妮娜的手臂。

「妳不可把錢和證據交給她。」他很嚴肅地警告。

她看著他，眼神充滿了哀傷，但同時也帶著一股堅毅。

「我不能讓她被殺。」

警官也以同樣的眼神回敬她。在他那棕色的眼珠下，正處於一場天人交戰。一場血流成河的戰爭，而他將苦吞敗果，成為最終的受害者。他在警察的天職與對她的信任之間，不斷掙扎；他對正義的渴望，卻得面對保護蘿拉和未出世孩子性命的需求。

「喬，沒有別條路可走了。」安東妮娜說。

喬吸了一口氣，鬆手。

「拿走吧。」她用俄語說。

「我怎麼知道你們不會在我轉身離去時，在我背後開槍？」伊莉娜詢問，瞇著眼睛看向喬的方向。

「我說到做到。當然，妳也要信守承諾才行。」

伊莉娜仔細思量彼此的諾言。

喬的臉十分僵硬，緊咬雙唇，手臂緊貼身體，槍口指著地面，但手指的抽動卻仍可看出他內心真正想做的事。

安東妮娜很鎮定，拇指與食指抓著卡片。

伊莉娜不斷盤算，經過了漫長而痛苦的幾秒後。最終，她收回槍。

蘿拉的頭沒了槍頂著的力量，瞬間猛然往前傾。額頭上留下槍管印記，一個圓形的嵌印。她鬆了一口氣，雖然感覺到輕鬆，但也同時升起一股怒氣，她看著伊莉娜從安東妮娜的手中拿走記憶卡時，一瘸一拐地走向門口離開。

「我的孩子和我，要靠什麼維生？」她邊問，邊抓著伊莉娜的靴子，試圖拖住她。「說啊，我們怎麼活下去。」

伊莉娜得要活到三十二年（三十二年的每分每秒），才能成就她這一瞬間的答案。她用一種單純、無畏的態度，回答：

「吃屎。」

9 直行

派對過後，收拾整理是一件無聊的事。若還要轉述出來，就更加無聊透頂了。所以，最好簡而言之。

安東妮娜走到交叉路口，重新回到有網路覆蓋的世界。雪雖然積得又高又厚，但她可以跟著剛落下的腳印，在那女人一瘸一拐留下一條的血路上行走。安東妮娜走得相當慢，她不想冒著再碰上她的風險。

一個小時後，這處遠離塵埃、與世無爭的小鎮，擠滿警察。科學鑑識專家在屍體和彈孔之間移動，放滿了三角錐。檢察官、指揮現場法官已經到場。甚至內政部都派人來關心。整個事件因為還牽扯到腐敗的局長和副警官，使得案件像雪球一樣越滾越大，不過就像所有駭人聽聞的故事，最終都會被掃到地毯下，好好掩蓋起來。

喬輕蔑地盯著蘿拉坐上救護車（垂頭喪氣地裹著毛毯）。

「讓我最不爽的，她竟然無罪釋放。」

「沒錯。」安東妮娜理解他的挫敗。「不過我們做了該做的事了。」

天寒地凍。他們身上也一樣裹著毛毯，抵禦著從山上吹下來的冷空氣。可能快要降雪了。喬在原地踩著小碎步，努力讓身體熱起來。

「小妞，這很難說。我們繞了太多彎路了。」

「直行走不遠。」安東妮娜回答。

原諒別人的錯，比原諒別人的對，容易得多。喬思索。

「大概吧。我只知道，我最多只能到這裡了。」

正常情況下，安東妮娜可能會過一會兒才能理解喬話中的意思。她的搭檔，唯一的朋友，住在比她下方三層樓的房客。她一直很擔心那一刻的到來。在一起好幾個月後，他說**夠了**的那一刻。

「所以，我們不在一起了。」她說。

「好像是這樣。」

過去幾週發生的事，已經超出任何一個人可以承受的能力。她讓信任關係變得脆弱，對他撒謊，把他推到了極限，讓他越過了那條線。

事實上，她不能怪他。

但是她也不想讓他太好過。

「沒有你，我要怎麼辦？」

這事喬想得很清楚。

「妳會繼續撒謊，做些蠢事，但妳也會鍥而不捨地調查。因為這就是妳。一個女偵探。或許是最棒的一個。」

「或許？」安東妮娜問。

「小妞，我也不認識其他人。」

尾聲

「永遠是多久？」愛麗絲問。
「有時候就只有一秒。」白兔回答。
路易斯・卡羅（Lewis Carroll）

道別

房間的擺設變了很多。安東妮娜的所有東西都收拾乾淨，放在盒子裡。

馬可士毫無變化。依靠機器續命。

他的身體在這幾個月裡更加惡化，四肢嚴重萎縮，皮膚暗沉鬆弛。從診斷證明即可明白醫生在幾年前就已經放棄他了。「沒有機會。」他們表示。安東妮娜不相信，她背棄理智。她太驕傲了，無法承認一個無法彌補的錯誤。

有人敲門。她小心翼翼地開門。

那是一個高大、優雅的男子。今日她需要他陪在身邊。

「爸爸。」

彼得・史考特（Peter Scott）難以置信女兒打電話給自己。不過，就算彼此好幾個月不見，他還是赴約了。

他來了，而這就夠了。

「荷耶好嗎？」

「不斷長大，很想見妳。」

「明天。」安東妮娜承諾。

「我會要他練練西洋棋。」

「我很想他。」她說。而且這是真話。

安東妮娜與彼得站在馬可士的床邊，凝視那具死氣沉沉的身體，看著那曾經充滿愛意的空殼，靜默了一會兒。

「我能做的一切，我所有的能力都救不了他。」

她的父親一句話也沒說，也沒有擁抱她。年復一年的距離，讓他接受自己不能接近她，就算在安東妮娜非常需要的時候，保持距離也是安東妮娜希望他能做到的。

她不尋求慰藉，所以她只能靠自己獲得。

打從我們出生，就知道自己的命運。搖籃在深淵之間晃盪，時時刻刻作勢吞噬一切。生命只不過是兩個無限黑暗的瞬間。迎接我們的結局，比先前的黑暗更讓人害怕。我們出生以前，並不知道自己的模樣。也許，我們會害怕接下來所發生的事，因為內心深處，我們其實隱隱約約記得那些可怕的事，那些我們第一次用空氣填滿肺部，放聲大哭時，忘記的事。

如果我們逃不過死亡，那至少用愛來填滿生命。

安東妮娜輕輕一吻馬可士的雙唇，做為吻別。之後，她示意一旁在呼吸器旁耐心等待的醫生。

當機器關閉時，安東妮娜哭了出來。她心懷感激，感謝他帶來的愛。

散步

安東妮娜允許自己用五十四分鐘，那麼長的時間思考自殺的問題。

她婉拒了坐父親車子回家的邀請。她喜愛走路，那是屬於自己的時間，能夠彌補自己失去的時間。

五十四分鐘聽起來像是一段很長的時間。但對安東妮娜卻不是，或至少其實跟時間無關，因為無論如何，她都無法專注。

她唯一腦袋能夠想到的就是**當下**，自己該如何在沒有喬的情況下，繼續向前。

第四十八分鐘的時候，她做出決定，她不能前進。

改變

與此同時，喬在梅南可莉亞街七號打包行李。

說實在的，他打包得挺隨便的。

他的衣服每件都價格不菲，所以若要收拾每件衣服，應該都要先放上一張薄紙，再裝進衣袋中，最後再用高級紙板相互隔開。所以一般而言，光是收拾他的衣服就得花上一個小時。

不過，喬不懂做這些事的意義，所以實際上他唯一做的，就只是在行李箱中放進內衣，幾對袖扣，一個化妝盒、兩條毛巾與三罐自製的無花果醬。那些果醬是其他房客用來支付的房租，不過安東妮娜拒絕食用，主因是她本來就不喜歡無花果，而且果醬會讓人發胖。

他看向時鐘，這個時間點想買到打包用泡泡粒是不可能的，因為根本沒有店到現在還營業。不過，應該還能在外帶的速食店買到食物，理想的消夜時間，或許可以搭配之前看到一半的影集。每次總是看到一半就睡著了。

明天，天曉得要幹麼。或許，關於回畢爾包這事情，我應該慎重想想，再做決定。

喬走到街上。當他快到轉角處，聽到身後有腳步聲。女性的步伐，少見的走法。他帶著微笑轉身，但是那人不是安東妮娜，而是一個細瘦的妙齡女子，衣著得體，笑容滿面。外表十分和善。

「抱歉，您知道火把街怎麼走嗎？」

「就在那裡，直走就會到。」喬回答，難掩心中的失望。

女人對著他微笑，並從口袋裡掏出注射器，插在他的脖子上。

「幹什……」喬邊說，邊用力把她推開。然後，他的背後被一雙大手抓住。在他的眼前變得漆黑之前，最後看到的就是那張和善的臉。

問好

當安東妮娜走回家，人在拉瓦皮耶區的大頭路上時，她的手機響起。

「現在不是講話的時候。」

「史考特，聽好了。」曼多說。「我們找到證據了。妳的幻想是對的，是真的。」

「我聽不懂。」

「電話上不能詳細說明，不過我們已經知道英國和荷蘭發生什麼事了。」

安東妮娜終於聽懂曼多在說什麼了。享受這苦澀的現實。唯一會比沒做錯卻被誤會更心酸的感覺，是被對方承認時已為時以晚。

「是懷特先生。」

「我現在人在馬德里了。快點去找警官，一起來這裡。」

安東妮娜掛上電話，腳步踏得更起勁。

當她快到家，轉過街角，正好看到了。

有兩個男人正抱著另一個男人，努力要把他塞進貨車。那個男人的頭被套上黑色塑膠袋，雙手無力掙扎。安東妮娜根本不需要看到臉，就知道那是誰了。

一位穿著風衣、面容姣好的優雅女人，轉身看到了她。兩人離得太遠，那女人看不到安東妮娜眼中的驚訝，而讓她能目睹這一幕算是一份小禮物，好讓她思考正在發生的事情。不過，安東妮娜本來就不是需要親眼看到才能知道的人。

安東妮娜雖然明知距離太遠，但她還是奮力的跑過去。廂型車往下開得越來越遠，馬上就把安東妮娜甩在後頭。但她沒有放棄，不斷追逐，一直到肺部像火燒一樣燃起，心臟像被鑽頭不停在胸膛上砰砰敲打，她才停下腳步。

當她雙手放在膝蓋，大口喘著氣，她收到了一封簡訊。

希望你沒忘了我。

要來玩嗎？懷特。

作者後記

安東妮娜・史考特的故事在我心中已經醞釀了十年之久，我保證時間到了，就會告訴大家這一切是如何開始的。只是與此同時，我請求大家繼續不要揭露小說中的祕密。

啊，還有一件事。

沒錯。

安東妮娜與喬會回來的。

鳴謝

鳴謝 Antonia Kerrigan 以及整個團隊。Hilde Gersen, Claudia Calva, Tonya Gates 等諸位，你們是最棒的。

鳴謝 Carmen Romero，Berta Novy 與 Juan Díaz 對本書主角安東妮娜與喬深具信心。特別謝謝 Penguin Random House 整個團隊的超強行銷力，盡心盡力替書籍宣傳。尤其感謝 Eva Armengol，Nuria Alonso 與 Irene Pérez，對此書的問市功不可沒，以及 Raffaella Coia 辛勤的幫忙校對內容。

鳴謝 Juanjo Ginés，一個住在瘋人洞穴的詩人，整天在土耳其花園玩耍，但他所寫的七本書就已值得一段冗長的感謝辭。

鳴謝 Javier Cansado，Dani Rovira，Mónica Carrillo, Alex O'Dogherty, Agustín Jiménez, Berta Collado，Ángel Martín，María Gómez，Manuel Loureiro，Clara Lago，Raquel Martos，Roberto Leal，Toni Garrido，Carme Chaparro，Ernesto Sevilla，Luis Piedrahita，Miguel Lago，Goyo Jiménez，Berto Rombero。並且，此書受到 Arturo González-Campos 非常大的啟發。

鳴謝 Antonio Rodríguez Puertas 警官與中央掃毒單位驍勇善戰的警員，每日守衛著南方一百五十公里長的海岸線，在此特別感謝。他們每日所面臨的狀況，真槍實彈的事蹟都足以寫成三本小說，其中的很多情況都在我的書中出現過，而且看起來可能還很像是捏造的（以此字代表許多幻聲幻影的想像）。

西班牙南方的太陽海岸是許多國家黑道、流氓偏愛落腳的地方，他們各個擁槍自重，《黑狼后》中對黑幫的描寫根本（不幸的）只算是輕描淡寫。不過就算南方在二〇一八年的掃毒行動中，戒慎恐懼的執行勤務，冒著自己生命受到威脅的風險（數十人死亡），逮捕了五百多人，繳獲了四萬公斤毒品與數億歐元現金，但很少會有新聞報導。在書中，羅梅羅對喬的述說的內容，可以說全都是奠基於現實：僅僅在二〇一八這一年，馬拉加市就發生摩托車丟炸彈、自行車槍殺、豪宅襲擊綁架、面具割喉案、餐館的衝鋒槍事件等……那些壞蛋也看《教父》，也會做彌撒。

感謝 Rodríguez Puertas 警官真的在現實生活中，緝獲了三千四百萬歐元偽裝成能多益巧克力榛果醬的可卡因。

關於行賄：儘管過去確實有中央掃毒成員中有過沉倫的害蟲，但值得稱許的是，警方和檢方也對此絕不輕饒，處於最重的刑期，所以在警察體系之中，這些案例其實非常少。當然，一旦現實中發生，常常是比小說的內容還來得誇張。在二〇〇八年，隸屬於南方的馬貝拉市的掃毒組織，就有一個警官和三個副警員改變自己的立場，為毒販服務，為他們建立保護網路，因而被捕入獄。正可謂希區考克提醒的，「我們可靠的朋友」。

我也想感謝卡洛・李（Carol Reed）所拍的經典電影《黑獄亡魂》，讓本書英文版封面的設計師 Fran Ferriz 得到許多靈感。

鳴謝 Rodrigo Cortés，不僅給我許多靈感，還幫助我校對手稿的好朋友。

鳴謝 Manuel Soutiño，擁有以一抵八的力量。

鳴謝 Arturo González-Campos，專業漫畫家和有自己的 Podcast。期待有一天你邀請我上你的一個節目。

鳴謝 Alberto Chicote，手稿絕對要先讓他看過才行。

鳴謝 Gorka Rojo，提供北方巴斯克人的諮詢，以及西班牙煙燻生火腿理論上的可行性。

鳴謝 James Gunn，Andrea köhler, pablo Neruda, Arturo Pérez-Reverte, John Carpenter, Gabriel García Marquez。

鳴謝 Joaquín Sabina 與 Pancho Varona，我的音樂播放。

也很感謝 Cruz Morcillo 與 Pablo Muñoz 詳盡（且可怕的）調查了西班牙境內俄羅斯黑手黨的境況，並且書寫成書。

致最重要的 Bárbara Montes，我的太太，我的愛人，我最好的朋友。我愛妳，希望我們一起活得長長久久，一起走一輩子。

謝謝你，讀者，因為有你們，我的作品才能成功在四十個國家流通。在此，致上萬分感謝，並且請容許我最後一個請求：別跟任何人分享結局，甚至不要在社交媒體上寫下任何關於結局的評論。不過，當然歡迎你在線上書店或 Goodreads 寫些簡介（十分感謝你的幫忙），但評論就免了，更不要加「有雷」標籤，因為這些都可以破壞別人閱讀的興致，讓原本該有的驚奇消失。

祝平安

胡安・高美—尤拉多

（Juan Gómez-Jurado）

國家圖書館出版品預行編目資料

黑狼后【紅皇后二部曲】/ 胡安．高美 (Juan Gómez-Jurado) 作；謝琬湞譯. -- 1 版. -- [臺北市]：城邦文化事業股份有限公司尖端出版：英屬蓋曼群島商家庭傳媒股份有限公司城邦分公司發行, 2022.03
面；　公分
譯自：Loba Negra.
ISBN 978-626-316-563-2（平裝）

878.57　　111001126

逆思流
黑狼后【紅皇后二部曲】
（原名：Loba Negra）

著　　者／胡安．高美（Juan Gómez-Jurado）
譯　　者／謝琬湞
榮譽發行人／黃鎮隆
美術總監／沙雲佩
企劃宣傳／楊玉如、施語宸、洪國瑋
執 行 長／陳君平
國際版權／黃令歡、梁名儀
協　　理／洪琇菁
美術編輯／李政儀
文字校對／施亞蒨
總 編 輯／呂尚燁
主　　編／劉銘廷
內文排版／謝青秀

出　　版／城邦文化事業股份有限公司 尖端出版
台北市中山區民生東路二段一四一號十樓
電話：（〇二）二五〇〇一七六〇〇
傳真：（〇二）二五〇〇一二六八三
E-mail：7novels@mail2.spp.com.tw
發　　行／英屬蓋曼群島商家庭傳媒股份有限公司城邦分公司　尖端出版
台北市中山區民生東路二段一四一號十樓
電話：（〇二）二五〇〇一七六〇〇（代表號）
傳真：（〇二）二五〇〇一一九七九
中彰投以北經銷／楨彥有限公司（含宜花東）
電話：（〇二）八九一九一三三六九
傳真：（〇二）八九一四一五五二四
雲嘉經銷／威信圖書有限公司　嘉義公司
電話：（〇五）二三三一三八五二
傳真：（〇五）二三三一三八六三
客服專線：〇八〇〇一〇二八一〇二八
南部經銷／威信圖書有限公司　高雄公司
電話：（〇七）三七三一〇〇七九
傳真：（〇七）三七三一〇〇八七
香港經銷／城邦（香港）出版集團有限公司
香港灣仔駱克道一九三號東超商業中心一樓
電話：（八五二）二五〇八一六二三一
傳真：（八五二）二五七八一九三三七
E-mail：hkcite@biznetvigator.com
新馬經銷／城邦（馬新）出版集團 Cite（M）Sdn. Bhd.
E-mail：cite@cite.com.my
法律顧問／王子文律師　元禾法律事務所
台北市羅斯福路三段三十七號十五樓

二〇二二年三月一版一刷

郵購注意事項：
1.填妥劃撥單資料：帳號：50003021戶名：英屬蓋曼群島商家庭傳媒(股)公司城邦分公司。2.通信欄內註明訂購書名與冊數。3.劃撥金額低於500元，請加附掛號郵資50元。如劃撥日起 10～14日，仍未收到書時，請洽劃撥組。劃撥專線TEL：(03)312-4212 ・ FAX：(03)322-4621。E-mail：marketing@spp.com.tw